何 苦 / 著

最后的棒棒

重庆出版集团
重庆出版社

图书在版编目(CIP)数据

最后的棒棒/何苦著. — 重庆:重庆出版社,2015.8
(2024.1重印)
ISBN 978-7-229-07076-2

Ⅰ.①最… Ⅱ.①何… Ⅲ.①长篇小说—中国—当代 Ⅳ.①I247.5

中国版本图书馆CIP数据核字(2015)第157950号

最后的棒棒
ZUIHOU DE BANGBANG
何 苦 著

出 版 人:罗小卫
责任编辑:王晓静
策 划:重庆秋歌文化传播有限公司·杨秋平 王翔宇
责任校对:刘 艳
装帧设计:王芳甜

重庆出版集团 出版
重庆出版社

重庆市南岸区南滨路162号1幢 邮政编码:400061 http://www.cqph.com
重庆出版集团艺术设计有限公司制版
重庆天旭印务有限责任公司印刷
重庆出版集团图书发行有限公司发行
E-MAIL:fxchu@cqph.com 邮购电话:023-61520646
全国新华书店经销

开本:890mm×1240mm 1/32 印张:9 字数:220千
2015年8月第1版 2024年1月第3次印刷
ISBN 978-7-229-07076-2
定价:32.00元

如有印装质量问题,请向本集团图书发行有限公司调换:023-61520678

版权所有 侵权必究

写给父母的一封信（代前言）

爸、妈：

　　我的转业申请组织上批准了，给你们写信的时候工作已经移交完毕，明天准备去解放碑的自力巷53号报到，直接从"何主任"变成当初的"大茬子"。至于今后的工作，我准备从"棒棒"做起。

　　上个月在电话里透露了一些转业的想法，你们连夜就赶到重庆来苦口婆心地劝我不要冲动，真的对不起，让你们失望了！是的，我们那个穷山沟里几十年才走出个正团级军官，每次探亲回家连村长都要请吃饭，确实很荣耀，现在当了棒棒，村长家的饭咱就别吃了吧！噢，有个事儿你们一定得跟邻居们说说，上次老爷子在麻将桌上为了两块钱跟老田头打架没有被拘留那件事儿，绝对不是镇派出所卖我的面子——拿钥匙串在别人头皮上戳个口子，还够不上拘留，更何况你们既赔了钱又道了歉，儿子我真的没有这么大的"面子"。

　　爸、妈，我知道你们一定会为儿子的选择感到心痛，说真的，这身军装我都穿了二十年，怎么可能舍得脱下呢？部队培养了二十年，怎么舍得离开呢？但是儿子再过两年就四十岁了，不惑之年的选择，自然不是一时心血来潮——这是一个新时代的选择。噢，这么说你们可能听不大懂，那我们就静下心来聊点关于"新时代"的话题吧！

　　我们祖祖辈辈生活在夔门大山沟，记得1997年之前全家都是"四川奉节"人。小学的同学大多想当科学家为"四个现代化"做贡献，数我最没有理想，一门心思想当棒棒。主要是因为我根本不知道科学家是干啥的，再说儿子一心向往重庆城，当棒棒就可以去重庆了。

　　那时的重庆与我们村的距离是三天三夜。人生最初的记忆里，有个姓胡的知青住在生产队的保管房里，嘴里总是哼唱着这样一首歌："从重庆呀到奉节，路程那个多么遥远，离别了山城告别了家园，泪水总挂在眼前……"虽然懵懵懂懂不知道歌词的准确含义，但我明白歌里的重庆应该是个像天堂一样的地方。亲眼看到胡知青在保管房的墙角撒了一泡尿，我十分意外，总觉得重庆人不应该和我们一样也要撒尿。9岁那年，远房堂弟因治疗皮肤顽疾去了一趟重庆，回来之后尽管身上的皮肤依然大面积溃烂流脓，但是全村孩子都很崇拜他——因为他是小伙伴当中唯一去过重庆的人。那个时候，我特别羡慕远房堂弟能有这样的机会，甚至为有这样一个堂弟而自豪了好一阵子。这样的记忆依稀是我对重庆的最初印象，当然这样的重庆并不属于我。

　　沐浴着改革开放的春风，我和家里的羊群一起成长。上小学"八年级"的时候，我旷课一周被学校开除了，老妈骂我说："你再不攒劲读书，长大就去重庆当棒棒。"尽管当时还不知道"棒棒"到底是一个什么工作，但既然是老妈在气头上说出来的，一定不会是令人羡慕的职业。老妈语带挖苦的教诲对我的学业并没有太大的促进，倒是让我看到了去重庆的希望。我想，既然当棒棒能去重庆，那我长大后就当棒棒吧。所以不管你们如何引导，我依然不清楚怎样学习才叫"努力"。在30比1的小升初竞争大环境下，我连续几年离录取线都差几分，只能不停地补习复读，读完"八年级"之后我还读过"九年级"。上初一的时候，老爸给我买了一把剃须刀。说实话，那年我还是挺给你们长脸的，只复读了四年就考上了初中（最后一批五年制），人家隔壁的汤老六读到小学"十年级"也没考上。

18岁那年，我念完高中二年级的第一个学期之后就不想上学了，打算报名参军。记得当时老爸用烟袋锅在我脑门儿上敲了三个大包，就是不同意。老爸当过五年兵，知道文化的重要性。后来我把幺舅请上门来当说客你们才勉强松口。其实，我入伍的初衷就是逃避上学，也知道没有文化去部队不可能有什么发展，所以从穿上军装那天开始，我就下定决心到部队里练出一身肌肉块儿，退伍之后去重庆当棒棒。那一年，我们还是四川人，入伍档案的籍贯一栏填的也是"四川奉节"。在这个漫长的成长阶段，棒棒似乎一直是我为人生拟定的一条出路。

从小以为城里人都是天生的，这辈子除了去城市给城里人打工之外，再不可能与重庆这样的都市有任何瓜葛。1997年的上半年，正在全国人民翘首期待香港回归的时候，天上有两块大馅饼径直砸到我的头上。一是作为沈阳军区某部优秀班长被直接提干，二是我竟然在一夜之间就变成了重庆人，而且我们的重庆和北京、上海、天津是一个级别。在填写一系列提干表格的时候，"重庆奉节"就理所当然地成了我新的籍贯。记得填表时"重庆"这两个字我写得特别用力，好几次钢笔尖儿把纸都戳漏了。可以说，成为"重庆人"和当上"军官"对我一样重要。

刚刚成为土生土长重庆人的时候，我和好多重庆老乡就像攀上了富贵干爹一样，没来由的自豪和骄傲，却根本不知道刚直辖的重庆还有很多尴尬。给你们讲一个战友的故事吧：

1998年，早我两年入伍的开县某村郑排长在驻地长春相亲，女方是书香门第，讲究门当户对。郑排长只用三句话就把岳父岳母搞定了——家在重庆；独门独院二层小楼，门前是菜园，屋后有竹林；父亲没事的时候就挂根棍子到朝天门码头去转悠。

岳父母担心夜长梦多，半年后就让郑排长带着漂亮媳妇儿回老家过门儿了。在菜园坝下火车之后，新媳妇儿觉得就算没车接也应该打个的士，对去长途汽车站十分诧异。在开县县城继续转乘开往乡村的破中巴，新媳妇儿怒了。经过几个小时的颠簸，到达镇里的时候，新媳妇儿吐了。再乘坐专用手扶拖拉机走完坑坑洼洼的机耕道，郑排长指着河对面的山顶说："快了快了，那栋被云挡了半边的二层小楼就是我家，我没骗你吧，独门独院，门前菜园，门后竹林。"新媳妇当场晕了。郑排长56岁的父亲闻讯下山，用背带一勒，直接把半死不活的儿媳妇背回了他们白云生处的"独门独院"。新媳妇120斤的体重在老公公背上根本就不算个事儿，因为他在朝天门干了十多年棒棒。

苏醒过来的新媳妇儿大骂郑排长是"重庆大骗子"，发誓再也不回这见鬼的"独门独院"。平心而论，我的战友郑排长没有半点忽悠，最多只能怪他当时的描述缺少了一些补充交代。很显然，直辖之初，很多外省人只知道重庆是现代的大城市，却不清楚重庆还有落后的大农村。如果岳母第一个问题他回答的是"四川开县"，如果岳母当时知道"手拄一根棍子在朝天门转悠的人"并非休闲的老干部，或许这门亲事就没有如此顺利。郑排长说，当了直辖市市民就是不一样。

被骂了一脑袋包的蜜月度完之后，郑排长给我带回来一套VCD光盘，封面上印着一群扛着棒棒的人。他说这部电视剧特别搞笑，重庆人看多少遍都不腻味。我想，作为一名重庆人，我有必要看一看。可爱可敬的"山城棒棒军"在把我和几个老乡逗得前仰后合的同时，也把一种"爬坡上坎，负重前行"的精神深深植入了我的脑海。

从剧情里我依稀看到自己为之自豪的重庆与直辖的身份还有很大差距，但是有精神就有希望，我几乎可以大胆设想它的明天。那些年，我作为重庆人虽然还没有去过重庆城，但是我对重庆的归属感越来越强，对山城棒棒的敬仰之情也越来越深。

我的"干龄"与重庆直辖年龄相当，在年轻的直辖市和山城棒棒大军一起爬坡上坎，负重前行的岁月里，我也像山城的棒棒那样在部队里埋头苦干。军队信息化建设打基础的年代，文化不高但是敢于吃苦的人还是有用武之地的，我不仅是集团军上下认可的"学习成才标兵"，多次立功受奖，还先后两次提前晋职，30出头的时候也干到了正营职。我想，这可能是得益于巴山渝水独有的一种精神，大重庆的成长可能也离不开这种精神。

2007年初，工作上的调动让我有幸回到了驻重庆的部队。重庆城第一次以立体方式呈现在我眼前的时候，我觉得它就像一个浑身长满腱子肉的20多岁小伙儿，洒脱倜傥而且后劲儿无穷。因为没有过去的参照，我不能感慨它的发展变化，但是也算见过一些世面的我打心底觉得它很青春很壮实，到处洋溢着朝气与活力。真实面对棒棒这个群体的时候，我发现他们与烙在我记忆里的荧屏形象有着强烈的反差。那时的部队机关还在重庆最繁华的解放碑办公，每天上下班都能遇到一些干活或找活的棒棒，他们大多头发花白、脊背佝偻，有些挣扎迟缓的脚步似乎已经跟不上这个城市稳健的步伐。我猛然觉得自己正在见证这个行业的没落。或许，这个在特殊时代产生的特殊行业注定只属于我的父辈，因为年轻一代正在用新的方式新的工具取代他们的劳动。这是既残酷而又令人欣慰的现实。

有一位市领导说："三年没来重庆，就不要说你来过重庆。"在重庆工作时间长了，我想说："三个月没来重庆，你只能说曾经或很久以前来过重庆。"这些年的重庆，就像拔节的竹笋每天都在往上蹿，这种变化是生活在这里的人们每天都能感受得到的。老家的村子与重庆的距离由三天三夜缩短到4个小时，这使得我的家庭接待负担日益沉重，童年那些没上过初中的同学，现在买件衣服都开个车牛皮哄哄往主城区跑。从东北回来探亲时见过的十来个光屁股侄儿侄女，现在大多都在重庆上大学，见面时总是争相讲述我"复读四年考初中"的传奇。当初的战友郑排长现在是集团军机关的处长，这几年又带着老婆孩子回来了好几次。那个依然白云缭绕的山顶上新开了一个大型"农家乐"，老郑家的"独门独院"也变成了三层，还贴了瓷砖，建了车库。看来，老公公背儿媳妇的历史是不会重演了。当然，即使要背也可能背不动了，因为六十几岁的老父亲早已不在朝天门"休闲锻炼"了，每天只在家里"种种菜"、"养养鸡"。他当初在朝天门的竞争对手也大多"转行"或"退休"了，挑不动是一个方面，主要是适合棒棒干的业务越来越少，挣不到钱了。

回到重庆这些年，我的个人成长进步还算顺利，2008年底光荣"入团"，牵头负责的工作也多少有些亮点。肩头责任越来越重，在底子单薄工作力不从心的时候，我喜欢远远地盯着棒棒爬坡上坎的背影，感觉能获取力量。

水无常势。在"中国梦"和"强军梦"号音渐急马蹄声催的日子里，我的工作成绩不突出，肚皮和腰间盘倒是日渐凸出，档案袋里那个函授的本科文凭你们也知道是咋回事儿，根本代表不了水平，再怎么努力都跟不上部队发展的节奏。躺下睡不着，坐着就犯困，自己干不动，别人干不放心，职务越来越高，可是好多新型装备看着就犯迷糊。懒散闲逛于街头，视野里零星的棒棒脚步蹒跚，急促的喘息被喉腔里那团总也咳不出来的浓痰剧烈拉扯，发出"呼哧呼哧"的声音。我突然悲伤地意识到，我和山城的棒棒们一样，就要被这个时代淘汰了——信息化时代,"老黄牛"终归要被"千里马"取代。从现行政策和自身年龄来看,脸皮厚一点的话三年五载不会有人撵我走,说不定还多少有一点进步空间。但是一个没啥文化的人老在那儿赖着,就要拖部队建设的后腿,就会阻挡年轻人的成长空间。

爸、妈,你们给予了我生命,但是,是这支人民军队赋予了我血性和品质,活要活得顶天立地,死要死得无愧于心。宁当市井棒棒,不做强军累赘——这是儿子以军人名义做出的人生第二次选择。

现在的军转安置主要有两种渠道,一是计划安置,二是自主择业。在递交了转业申请的时候我就想好了,既然是因为没文化主动从部队"撤退"下来的,也就不必再去给地方政府添累赘了,所以我决心自主择业,加入山城棒棒军,让我的人生重新起步。棒枪腾岗,解甲复耕,或许是庸人报国的务实抉择。

在我即将把背影留给军营的时候,重庆街头有一个佝偻的老棒棒也正在把背影留给一个新的时代。我们一见如故,他答应收我为徒,我觉得是时候去实现小学"八年级"的"愿望"了。当然,今天的我去做棒棒,绝非单纯的就业和生计,只是想踏踏实实回到劳动人民中间,踏踏实实做一点力所能及的事情。如果能依托自身所长顺便做点事情,比如写点关于山城棒棒的故事,或者拍一部关于山城棒棒的纪录片,自然再好不过。我已经请好了摄像师,小伙子21岁,学历比我高,职业高中第六学期都念过,用单反相机给人拍过结婚照。我们初次见面在小饭馆儿点菜,"酸辣土豆丝"的前两个字他不会写,我只教了两遍就会写了,摄像机交给他的当天就弄懂了开机、关机、摄录和暂停,说明这娃还是很聪明的。当然,我之所以请他还有更主要的原因,就是他一身腱子肉,看起来能吃苦,而且工资要求只有两千块。这两天小伙儿跟我说压力有点大，我说没事儿，见啥拍啥，我们就是要用最笨拙的方式去追踪一群背影，记录一个时代，讲述一种人生。这与艺术无关，基本全是力气活儿。

安置移交前部队还给发基本工资，我已经把保障卡交给你们孙子的妈妈了，扣了房贷还能剩一些，她会按月给你们寄零花钱并代我支付摄像工资。至于我自己，你们不要操心，"荷包清零，心态归零"之后，我一定会俯下身子，亮出膀子。

爸、妈，儿子当棒棒，你们如果面子上挂不住，就先不要跟亲戚朋友提我转业的事，万一有人问起来，就笑一笑不置可否，好吗？再过十多天就要过年了，熏腊肉的时候千万不要坐在火堆旁边打瞌睡，容易着火，灶房挨着猪圈，猪圈里还堆着那么多稻草。

此致，叩首！

你们的"大莽子"：何苦
2014年1月18日于巴渝军营

一

公元2014年1月19日，农历癸巳年腊月十九。

老黄历上特别标注："癸巳年乙丑月，庚寅除日，宜开业、忌搬家。"我想转业当个棒棒算不得开业吧？背点衣服被子换个地方睡觉也算不得搬家吧？总之在这一天我脱下穿了整整20年的军装，走进了渝中区五一路自力巷。我和"棒棒"老黄的师徒关系从这一天开始，关于自力巷53号的故事也由此讲起。

老黄今年65岁，重庆江津人，1992年初加入山城"棒棒"大军，是一名有着22年"棒龄"的资深"棒棒哥"，也是自力巷53号的老房客。因为十多天前的一次邂逅我们一见如故，并且确定了师徒关系，他如约帮我在自力巷53号租了房。

紧随老黄的脚步走进自力巷，视野里充斥着残垣断壁和一些结构要素基本完整的破旧建筑，恍若一脚踏进了美丽的渝中半岛一个正在溃烂流脓的伤疤。自力巷和重庆地标解放碑只有一街之隔，直线距离不到300米。作为大重庆行政区域里最原始的版图，渝中区是所有区县中的长子，而解放碑商圈就是渝中区的脸面和门户，它不仅承载着巴渝历史文化的变迁，还托举着今日重庆的自信和自豪。随着这些年经济的迅猛发展，现代楼盘竞相比高，旧城改造稳步推进，不断的新陈代谢使破旧低

矮的老城棚户区正在变成记忆，昔日的地标建筑"人民解放纪念碑"，除了精神层面的高度依然无可比拟之外，物理范畴的高度已经不复从前，鳞次栉比的商圈写字楼就像集合在"纪念碑"广场周围的卫兵，挺拔张扬得有些喧宾夺主。对于越来越具有国际范儿的解放碑商圈来说，自力巷就如重庆美女隐藏在黑丝袜里面的一块与生俱来的黑色胎记，性感时尚的光鲜背后却依然留着只有少数人知道的成长遗憾。

没有人知道自力巷始建于哪年哪月，只有几个老人知道他们住进自力巷的时候还没有"解放碑"。或许是巷子里历来住的都是小商小贩和手艺人，靠着勤劳节俭自力更生自食其力过日子，自力巷因此得名。当然，关于巷名的来源，也仅仅只是一些后来人模糊的揣测。今天的自力巷似乎已经走到了历史的拐点，因为巷子里这些形态各异勉强站立的墙壁上都无一例外的涂抹着大红的"拆"字。据说，这里是渝中区旧城改造最后攻坚的目标之一，拆迁办早在十多年前就已高调进驻，因为历史和现实等诸多众所周知的矛盾难以调和，至今只推倒了位于巷口的社区居委会办公楼。虽然拆迁进展缓慢，但是每个人都相信这个破败老旧的巷子注定要被高速发展的城市重新定位，未来的自力巷将成为五一路金融街的一部分。或许是早已洞悉这个巷子的必然命运，巷子里的原住民大多已经有了新的归宿，除了收房租和与拆迁办讨价还价之外，自力巷与他们的生活几无关系。老黄说，而今居住在这里的人大多是他这样的外来农民工、小商贩和手艺人，他们无意也没有资格充当钉子户，也无所谓几时搬迁，只在乎眼下房租的实惠。他们每个人都企盼着住进宽敞明亮的都市楼房，但是现在，他们只能依附在这里吸取自力巷残存的养分，用勤劳的双手继续丰富自力巷里自力更生的故事。

狭长的巷子通道上行人稀疏，几个熟悉而陌生的手艺小摊贴着墙根次第排开。熟悉是因为他们从事的行业离生活很近，陌生是因为他们劳动的方式离记忆很远。巷口的皮匠咧着嘴一锥一线缝补着一只鞋底开胶的劣质运动鞋，身旁还凌乱地堆放着一些严重破损且被泥污浸染得分不清颜色的胶鞋或布鞋。离皮匠十来米远的地方是裁缝，正对着一条半新不旧的休闲裤比比画画，看样子是准备完成一项长改短或大改小的工作。在他的裁剪案板上，还摆放着一堆成色不一的旧衣裤。从皮匠和裁缝手头的工作大致可以看得出，他们的顾客应该都是一些十分勤俭且不太注重体面的人。巷子的尽头还有一个剃头匠在给女顾客做发型。同样是靠理发谋生，在闹市店面里工作的叫理发师或美发师，在自力巷摆露天摊的就是剃头匠。一把椅子，一面镜子，再加上几样基础的理发工具，就凑成了他吃饭的全部家当。别看工具简陋，手艺却是相当娴熟，十几分钟就用一把烫钳在女顾客头上烙出了一个标准的"爆炸式"。在今天的理发界，还能如此熟练运用烫钳做发型的师傅，想必已经十分鲜见。当然，在今天还能把一头秀发拿来烫得嗞嗞冒烟的人也不会太多，这份爱美之心自然也是令人十分地佩服。视野所及的地方，只有几辆随意停放的摩托车是看得见的现代元素。摩托车后备箱上无一例外地张贴着"开锁"和"疏通"的醒目标识，似乎在招揽生意，也似乎在昭告它们的主人所从事的营生。

我的新住所是一幢具有浓郁"民国陪都"风情的木结构四层小楼，门牌很新，房子很破，沧桑的墙面似乎还残留着抗战时期日本大轰炸的焦煳气味。据说这个巷子里本来还有一栋跟它一模一样的小楼，叫自力巷52号，十多前在一场暴风雨当中轰然垮塌了。与它逝去的兄弟相比，眼前的53号算得上长寿了。尽管墙体破损严重，结构也变得歪歪扭扭，但它依然还在

颤颤巍巍地见证着一个时代的风起云涌，就像一位挤在年轻巨人中间踮着脚尖看风景的耄耋老者。

穿过一楼只能侧身通过的黑暗走廊，我强烈觉得这里应该属于白蚁、蟑螂和老鼠，已经严重不适宜人类居住。多少有些欣慰的是楼梯口竟然还有一盏3瓦声控电灯，这是楼内唯一具有现代都市气息的硬件设施，虽然光线微弱但还是具有一定的导航作用，有效降低了攀爬这个80度仰角简易木梯时失足坠落的风险。

我的房间在二楼，与老黄一墙之隔，月租金300元，有窗有床有电源。窗户缺一块玻璃，是看楼前垃圾场，嗅外边腐臭味儿的绿色通道。床是木板纸壳拼凑起来的复合体，裸露的电线就如一条条攀附在窗沿的死蚯蚓。墙壁上凌乱地张贴着各类或公益或商业的宣传海报，就如走进了一个刚刚被8级大风吹乱的街头橱窗，满墙的帅哥靓女有的在倡导环保，有的专注于吃，进屋不到3分钟，我不仅重温了重庆2011年"创建国家环保模范城市"的目标任务，还对肯德基几年前推出的套餐印象深刻。老黄说这里以前住着一个绰号叫"黄牛"的棒棒，前几天刚刚退房回家，因为他比较爱干净，所以这个房间一直比较整洁。看着老黄一脸真诚，我能肯定他的本意并非幽默。

走进老黄的房间，瞬间觉得我的房间很奢侈。不足4平米的空间，在放了一张单人床之后，只能侧身进屋，坐在床沿伸不开腿，站在床前转不过身。就算俯着进去，也会把挂满墙壁的各类口袋撞得滴溜溜地转悠。只有门框没有门板的门，兼具进出和通风的双重功能，但却不能防盗防偷窥。老黄的房租原本是每月60元，因为经常在楼里干一些修修补补的工作，房东干脆就把他的房租免了，条件是他要肩负起物业管理的职责。

得知老黄收了徒弟，自力巷53号的老住户纷纷前来道贺。

寒暄之后我知道了他们的名字——大石、老甘和河南。摄像兄弟一时还摆不正心态，一个劲儿地跟人夸耀我是团级干部，搞得像是调到这儿来工作的领导似的。或许是打心底觉得当棒棒没有技术含量，亦或许是根深蒂固地认为当棒棒很卑微，他们看我的眼神充满了疑惑和诧异。疑惑棒棒老黄身上有什么技艺值得传授，诧异我好好的"官儿"不当干吗要来当棒棒。

是爷们儿，做法律道德框架内的事情就无须在乎别人的眼神。我用20年前从连长手中接枪的豪情从老黄手中接过比"八一"冲锋枪略长比"四零"火箭筒略细的"棒棒"，胸腔里的心脏收缩扩张节奏瞬间加速，感觉有一股热热的液体在全身剧烈奔涌。这是一种身份的确认，更是一名劳动者的主动回归，我没有不兴奋的理由。这种兴奋的感觉和20年前的那个冬天没有区别。因为在我的眼里，棒棒是一个同样神圣的职业。

"棒棒"是山城重庆一个具有名片效应的服务行业。改革开放之初，重庆落后的交通状况难以满足经济发展的刚性需求，大量农村剩余劳动力涌进城市，他们没有文化，也没有技术，靠着一根棒棒和与生俱来的力气在车站码头等物资集散地挣钱致富。上世纪90年代，随着改革开放的逐步深入，更多的农民抛弃土地或者被土地抛弃，二十几万人的棒棒大军将这种重体力劳动服务从原来的车站码头推广到大街小巷，山城爬坡上坎的特殊地理条件也给他们提供了肥沃的生存土壤，大到工厂企业装船卸车，小到家庭个人购物买菜，随口一嗓子"棒棒儿"，就有一群肩扛棒棒的人冲过来为你服务。总之，只要是用力气可以解决的问题，他们决不退缩。或许在很多人眼里，棒棒是这个城市最低贱的职业，但在那个年代，棒棒又是重庆人事业和生活中最离不开的"万金油"。他们不在意自身职业的卑微，也不在乎别人眼里的褒贬尊卑，他们只相信幸福要用汗水博取。30多年来，有人唾骂棒棒衣衫不整乱闯红灯随地吐痰影响市容，也有人感慨今天的重庆城很大程度上是二十几万棒棒用肩膀挑出来的。昔日的一部《山城棒棒军》之所以能够火爆重庆，火遍全国，就在于它用艺术的真实展现了一种真实的存在，用艺术的真实刻画了一种真实的品格，一种这个城市最具代表性的品格。弹指一挥间，30多年过去了，当我们重温经典的时候，却猛然发现山城街头的棒棒少了，老了。

棒棒去哪儿了？

我在自力巷53号的4个邻居，都是棒棒。确切地说，老甘、河南曾经是"棒棒"，大石、老黄现在还是"棒棒"。

一楼的大石是重庆合川人，今年59岁。1982年的春天开始投身山城棒棒大军，是这里资格最老的棒棒，也是自力巷53号最老的租户。刚来的时候儿子一岁，现在孙子5岁。大石比较精明踏实，以前只是自己在这里租房子住，近些年来几个房主嫌每月收百八十块房租来回跑很麻烦，就以较低的租金把房子委托给大石统一经营管理，于是大石就成了自力巷53号的房东。大石现在不在这里居住，每周定时来自力巷给一个老主顾送煤拉菜，干着有规律的固定业务，不上街揽活。据说大石在南岸区有个幸福的家，一楼只是他堆放面粉、蜂窝煤和送货工具的仓库。看起来"棒棒"已不是大石的主业，更像是兼职。

我的楼上住着河南，他的房间乱得就像废品收购站的小仓库。因为是棒棒行业里为数不多的中原人，所以家乡省份的名称就成了他在重庆的名字。河南的左腿有残疾，弯曲困难，平时要么站着要么躺着，上下自力巷53号的楼梯是他每天必须要面对的挑战。河南今年44岁，到重庆已整整20年，先是干了17年棒棒，而后给一个夜市大排档老板干了3年杂活，至今还没有初恋。2013年12月16日，河南因为一件小事令老板不满而失业。他说当棒棒没什么出息，这一个多月似乎已经找到了新的出路——"斗地主"。今天，河南的口袋里还有7块钱，这是全部家底儿。

老甘住的四楼更像是个阁楼。房门下沿将近一半的面积只有框架没有木板，无论是开还是关都只具有象征意义。老甘的安全意识很强，外出时房门一定上锁。阁楼的窗户是一个窗户形状的大洞，只具有通风功能，不能用于保温。其实，这个房间纵使没有窗户也无所谓，墙壁四面还有很多地方可以采光通风。老甘是四川邻水人，与大石同龄，至今未婚。老甘的记性不好，记不住自己到重庆多少年了，他说印象中当时的大石还是个不满30的小伙子。老甘是个典型的宅男，上班之余全部猫在自己的阁楼上。去年12月，我房间的前主人黄牛回家时，以一百元的价格处理给他一个便携式影碟机，老甘这些日子天天关在屋里看《刘三姐》，至于已经看了多少遍，他记不住。他说刘三姐真好看。

相对于其他三个人来说，老黄是最纯粹的棒棒，至今还在以山城棒棒最传统的方式挣钱谋生。每天蹲守或游走在固定的区域，无论是挑、扛、抬、拽，还是铲、挖、撬、砸，给钱就干。

晚饭时分，老黄一边做饭，一边以师傅和物业管理员的身份向我强调自力巷53号的注意事项。三楼除了河南的房间之外，其余都是公共生活空间。一个烧柴的简易土灶，可以做饭烧热水；一个下水不是很顺畅的洗衣台，是洗漱、洗衣和洗澡的地方；一个锈蚀严重的歪嘴水龙头，流出来的是干净的生活用水。厕所在楼外50米处，大部分自力巷的人都去那里，当然如果憋急了，小便也可以在水桶旁边的下水道解决，条件是必须瞄准，既不能溅到水桶里也不能滴到楼梯上。这是一项技术

活，你懂的。老黄还特别强调，灶只能天黑之后确认拆迁办下班了才能使用，生火之时木柴伸出灶膛门外部分不能超过三寸，火未灭之前人绝对不能离开半步，超过1500瓦的家用电器也不能使用，这是人命关天的事，绝不能丝毫马虎。老黄特别叮嘱我，一旦着火，就直接从窗户跳出去，就算把腿摔断了命还是能保住的。

老黄还说，进城这22年，因为拆迁他搬过很多次家，自力巷53号的条件是最好的，也不知道还能住多久。

二

2014年1月20日,蛇年最后一个节气——大寒。

清晨8点,我和老黄准时出门。贵为大山城的核心CBD,解放碑年味十足,就如一个青春美少女早早穿上了漂亮的花裙子,迫不及待想要拥抱春天。从自力巷踏进解放碑,我感觉一步迈过了这个城市的70年。

穿行在人流中的老黄一身棒棒的标准配置:缺少部分纽扣的部队老式作训服,半新不旧的解放鞋和一根磨得发亮的南竹"棒棒"。左前胸处,一串挽着结的尼龙绳随着身体的节奏左右晃动。或许是早上洗脸时沾在额头发根的香皂沫没有擦净的缘故,微微上翘的发梢使老黄的面部很开阔,额头皱纹很深,眉稀睫短,目光有些浑浊,严寒的气温使鼻孔外面探出的一小撮鼻毛有些湿润。老黄习惯双手插在裤兜,走起路来佝偻的后背和后昂的脖子很不协调。老黄说年轻人喜欢双手插兜,自己保持这样别扭的走路姿势无非是想告诉别人他还不老,还挑得动。

漫无目标地穿行在大街小巷,偶尔也会遇到一些同行,他们有的三三两两聚在商场门口聊天等活儿,有的独自溜达四处觅活儿,还有的正在按照雇主的要求紧张干活儿。我很随意地拎着"棒棒"跟在老黄的身后,他不时提醒我要扛在肩膀上。

他说随便拿根棍子找饭吃的是叫花子，棍子是打狗的工具，而我们手中的棍子是干活的工具，虽然不一定比叫花子挣得多，但我们自食其力。这是最本质的区别，老黄特别在乎这种区别。听着老黄的教导，我郑重地把"棒棒"扛上肩膀，就像当初扛枪一样。

路过正阳街口，我看到河南正坐在街边"斗地主"。桌上的河南左手抓着一把扑克牌，右手正掐着一个硕大的馒头用力往嘴里塞，右手小指头上还钩着一个方便袋，依稀可见里面有三个同样大的馒头。看起来河南打牌也是上班的节奏呀，甚至比有些单位打卡的时间还早。老黄说这就是河南的新出路，昨晚路灯刚亮的时候他们就来了，现在是还没有下班。河南已经失业一个月零三天了，睡觉打牌是他眼下生活的全部。离开正阳街的时候，我一肚子纳闷儿：他们斗的是10块钱起底四"炸"封顶的地主，昨天兜里只有7块钱的河南是靠什么支撑到现在的？如果靠的是牌技，那么昨天的他兜里就不至于仅剩7块钱；如果靠的不是牌技，那么就是河南昨天和我初次相识很谦虚。

虽然很不喜欢"棒棒"这个略带戏谑的称呼，但我依然殷切地期待着耳膜中能突然传来"棒棒儿"这样的召唤。对于老黄来说，这种召唤是他生活的希望。对于我来说，就像刚入营的新兵期待训练场的口令一样。我和老黄有言在先，第一个月我是学徒，挣的钱全部归他，一个月之后我们同工同酬。我兜里只有1300块供我在自力巷起步，我发过毒誓——无论多么艰难，一不找朋友借二不从家里拿。

围着解放碑商圈转悠了两个大圈，我们没有听到期待中的召唤，甚至没有人正眼看过我们这一高一矮两个找活儿的棒棒。老黄说当棒棒也需要运气，就像开出租车一样，你刚一脚油门空车离开这个站点，后面马上就有人招手打车，多站一秒或早到一秒结果可能大不一样。如何把握好这一秒，没有经验可言，全凭运气。

"老师，麻烦一下！"

途经临江门的时候，两位时尚美女径直冲我们走来，笑容很甜，打招呼的声音也很悦耳。终于盼来了期盼中的召唤，我有些激动想迎上去，可身旁的老黄却站在原地没动，表情出乎意料的淡定。虽然觉得老黄对热情的姑娘有些怠慢，但是出于对师傅的尊重，我没敢轻举妄动，只是用眼神作了一点最简单的交流——示意两位美女找老黄谈。周围人声嘈杂，听不清他们交流的内容，只见老黄面向东南方向指指点点一番之后，两个美女满脸谢意地朝着他指的方向走了。看着两位美女远去的背影，我有些失落，老黄一脸江湖地安慰我说："一听就晓得是问路的，找我们干业务的，一般不会这么尊敬，大多都是扯着嗓子喊棒棒儿，哪个还叫你老师嘛……"

"上街不知怎么逛，随时随地找棒棒"，这是很多重庆人的基本常识。常年在商圈里找活儿的棒棒对周围大街小巷的路径可能比警察还熟悉，也只有在这个时候，棒棒才能真正享受到陌生人的尊敬，所以他们通常也表现得很热情。可是指路挣不到钱，所以我从老黄的表情里看得出来，他似乎不在乎这样的"尊敬"，更希望喊"棒棒儿"的多一点。

可能就是缺少那么一点点运气，我和老黄一上午没有开张。棒棒的大部分时间都是在寻觅和等候中度过，特别是在业务萧条时期，更要学会在期盼中打发时光。老黄说找活其实比干活还累，心性是慢慢磨出来的，既不能过于迫切又不能灰心懈怠。的确，经过这一上午在期盼中的煎熬，我已真切感到太急躁会令人发疯，太懈怠就容易放弃，要做一名合格的棒棒，必须要在两者之间找一个平衡点。

整整一个上午,早饭钱还没挣回来,午饭时间又到了。没有收入就意味着要吃老本,老黄站在中华路的露天快餐店前张望徘徊,7块钱一荤三素,10块钱三荤三素,价格有差距,吃在嘴里的食物当然也有差距,老黄想多吃肉又舍不得3块钱。看出老黄的纠结,我决定做东请他吃"最高标准"。老黄的胃口不错,一大盘菜三大碗米饭,估计给快餐店留下的利润空间已经微乎其微。在餐棚靠街一侧,一位貌似我们同行的大哥好像盛了5次饭菜,餐盘每次都堆得像小山一样,餐馆老板看他的眼神十分复杂。老黄说干的是力气活肚子里又缺油水,所以吃得就多,只有吃饱了,才有力气干活。

按照老黄的经验,中午这一段时间大家都在吃饭,不可能有业务可干,所以我们回到自力巷外的五一路口。这是一个由社会供需关系自然孕育的小型劳动力市场,门槛很低,也无须入场券,带着你的技术、力气和工具就有资格参与这个市场里的劳动竞争,木匠石匠泥水匠,电工漆工管道工,这里的技术人员涵盖了建筑施工和装饰装修的各个工种。他们不属于任何单位,也不受任何纪律约束,有活干活儿,没活儿打牌。他们惬意而懒散地享受着这份自由,喜怒与输赢无关。这里"斗地主"大多打一块钱的底,老黄觉得太大,从不参与,但他却是这里最铁杆儿的观众。等活间隙看别人"斗地主",几乎是老黄全部的文化生活。得知我是新来的棒棒,几乎所有人都认定我是"微服私访"的领导干部,敬而远之。老黄说棒棒有棒棒的气质,你虽然穿得很朴素,但身上那种吃公家饭的气质不是几件旧衣服能掩盖得了的。老黄安慰我不要着急,说只要你是真心想干,时间长了活干得多了,棒棒的气质自然就出来了。

下午一点多钟,我们终于迎来了期盼中的"召唤"。五一路口的涂料店有两袋腻子粉和一小包装修元件要送到洪崖洞,100

斤出头，两公里路，工钱10块，对方付款。涂料店是老黄的大主顾，涂料店的主要客户老黄都熟悉。没有讨价还价，也无须店员护送。这是一个人的活儿，我的肩膀早就痒痒了，所以决心让老黄带路。

套绳，上肩，起步。身后隐约有怪笑声和口哨声，就是剧院里观众不喜欢的演员登场和谢幕时的那种动静。

肩上负重的时候，步子就迈得特别快，这是每个人的正常反应。前200米，肩膀没有想象的疼，步子也没有想象中的沉重，老黄跟着我一路小跑。第二个200米即将完成的时候，我开始清晰地感觉到在肩头棒棒和肩内骨骼的挤压下，左右肩膀的皮肤和肌肉渐渐由酸麻变成刺痛。这种生理信息在经过大脑简单处理之后，快速向全身扩散。担子越来越重，腰越来越弯，腿越来越沉，汗腺也在快速扩张，密密麻麻的液体从那些休息了一个冬天的毛孔里铆着劲儿往外挤。从发根和面部毛孔里涌出的那一部分比较顺畅，少量的顺着鬓角淌进嘴里，有点咸。老黄说他昨天才往洪崖洞送了一趟货，4袋腻子粉加几个小件，一共230斤。

紧跟在我身后的老黄不停地提醒我把腰杆挺直，我想一定是我挑东西的姿态很丑陋。想要昂首挺胸，腰和背根本不受控制。我姿势的难看，或许和绳子套得不好有关系，前边短后面长严重不协调，至少这是一个掩饰自己体力不支的借口。当我歇下来要重新套绳的时候，老黄坚决阻止了我。他说重庆棒棒挑东西套绳子，向来都是一头长一头短，爬坡上坎短绳冲前便于迈步，下坡下坎长绳冲前避免卡脚，这是常识。他还说让我把腰挺直并不完全是为了姿势好看，主要是省劲儿，个中道理他也讲不清楚。可能是从我沉重的呼吸和面部表情看出体力不支，老黄多次要求自己来，但是被我坚决拒绝。

初为棒棒，从来没有如此刻骨铭心地觉得两公里路竟然如此漫长。

或许这就是棒棒脚下的路。

这样的路，老黄每天都在走，走了22年。

脚下的路在汗水中延伸，我们离五一路越来越远，离洪崖洞越来越近。对我来说，后面的1000多米，靠的绝不是力气。我不敢想象，这个65岁的老头昨天是怎么把230斤涂料挑过来的。老黄说，力气这东西不是养出来的，是榨出来的。怕我听不明白，他就拿昨天的那个业务给我举例说明：230斤东西两个人挑有点少，一个人挑有点多，老板请两个人至少要花20，觉得不值，而请一个人给10块又对不住干活的人，于是精明的雇主就拿出了皆大欢喜的方案——花15块雇一个人。这样老板省了5块，而自己咬咬牙也能多挣5块。他说在棒棒这个靠力气吃饭的行业，没有为你量身定制的业务，只要价钱合适，轻点重点都得干，他有一个姓杭的朋友，就是因为一个这样的业务落下病根，干不动回家了。看来，没有一身力气还真干不了这份工作。

当然，作为这个城市的"万金油"，棒棒们干的也并不一定全是力气活。刚从洪崖洞回来，另一个雇主又急切地拽住了老黄——舀狗食的铁饭勺掉进了卫生间下水道，屙肚子的雇主着急蹲厕所，走路的时候把屁股撅得老高，显然是快要憋不住了。

在现场观察一番，老黄说任何工具都不顶用，只能用手。他的双膝跪在洗手间的地板上，撸起袖子就把右手插进了马桶。

"给多少钱？"经过一番探摸之后，老黄突然抬头问雇主。

"你要多少？"脸色发青的雇主弓着腰，双手捂着腹部，从紧咬的牙缝里勉强挤出了四个字，说话的同时嘴里还夹杂着"嘶嘶"的声音。老黄看了看老板的脸色，若有所思，看样子是准备要个大价钱。

"20？"

"赶紧——赶紧——"老板没有压价，从他痛苦的表情上判断，根本就没有压价的时间，我甚至看到他的脸上有一抹如释重负的神情闪过，感觉即便要"21块"他也会接受。

这边雇主话音刚落，那边老黄已经从拳头粗细的下水道里拔出了右手，拇指和食指之间紧捏着一只粘满粪便的铁勺，那一刻，我看到老黄的手背上也粘满了一层黄色黏状物。我突然感到有点恶心，生怕眼角余光再次瞟到老黄的右手，赶紧扭头出屋。

几分钟之后，老黄出门，手里拿着一块香皂，扔进了垃圾堆。他说这是老板家的，他用这块香皂洗了五遍手，走时老板请他帮忙把这块香皂扔掉。

事后我问老黄为什么把手伸进马桶之后才谈价，他说谈价之时他的手已抓到了勺子，并确认能拿出来。其实这活十块钱都可以干，装出很费劲的样子就是想要个好价钱，本来想要30的，但又摸不清老板做人的深浅，担心沾了一手的屎之后老板去找别人，所以一咬牙一跺脚只要了20元，20已经不少了。老黄满足的面容里隐藏着一种坏坏的笑，原本木讷呆板的老脸分外生动。

傍晚时分，我们又接到了一个给小餐馆搬饮料的业务——挑12箱饮料上六楼，顺路再把6箱空瓶挑下六楼。吭哧吭哧半个多小时，抠门儿的老板一共只给了十二块——担上楼的12箱每箱一元，6箱空瓶免费赠送。这年头，无良奸商的促销活动真是把风气搞坏了，连棒棒挣点现金都要"返券儿"。面对微薄的劳动报酬我很无语，甚至可以说气愤，连旁边的木匠石匠泥水匠都看不过去，可老黄却是一脸知足，他说力气用了还有，不管多少只要有收入就好嘛!

  当棒棒的第一天就这样结束了,对于我的师傅老黄来说,总收入42元,而对于我来说,也算是对自己正在从事的行业有了感性的认识——棒棒拼的也是综合能力,既要不怕累不嫌脏,又要心眼活泛会谈价钱,还必须耐得住清闲懂得知足。

  夜幕降临,写字楼里的都市白领下班的脚步都很急切,新华路上的人行通道正在被一些夜间大排档占领,休息了整整一个白天的老甘也开始忙碌。撑篷,支灶,摆桌,老甘熟练而从容,一切都是模式化的按部就班。老甘的这一轮工作将会持续到晚上10点,次日凌晨6点,老甘还要来给老板洗碗收摊,紧接着再去为另一个卖早点的老板出早摊。晚摊挣40,早摊挣15。老甘觉得他这样的工作比老黄稳定得多,每天一睁眼就知道自己当天的收入,同时还省下了早晚两餐的开支。他很敬业,敬业是为了珍惜。

  晚上7点多,大石开始在一楼忙碌。他的雇主是新华路上一个小饭馆。每周一三五晚上送煤,一次300个,工钱10块。因为城管和环保禁止在新华路烧煤,而饭馆又需要用火力衡稳、成本低廉的蜂窝煤给提前做好的饭菜保温,所以送煤工作要在晚上进行,不能大张旗鼓。除此之外,每天清晨还要给小饭馆挑菜,大石6点钟必须起床,从南坪的家里坐公交车到石灰市农贸市场,每天的工钱也是10块。这是而今大石作为棒棒的唯一业务,除了坐公交的开支,剩下的不足300元。

三

"喂——你哪个……"

第二天清晨出门的时候,老黄的电话响了,这么早给棒棒打电话,一定是有业务,所以他接电话的动作相当迅速。

"哦哦,啥子啊——中小——企业——创业研讨会……"老黄赶紧捂着电话小声向我通报:"有大业务来了。"

"有时间,有的是时间,在哪个地方开嘛——两江酒店,那个地方我晓得——"老黄的声音越发迫切。

"嘿嘿,有哪些专家教授参加你不用跟我说——呵呵,你说几点到就几点到……我能当啥子嘉宾嘛,你直说,要挑的东西有好多?工钱啷个算?"虽然听不到对方在说什么,但我差不多明白了对方的意图。

"嘿嘿,我不是黄总——真的没开玩笑,我是个棒棒儿——喂——喂——"

远远地,我似乎能感觉到对方用力扣断电话的那声脆响。我也曾无数次接到过这样的电话,从来都是对方死乞白赖地扭着说个没完,逼着我不耐烦地按断电话,但是今天,我却亲眼看到对方毫不客气地扣断了老黄的电话。显然,棒棒不是他们需要付出礼貌和尊重的对象。

"可能打错了,他要找黄总……"老黄有些莫名其妙,他不必用心去琢磨这里边的内涵,也似乎早就习惯和认同了这个社会给予他的那个位置。

住在自力巷,干在五一路,身为农民的老黄和这个城市"最劳动"的街巷关系密切。在家是农民,进城是棒棒,老黄似乎与传统的劳动有着一种割舍不了的缘分。劳动虽然光荣,但是在这个世界上,没有人发自内心地觉得当棒棒光荣,也没有人发自内心地对棒棒高看一眼,更没有父母希望自己的孩子长大以后能当一名光荣的"人民棒棒"。每个棒棒的人生都有他必须当棒棒的故事,每个棒棒的最大梦想都是有一天能够扔掉肩膀上的那根棒棒。所以,老黄当棒棒绝非刻意选择,更像是命中注定。

1949年11月16日,老黄在四川江津的一个偏僻山村来到人间。他出生时没赶上新中国诞生的礼炮,却在母亲的怀里亲耳听到了解放重庆的枪炮声。老黄是家里的第五个儿子,他说这是自己人生犯的最大错误,不仅投胎时有些草率,来得也很不合时宜。出生第8天江津解放,第14天重庆解放,在全国人民欢天喜地庆祝蒋家王朝的陪都被攻克的时候,老黄全家被打倒了——父亲不仅是国民党政权的教书匠,还是一个有十多亩土地的小地主。江津解放之后,父亲被关进了劳改队,田地房产还给了被剥削的劳动人民,母亲没坐完月子就带着地主家的五个儿子住进了半山腰的茅草棚。于是,地主家的少爷还没来得及享福,就成了地主家的"狗崽子"。在那个充满激情和希望而又同仇敌忾的特殊年代,老黄和他的哥哥们在人们鄙夷和仇视的目光里成长。老黄3岁的时候,父亲因为间歇性癫狂被提前释放,不发病的时候是正常人,发病的时候乱踢乱打六亲不认。被释放的第二年,家里又多了一个老六。

老黄的整个童年记忆都贯穿着饥饿、寒冷和恐惧。8岁那年夏天，被铁链子拴在墙洞上的父亲死了，哥哥们在埋父亲的时候，老黄被柴火堆烧烂了肚皮，没有钱去医院。大哥又连夜在父亲的坟旁刨了一个坑，随时准备掩埋五弟的尸体，那个坑与埋一条死狗的坑差不多大小。在等待死神的日子里，母亲用一块破布缠着他溃烂的伤口，目的是阻止肠子从肚子里爆出来。

伤口是怎么愈合的老黄已经记不清楚，他说这本来就像一个传说。

后来似乎一切都好了起来，他还上了两年小学。

"天上布满星，月牙儿亮晶晶，生产队里开大会，诉苦把冤伸……"

这是迄今为止老黄唯一能够完整哼唱的歌曲，他说这首歌是在"文化大革命"的批斗大会主席台上学会的。在那个激情澎湃的岁月，村前村后的乡亲们喊着整齐的口号，唱着响亮的歌曲，忆苦思甜。这期间，大哥四哥死了，不知道是饿死的还是吓死的。随后，只要得知生产队里要开大会的消息，母亲和兄弟几个就躲进一个不为人知的山洞。远远地听着响亮的口号和最熟悉的歌声，老黄发自内心地觉得地主可恨，他甚至觉得父亲就是一个坏事干绝的魔鬼。他至今还为自己体内传承的地主基因和血脉感到羞耻。

老黄说生活就像在城市马路上开车，赶上一个红灯之后，前面的红灯也像约好了似的一个个都等着你。他的人生就因为在一个错误的时间来到了一个错误家庭，这辈子就再也没有顺过。

"文化大革命"结束的时候，老黄27岁。在那个讲究"根红苗正"的年代里，他作为年轻男人的基本权利被同龄姑娘脑海里一种根深蒂固的观念剥夺了，没有人敢嫁给地主家的狗崽子。

这种观念深入每个姑娘的潜意识,这种剥夺比法律层面的执行更加彻底。

27岁那年,老黄压制了十年的雄性荷尔蒙开始喷发,他壮着胆子与邻村一个姓巫的姑娘交往。这个时候,比他大4岁的三哥也和一个姑娘领了结婚证。在全家人忙着为老三准备婚礼的前几天,女方在部队当班长的舅舅突然杀气腾腾地来到家里,说外甥女根红苗正,怎么能嫁给地主家的狗崽子呢?女方舅舅当着全家人的面把三哥打得口吐鲜血,并逼着他在离婚协议上签了字。亲眼目睹了三哥的遭遇之后,老黄主动结束了与巫姓姑娘的交往,不敢对婚姻抱有希望。这个时候,他的二哥也没成家。母亲流着泪说,这不是他们兄弟无能,这就是命,你们必须认命。

随着改革开放的号角吹响,农村包产到户,老黄的日子慢慢变好,虽然是一人吃饱全家不饿,但他每年都有了余粮。年届不惑的时候,老黄的生命里有了一个可以为他生孩子的女人。之所以如此表述是因为他们没有登记没有结婚证,不是法律承认的婚姻和家庭。女方是一个有着三个孩子的寡妇,她需要一个能够种地养家的男人,老黄需要一个为他生娃的女人。1988年初,已经从黄老五变成"资深王老五"的老黄搬进了这个女人的家。

这次说不清是对是错的两性结合,再次让老黄的生活充满艰难。1988年秋天,女人的肚子刚刚凸起的时候,大队干部就找上门来,向他们宣布了计划生育政策:二婚夫妻,只要一方有两个以上孩子,不能生育。这是国策规定,没有任何回旋余地。第一次准备当爹的老黄,此刻才明白,选择这样的结合就失去了正常生育的权利。在公社卫生院即将强制执行人流手术的前夜,他拿出家里的全部积蓄把女人送到了江津汽车站,加入超生游击队的行列。6个多月时间，老黄在家种地养娃，女人在陌生的城市东躲西藏。在那个计划生育全民皆兵的年代，超生的大肚子女人绝不能平静地在一个地方住上十天。1989年的春天，老黄的女儿黄梅终于躲过了各种围追堵截，呱呱坠地。躲过了人流还要躲罚款。黄梅从一生下来就由十多家亲戚朋友轮流照看，今天这家，明天那家。尽管是亲戚，冒着被拉去做结扎手术的风险帮别人带孩子，丰厚的回报必不可少，两个月下来，老黄身心俱疲，最终他把孩子接回了家。在缴了1050元罚款之后，老黄那个事实存在的家债台高筑，风雨飘摇。

1989年盛夏，老黄迎着改革开放逐步深化的强劲东风踏上了开往东北吉林的火车，先后在长春、四平的山沟里挖煤，整整三年没有回家，每个月的收入除了生活费全部按时送到邮局。或许是因为通信闭塞，三年来他只知道按时寄钱却从不知道家里收没收到。三年后的一天，家里突然发来电报让他"速归"。当他心急火燎地赶回家中时才知道，这个家已经不是他的家了。黄梅的母亲即将和另一个男人结婚，催老黄回来是要把三岁的黄梅交给他，那是他的种。

老黄说他不怪孩子的妈，一个女人自己拉扯4个孩子两三年，不容易，她身边需要一个男人。

从东北回来在江津下车的时候，兜里只剩1块钱了，老黄很绝望，有一种想死的感觉，但是看着怀里的孩子，他又下决心要好好活下去。

没有愤怒，也没有仇恨，他说他必须马上去挣孩子明天吃早饭的钱。在家里一边种地一边带孩子，就没有钱给孩子买新衣服，也没有钱送孩子上学。

这就是老黄当棒棒的全部理由。但是，这并非他今天还在当棒棒的理由。老黄说，从当棒棒第一天就希望有一天能扔掉这根棒棒，生命里的这22年，就是一个想扔又扔不掉的全过程。他不知道问题出在哪里，他只知道这里面有很多的故事。

1992年夏天，老黄把女儿寄养在一个邻居家里，开始了在重庆城里的棒棒生涯。三岁的黄梅成了较早的一批留守儿童，在缺少父爱母爱和家庭教育的环境中成长，老黄能为女儿做的就是每个月把生活费送回去。女儿上初中的时候，互联网开始在农村普及，高速发展的信息产业在惠及农村的同时，它的"双刃剑"属性也展露无遗。和很多缺少父母管束的农村留守孩子一样，网吧成了黄梅最迷恋的去处，学业渐渐荒废。初中毕业之后，黄梅坚决不再踏进校门半步，自己去了广东。

两年后的一天，在毫无征兆的情况下，一个陌生的男孩战战兢兢地打来电话，说黄梅怀孕了。还没见到女婿就要先当外公，对于老黄来说这一切来得有些突然，震怒之余他说自己当时有一种要打人的冲动。让他马上要当外公的女婿是永川区临江镇人，他和黄梅在网上相识，相知，并瞒着双方父母住到了一起。老黄的女婿除了家里比较贫困之外，人品长相都还不错，所以老黄算是长出了一口气。两个贫困家庭的孩子在高房价时代的突然结合，没有住过一天新房。

外孙子快满3岁的时候，不想自己的外孙子也在城里当"孙子"的老黄提议，女儿女婿分期付款在镇上买一套房子，给孩子创造一个较好的成长环境。2012年底，老黄拿出自己多年积攒的30000元钱替女儿交了首付，余款3年缴清，每年10万。现在，女婿在西藏修铁路，女儿在本地工厂上班，连女婿的母亲也在外地打工。老黄说去年的10万已经缴付，主要是女婿收入，自己和女儿贡献不多，现在还欠20万。

这是一个农村家庭走向城镇的攻坚战役。

或许这也是老黄坎坷和不屈人生的最后冲刺。

相比老黄来说，自力巷53号阁楼上的老甘的故事要简单得多。老甘说失恋和失盗是这辈子挥之不去的噩梦，一个女人和两个小偷决定了他的人生命运。

25岁那年，老甘正兴高采烈忙着给自己筹办婚礼的时候，女方突然毁亲。这门通过媒妁撮合的亲事定亲已超5年，除第一次见面的800多块彩礼钱，老甘每年三大节日孝敬岳父岳母的腊猪肘子不下20个，老白干儿至少100多斤。每逢栽秧打谷，岳丈大人家里那头老牛干不了的活儿全归老甘。女方单方面毁约的原因是老甘半山腰里的家不通公路，山下有个家在公路边上的小伙儿看上了他的未婚妻。一夜之间从准新郎变成了前男友，老甘捶胸顿足，投入的财力劳力姑且不谈，在那个传统保守的年代，他孝敬过岳父整整5载，姑娘的手都没有牵过一下。后来老甘决定发愤图强，到距邻水县最近的大城市重庆闯荡，并发誓要干出个人样风风光光返乡，再风风光光地把大队长家的千金娶回家。进城以后老甘开始脚踏实地从棒棒干起，期盼着有一天时来运转，可命运总是和他开玩笑。第一个五年他攒够了10000块，准备改行开一个小面馆，在从银行回来的路上把钱搞丢了。第二个五年他省吃俭用攒下了25000块，在准备盘下一个日杂店的关键时刻，小偷破门而入把钱偷光了。于是，三十六七岁的老甘开始相信命运，有一个据说很准的算命先生认真给他算了一卦，说老甘的事业要等过了60岁生日才能红火，所以这些年的老甘有些懈怠。他说前未婚妻和村长家的姑娘都当奶奶了，现在也不想回去证明什么了，安安心心等着60岁生日快些到来。老甘眼下的梦想是今年无论如何要攒10000块钱，风风光光回老家办个60大宴，多放点烟花和鞭炮。老甘还说他已准备好了500张一元零钞，免得一年后时来运转生意开张去求别人破零钱找数。至于60岁之后往哪个方向发展他还没想好。

计划过生日的10000块现在已攒了700。

河南的命运因父亲的英年早逝而改变。母亲带着3个孩子改嫁，哥哥姐姐年龄稍大能帮衬农活，只有河南这个能吃不能干的"拖油瓶"最不受继父待见。母亲和继父的孩子出生后，他在这个家里就显得更加多余。河南不愿意具体描述他的童年生活，说不想勾起那段晦暗的记忆。1986年的秋天，没过17岁生日的河南毅然决然地离开了家，在云南、贵州飘泊了8年之后，他来到重庆加入了棒棒大军。河南至今没有回过河南的老家，跟家人没有任何联系。他说离家的那年国家开始为18岁以上的公民颁发身份证，因为年龄不够他没有办理，所以直到今天他还没有身份证。没有身份证就签不了劳动合同，这些年他错过了不少进大公司的机会。这些年河南似乎已经忘了自己以前的名字，两年前与人发生纠纷，他在派出所的调解书上签的都是"河南"这个重庆人送给他的名字。河南有一些文化，他爱看报纸，特别关注社会新闻，一打开话闸，对天南海北的话题都颇有见解，但现在的他却不知道自己的户口有没有被注销、母亲是否健在、兄弟姐妹过得如何。2001年的时候两个未成年小混混用匕首挑断了他的左踝脚筋，落下残疾的河南从此不再对生活有奢求，该挣钱就挣钱，想打牌就打牌。去年12月份失业之后，他一门心思扑在"斗地主"的事业上。他说干事情认真投入是他这个人最大的优点，现在每天躺到床上的第一件事，就是把牌桌上发生的每个细节像放电影似的过一遍，认真梳理总结问题到底出在哪里。"失败是成功之母"，他认为毛主席的这句话非常有道理，他能感觉到自己"斗地主"的技术在不断地总结中基本上已经炉火纯青，最希望有人能在这个关键时刻拉他一把，借给他2000块做本钱。他说待到床头那个迷彩腰包装满红色的人民币之后，他就去做点小生意。从外观上判断，那个迷彩腰包装人民币的容积至少是10万。

　　大石来重庆的初衷完全出于一份做人的诚信，欠的债一定要还。在十岁那年的一场暴雨中，家里的房子垮了，他及时钻到桌子底下逃过一劫。虽然全家人都很平安，但是这场劫难带给他们家庭的影响却一直持续了十几年。大石说，新房子盖好之后，家里几乎每年都在东挪西借中度日。因为欠债，他和未婚妻定亲8年不敢结婚。大石26岁那年正月，老丈人一肚子不满地上门下最后通牒，说姑娘都要老在家里了，要娶就是今年，不娶就嫁别人。这么好的姑娘怎能便宜别人？大石全家人一着急就又欠了一屁股债。上半年为了生娃没有太多精力还债，下半年生了娃摆酒席又添了不少新债，第二年带奶娃家里也没什么进账。大石说，当时新账老账加起来将近一千块，简直是个天文数字，急得经常觉都睡不着。1982年，儿子刚满周岁，大石两口子拎着两条扁担走进了重庆城。当时的重庆市民大多烧的蜂窝煤，他们给一个煤店担煤。老婆揽活找单，管钱做饭；老公拉车挑担，埋头苦干。两口子妇唱夫随，分工明确，恩恩爱爱，一干就是33年。大石说早些年只要舍得出汗，钱还是比较好赚，他到重庆第一年就还清了家里的所有欠债。1997年超生了一个女儿，交一万多罚款他连眼睛都没眨一下。大石一家在自力巷住了27年，儿女都是在自力巷53号长大的。6年前儿子结婚，他们家才搬到南岸区四公里的一个花园小区，90多平米的房子为一次性付款。另外还在渝中区临江门买了一套40平米的按揭房，租给别人住，房租基本能供上房贷。近几年当棒棒不怎么赚钱了，他又看准时机，陆续在南岸一些小区租下了6套闲置清水房，经过简单改造，再添置部分基本生活设施，然后分散出租赚取差价，生意好的时候每个月一万多，最差时也有八九千，自力巷53号就是大石家生意的一部分。一家人其乐融融,租房生意主要由儿子儿媳打理,大石负责房源信息发布和出租房公共区域保洁管理,老伴做饭带孙子,女儿在复旦中学高三尖子班冲刺6月的高考。

大石说家里还有很多事情要做,自力巷担煤挑菜的那点小业务他早就不想干了,只是老板还没找到合适的人选,眼下不好意思撂挑子。大石说他现在的最大梦想就是家里能出一个大学生。

蛇年"大寒"之后,必然是马年的"立春"。平凡的人生,有顺流,有逆境。

最重要的是,我们继续前行。

四

　　日出，日落。日落，日出。每次走出自力巷的时候，我们就走进了新的守候。

　　年终岁尾，商圈里的店面住所搬进搬出的不少，所以这些天干的大多都是搬家的活儿。年前搬家的人们有着各自不同的心情，有的是事业有成春风得意找到了更好的去处，有的是难以为继垂头丧气要另谋出路。前者财大气粗出手阔绰大多都找搬家公司，一般找棒棒搬家的雇主都属于后者。老黄说这样的雇主因为事业不顺斤斤计较特别能压价，兜里钱不多情绪低落脾气还不好，很难伺候。一大早的开张生意，我们就遇到了这样的雇主。一些历史感十足的家用电器和捆得很随意的包袱，从八楼运到一楼，工钱100元。本不是什么便宜的事儿，那个双眼浮肿脖子短粗的中年老板娘还一副趾高气扬的样子，用打量牲口的眼神打量我半天之后，唠唠叨叨说我没有干活的样儿，担心毛手毛脚打烂她的贵重物品。最终她从大老远的地方叫了另一个棒棒与老黄搭档，毫不心软地剥夺了我参与这个业务的权利。后来，老黄为了这50块钱流了多少汗，挨了多少训，我不清楚。但我清楚对于老黄来说，这些并不重要，重要的是能挣到钱。

塞翁失马，焉知非福？暂时被剥夺了劳动权利的我独自站在五一路口等活儿，竟然有个轻松的业务找上门来。一个白领模样的女孩请我帮她搬一张折叠桌子回家，出价10元。钱多钱少无所谓，关键是意义非同寻常。这是我踏进棒棒行业独立自主接下并将独立自主完成的第一个业务，而且我的第一次竟然还献给了一个年轻女孩。我激动得近乎冲动，之前被歧视的懊丧随即烟消云散，甚至骄傲地觉得中年妇女根本就瞧不出我的价值。我渴望在解放碑来来往往的美女中展示身手，我浑身充满了力量，只可惜等着我搬运的那张桌子实在太小了，折叠起来摆在那里就更小了。小得我有点失望，小得我这一米八的汉子都有点不好意思上肩。

拎着女孩的折叠小桌，就像拎着一个体形较大的公文包，穿了两三条街，上了四五层楼，然后就收钱走人了。回来的路上我感触良多，先是觉得有钱真好，无论多小的活儿都可以不用自己干，然后我又想，当棒棒挣钱，并不是每个业务都一定要流汗受苦。

今天真是个好日子。待我得意扬扬地回到自力巷时，老黄已经开始忙活新的业务。巷子里的一个麻将馆要从这里的二楼搬到五一路对面的五楼。这可真的是一个大业务，自动麻将桌和麻将若干，空调若干，桌椅若干，厨房用品若干。雇用我们的是常年在自力巷收废旧物品的老杨头，他以300元的总价从麻将馆老板那里拿下了这单业务，然后请我和老黄火线加盟，三个人一起干，他付我们150元工钱。也就是说老杨头以包工头的身份先提取了业务总造价的百分之二十五，然后以普通员工的身份参与劳动再拿走百分之二十五。老黄说这不是剥削，这是行内人人都懂的"潜规则"。想不通你可以不干，巷子外有的是人。

魁梧帅气的老杨头身穿立领短风衣，头戴一顶鸭舌帽，上看下看左看右看都像一个退休老领导，很难让人把他同收破烂的行业联系在一起。老杨头今年73岁，当了32年的社区环卫工人，下岗十几年一边收废旧一边捡破烂，偶尔还客串一下老黄的角色，几十年一直住在自力巷临街楼的一个楼梯间。老人豁达乐观，身体硬朗，干起活来无论是比爆发力还是拼耐力，我都自愧不如。

　　当棒棒不仅练体力，还长知识。以前闲时也曾偷摸去过麻将馆，从来不知道一台自动麻将机有多重。知道一块麻将抓在手里的分量，但绝没想过6副麻将牌装一块儿的分量。背一张麻将桌过马路再上五层楼，先是站不起来，而后迈不动步，在楼道里转不过身，到了喘不过气的时候又歇不下来。最终由肩部和双腿用力逐步转变成靠牙齿使劲儿。一趟下来，背上被绳子勒出几道血槽。6副麻将一担上肩，两腿打战箩筐打转，硬生生地有一种碎石堆成了海岛的感觉。往返攀爬在一米多宽的楼道里，楼梯和两侧的墙壁都是我们要面对的敌人，真心觉得五一路这些老式楼房都该拆了。一个上午，我们才完成了不到一半的业务总量。在我感觉要虚脱的时候，两个六七十岁的老人也逐渐显露出了他们真实的年龄。

　　中午休息的时候，老杨头不停地叹息自己确实老了，干不动了。他说之所以还要干，是老伴儿长期要吃药，儿女们生活压力也很大，他不想给孩子们增加负担。

　　天近黄昏的时候，我们疲惫不堪地收工。虽然还没有在老板那里验收交接，但是作为包工头的老杨头绝不拖欠农民工工资，先从自己兜里掏出150元付了我们的工钱。

　　我们班师回营的时候，老甘坐在自己的阁楼上看影碟，屏幕上的画质有些模糊，好像是游本昌领衔主演的《济公》。老甘

斜倚在床上很放松，有点发红的小眼睛半开半合冲着屏幕，下巴上一蓬有白有黑的胡子茬儿东倒西歪地朝着不同方向。因为老甘的耳朵对声音不太敏感，所以节目音量开得很大。或许是怕我嘲笑他看的碟子太老，老甘有些刻意地拿出一摞包装简陋的光盘向我显摆，有《西游记》、《新白娘子传奇》和《山城棒棒军》，好像还有一本《性爱大全》。

入夜。自力巷53号的厨房兼饭厅显得很拥挤，河南正在做饭，老黄准备做饭。

河南的晚餐是老甘的老板大前天卖剩下的稀饭，前天拎回来的时候足有半桶，今晚是第5顿吃稀饭了。河南跟老甘说他特别爱吃稀饭，老甘那边卖剩的都可以给他拿回来。在我心目中一直觉得老黄胃口不错，每顿三碗主食。但是亲眼目睹了河南的晚餐之后，我开始觉得老黄不算太能吃。

河南的饭碗是一个容积为10升的电饭煲内胆，比干饭略稀一点的大米粥完全淹没了锅内第8升刻度。河南一边就着咸菜吃粥，一边抱怨他以前出夜摊的老板不公平小心眼。同样的工作总量和工作标准，先前老黄干的时候每天55元，管一顿饭。老黄干了一段时间之后要求再涨5元工钱，最终没谈拢。之后那个老板就雇用了河南，讲好的工资待遇与老黄一样，可几天后老板竟然单方面把河南的工钱降到了40。理由很简单，就是河南太能吃，小本经营的老板有点撑不住了。"40就40!"河南对老板的苦衷表示充分理解，一干就是3年。

去年12月16日，河南因为两个鸡蛋与老板彻底决裂。那天河南因为已经在别的地方吃过了饭，出工时向老板申请当天不吃别的，只吃两个鸡蛋。河南认为绝对合理的要求被老板坚决拒绝了。老板给河南的最后评语是：干活可以，就是太能吃，小摊都快被吃垮了居然还要——点——菜！

边吃边聊中，河南嫌筷子太慢，换了一个夸张的圆勺，用盛饭的进度直接一勺一勺往嘴里倒。六七分钟之后，河南的"碗"已见底儿。问他有没有吃饱，他淡定地说："八分饱就行了，吃饭得留有余地。"河南用餐时，老甘已经准备出摊，临出门前他仔细冲洗给河南带粥的大桶，这个桶足足能装50升。他说河南真爱吃粥，前天带回来的半桶只吃了3顿，要是明天摊上有剩的，他继续给河南带。

河南吃罢轮到老黄做饭。老黄的晚餐算是丰盛，腊肉炒青菜头。腊肉是一个朋友从老家给他带来的，肥的多瘦的少，老黄爱吃瘦肉；青菜头是特意赶在石灰市菜市场关门前去买的，个头小但价格便宜，老黄说个大个小都是青菜头。我和老黄今天总收入200元，虽然很累，但是心情很好，他一边刷碗一边哼起了小曲。

"十八的姑娘一朵花，一朵花，身穿大红花，头戴一只鸡，右手一只鸭，背上背着个胖娃娃，原来她要回娘家，咦呀咦呀呀……"

老黄是典型的沙哑派跑调串烧改编型歌手。聆听着似曾相识又更像是老黄原创的歌曲，我笑得眼泪在眼眶里打转。我能听懂，这歌声中有一种最简单的幸福。

五

熙熙攘攘的解放碑，车流如织。通往商圈的几条主要街道上到处伫立着蓝色的施工挡板，本就不宽的街道显得更加拥挤不堪。暂时的拥挤是为了日后的通畅，整个解放碑就像一个正在进行美容手术的少女，现在浑身缠满了纱布，待到拆线之后，她将变得更加美丽漂亮。五一路口热闹依旧，俨然一个露天劳动者俱乐部。在嘈杂的施工噪声中，好静者闭目养神，好动者嬉戏打闹，好赌者激战犹酣。

日复一日地跟着老黄在五一路守候，这里的人们看我的眼神少了一些质疑。没有人在乎你姓甚名谁，也没有人在乎你来自哪里，面前或手中的工具和招牌就是身份证。大家有活儿时相互竞争，等活时一起消遣，时间长了，很多人就有了新的名字——"双胞胎"、"毛土豪"、"栽得深"、"杨不起"……五花八门的绰号没有雅俗之分，也没有老少之别，叫得顺口，听得乐意就行。毛土豪告诉我，五一路口的工匠，大多都是转行的"棒棒"。

毛土豪是忠县人，重庆直辖那年，他家的土地被一个企业征用，失去了土地却又不能完全靠土地补偿生活，于是毛土豪和村里几个壮年劳力一起进城当起了棒棒。那是一个重庆街头棒棒比行人还多的年代,重庆城里至少有20多万个棒棒,业务竞争空前惨烈。那也是中国城镇化建设提挡加速油门踩到底的年代,如何让这些进城的农民真正融入城市,是摆在重庆未来设计者们面前的巨大社会问题。

毛土豪和20多万农民工兄弟站在同一条起跑线上,开始了一场只有过程没有终点的马拉松。干了两年棒棒,攒了4000多块,毛土豪果断退出了棒棒行业的竞争,回家学了木匠手艺,随后进入了家装行业。有了手艺的毛土豪很多时候两三天不开张,但他并不着急,因为一开张就能够他吃三个月。毛土豪在重庆买了楼房,儿子是酒店管理,女儿正上高中。据说他在银行里还有不少存款,可能这也是大伙管他叫"土豪"的原因。和毛土豪一样,在这场山城棒棒大军的长途奔袭中,中途下道的还有"双胞胎"、"栽得深"和"杨不起"。"双胞胎"专业刷涂料,"栽得深"专业钻孔,"杨不起"是专业的石匠,离这儿不远的地方有他们在这个城市里的家和家人。以前他们扛着一根棒棒穿梭在大街小巷被人同情,现在他们用同情的目光看我和老黄。

而今的重庆城,能进人的地方大都通车了,满大街的出租车、货运微型车、三轮车、摩托车,以及五花八门的手推车,正一步步将棒棒行业推向可有可无的尴尬境地。当初的棒棒十之八九已经转行,有的成为专业的商家售后员工,有的更换了工具成为各类运输车辆的驾驶员,有的学了手艺当起了装修工人,还有一部分人做起了小生意。对于他们来说,曾经用一根坚韧的棒棒担起了一个城市新兴行业,最终,那根坚韧的棒棒只是他们进城的一块跳板。留守的棒棒大多都已五六十岁,年轻一点的人还有谁想当棒棒?岁月更替,当年浩浩荡荡的棒棒大军,只有老黄和一些跟他一样眼睛花了、头发白了、脊背驼

了的人，还在"棒棒"的路上艰难前行。一天一天，他们正在沦为中国西部大都市高速发展的背景，正在成为大中华改革开放的特别记忆。而老黄和我，正在经历棒棒的最后岁月。

穿行在解放碑拥挤的高楼大厦之间，我发现，老黄日渐佝偻的身影与这个挺拔俊朗的城市之间的反差是那么强烈，他那双43码大脚纵然磨出了厚厚的老茧，但光凭一股子蛮劲儿终究没能跑赢时代发展的步伐。老黄说，就在二十多天前，他最好的朋友老杭和一个叫"黄牛"的本家都不干了，原因都是身体不好干不动了。

在南岸区青龙路的一个现代花园小区里，房东大石的家虽然没有豪华的装修，但却不乏天伦之乐。刚刚从出租屋里收完房租回来的大石和老伴正坐在客厅的沙发上看报纸，5岁的孙子在一边捣乱。由于眼睛花了，大石看报纸的时候必须戴上老花镜，远远看去，确有几分老知识分子的架势。老伴不识字，上过小学三年级的大石必须念出声来，虽然有点结结巴巴，但念出来的文章大致还是和记者编辑的采编意图差不太多。快过年了，看房的和退房的都比较多，负责客户接待的儿媳妇电话不断。儿子上技校时学的是家电维修专业，理所当然地承担着出租房里的空调冰箱洗衣机等电器设施的保养维修任务，这两天比较清闲，整天宅在卧室里打网络游戏。客厅旁边的次卧里，刚放寒假的女儿没有工夫休息，正夜以继日冲刺四个多月之后的高考。上学期，她的期末成绩是复旦中学高三尖子班倒数几名，所以目前她是这个家庭压力最大的人。大石说，家里现在其他都不缺了，就缺一个大学生，只要女儿能考上大学，砸锅卖铁也要供她念到底。

在自力巷里，大石的生活令人羡慕，但是大石最敬佩的却是住在自力巷35号的老曾头。老曾头今年62岁，因为矮瘦和口腔里的牙齿所剩无几，看上去更像72岁。最近二十多年，老曾头除了在街头巷尾找零活儿以外，长期兼顾着自力巷一个米店的送货业务，每袋大米无论远近都是5元工钱。商圈里的新老主顾只要有需求，一般都是直接给老曾头打电话订货，可以说老曾头手里几乎掌握着店里大部分客户资源。多少年来，老曾头一直坚守着棒棒的职业道德底线，安分地挣着店里的辛苦钱，安分地在解放碑商圈里寻找其他收入，安分地看着米店老板一天天富裕起来。最近几年，老曾头的身体健康指标下降很快，稍微重点的东西他都挑不动了，一直给他提供稳定收入保障的米店老板也突然改行了。老曾头不甘心现在就回家享清闲，他一边倔强地在市场夹缝里寻找自己力所能及的活儿，一边琢磨新的出路。后来，老曾头自己开了一个大米零售店，以前熟悉他的客户现在都买他的大米。老曾头开米店的初衷并不是追求销售利润，而是想要赚取每袋5块的送货工钱。现在的老曾头每卖出100斤大米，差不多能获取20元利润，当然这里边包含了10元送货工钱，生意好的时候一天能挣两三百元。老曾头说很后悔自己懂事太晚了，要是在早些年开始这样干，说不定今天的生活会大不一样。据说新华路和五一路上的很多小家电商铺老板，也都是像老曾头这样一步一步走上去的。

自感英雄迟暮的老曾头虽然已经是不大不小的"曾总"，但至今也没有扔掉靠棒棒挣钱的老本行。他每天凌晨4点准时起床，去西三街农贸市场找一些担菜的业务。上午一边坐在米店门口等着送米的电话，一边静静地倚着门框打瞌睡。干瘪的面庞从容而且安详。

大石佩服老曾头并不是因为他的勤劳，也不是因为他有个米店，而是因为老曾头当棒棒几十年，供儿子念了大学，现在已经当上了镇上中心小学的"一把手"。大石说，他们当年扛着一根棒棒进城，现在虽然在城里有房住有饭吃，但是还算不得真正的城里人，自己的家庭能不能真正融入这个城市，关键还得看儿女培养得怎么样。

身处时代变革的大潮，老黄也在改变。他的改变是因为年纪大了，开始对节省力气的工具更加依赖。

自力巷的一个拆迁户搬家，要把一台冰箱、一台老式彩电和一些杂物运到七星岗的新家，出价40元。从自力巷到七星岗七八公里，路远物重，光凭肩膀挣这40块钱显然不划算。于是，老黄借来了大石运煤的板车。其实不能说"借"，这辆板车老黄本来就有部分使用权，因为去年车架断裂濒临报废的时候，是老黄找木头钉好的。现在大石一般都是一早一晚用车，其他时候老黄可以随便使用。老黄说，年纪大了，有一辆车真好，一些路程较远东西又重的业务，用车子拉省时省力，像这样的业务，没有车子他是干不了的。

现在还活跃在重庆街头的棒棒，大多都有一辆人力板车和四轮手拉车。老黄也有一辆独资产权的四轮手拉车，是老黄的朋友老杭去年告病返乡时以30元价格转让给他的二手车。这车老杭已经使用了两三年，四个轮子的硬塑外圈快要磨光，木板货架也吱吱嘎嘎即将散架。尽管车子有些破旧，但老黄依然视若宝贝疙瘩，能挑的绝不动车，用车时无论是空车还是负重，必须亲自驾驶。老黄心疼他的车我完全理解，毕竟，以老黄的从业资历，早就应该拥有一辆这样的手拉车，就是因为舍不得花买轮子的100多块钱，直到去年年底才成为有车一族，所以他倍加珍惜。与板车相比，这种车轻便灵活，还能直接进电梯。但是除非万不得已，老黄能用板车的情况下绝对不使自己的手拉车。或许，在决定用什么工具的时候心里有一点其他不便明说的小算盘。

由于冰箱不能平放，要固定在没有货箱的板车上确保运输途中颠簸不倒，确实是技术活儿。直到把几样家用电器捆得像粽子一样，老黄才小心翼翼地拉着板车上路。

从七星岗到五一路，几乎全是单行线。老黄的车上坡人当动力，下坡人当制动，拉着破旧的板车穿行在机动车流中，就像是游走在狮群边缘的孤独鬣狗。这是一种不对称的竞争，但是为了生存，鬣狗必须从强大的狮群口中抢夺食物，哪怕是残羹冷炙，哪怕是要付出生命的代价。

一路上无论是顺行还是逆行，身旁的大车小车都开得十分谦虚，我打心底觉得咱重庆的司机都很有素质。或许是在这样的危险环境中历练太多的缘故，老黄一脸淡定，在一些通行缓慢的地方，他还时不时地超越奔驰宝马，一骑绝尘。

先进的生产工具就是先进的生产力。七八公里的车程，老黄没费一分油钱，还节省了不少汗水，40块全是纯收入。

或许，劳动工具的改善会在一定程度上延长老黄的职业寿命。或许，劳动工具的改善还会进一步坚定老黄对这份事业的执着。

在冬日阳光难得地洒满中国雾都的时候，河南完全没有出门晒晒太阳的兴致。他有些羞涩地找到我，十分委婉和谨慎地向我表达了借钱的用意。我对河南的羞涩深表理解，毕竟我到自力巷总共不到五天，找一个还不算太熟悉的人张口借钱，这的确需要足够的勇气。我想也许是能借的地方都借过了，找我已经是万不得已。或许我就是他最后的希望。

这些天，河南一直深居简出，没有去正阳街"斗地主"，也没有出去找事情做。没去"斗地主"是斗地主需要钱，而他没有了。没有出去找事情做是他觉得"斗地主"挣钱轻巧容易，尽管已经输光了。

失业以来，河南每天只吃一顿饭，早些日子只吃一顿是打牌太忙没有时间吃，现在只吃一顿是家中余粮不多舍不得吃。近几天河南用餐的时间都在晚上七点左右，可能是因为老甘的老板生意不错，河南的晚餐少了他最爱吃的稀饭，一般都是面条和馒头。河南的作息也很规律，吃了就睡，睡醒再吃，就像已经开启了冬眠模式的北极熊。两者的区别只在于熊吃一饱管一冬，而他吃一饱只管一天。

河南说这段时间他在床上想了很多很多，总结了不少教训，他对战胜牌桌上那些"半吊子"、"生梆子"已经充满信心，目前万事俱备，只缺2000块本钱，希望我能在他人生的关键阶段拉他一把。对于7块钱就敢坐到桌上去斗十块起底地主的河南，为何一开口就要借2000块钱呢？他无限悲伤地给我讲了一段牌桌上的惨痛经历——前不久在正阳街与人"榨金花"，他手握三个"A"与一个拿了三个"Q"的家伙都志在必得，当桌上的赌资达到1000多块的时候，自己已无钱下注，等到天快亮的时候答应"火力增援"给他借钱的朋友还没有来，最终眼睁睁地看着三"Q"的家伙把钱收进了腰包。他说人生能有几次"三个A"，因为这件事他伤心了好长时间。也因为这件事他悟出了一个道理，牌桌上拼的就是胆识和经济实力，兜里厚实点自然底气就足，胆子就壮。我问他现在兜里还有多少钱。河南在他常用的深蓝色小腰包里好一阵翻找，只拿出了一枚银光闪闪的钢镚。然后他把腰包的所有拉链全部敞开，包口冲下使劲晃动，没有任何东西掉出来。

无论河南多么豪情满怀，我都不能以这种方式帮他，再说我兜里总共也没有2000块。可是作为要长时间相处的邻居又不能见死不救，我最终以人道援助的名义给他借了200元，前提是用这些钱去买点米买点面，然后抓紧去找工作。

河南拿着200元钱再也没有和我聊天的兴致，迫不及待地走了。看着巷子尽头那个一瘸一拐消失得很快的背影，我隐约感觉他这是要去正阳街的节奏。

时间要改变一个人真的很快。失业才三十多天，自食其力二十多年的河南变了，似乎正朝着一个和我们不同的方向。

六

马年春节的脚步日益迫近，蛇年的冬天进入倒计时。

自力巷里，裁缝把缝纫机踩得飞快，案板上的新布料和要小修小改的新衣服堆得像小山，顾客们都等着过年回家时穿。剃头匠握着一把老式电推忙而不乱，三下两下就能推出一个老式的板寸平头。我想，没有五十年以上功力的剃头匠难有这般造诣。光顾这里的顾客要求也不高，他们需要的是价格便宜和把头发剃短理顺。剃头匠并没有让他的顾客失望，那些顶着一头乱发来到这里的人们离开时个个满头清爽。忙碌的自力巷，只有皮匠有些清闲，嘴里含着一个鸟哨，把几笼挂在巷顶的画眉调戏得蹦高地欢叫，声音婉转而悠扬，皮匠的脸上洋溢着一抹浅浅的微笑。

老黄的女儿黄梅又来电话了，问他什么时候回家。老黄的家乡江津有个风俗，过了腊月二十五，亲戚、家族开始聚在一起团年，大家相互邀请，轮流做东。女儿一家三口准备腊月二十七从永川回江津团年。老黄的心里有些纠结，他说今年业务一直不好，攒的钱不多，想再干两天把外孙子的压岁钱挣回来，可是又有点挡不住回家的诱惑。女儿最近已经打了三四次电话催问，老黄都没有具体答复，说没活干了就回家。这两天老黄依然在商圈里找活儿、干活。

五一路口热闹依旧,守候在这里的人们都有回家过年的计划,但是不愿意因为过年耽搁挣钱的机会。"双胞胎"说他准备在这里待到除夕的下午,他的家就在渝北区,家里的团年饭做好之后,儿子就开车来接他回去吃饭。

"有钱没钱,回家过年",这句话只适用于老黄这样有家的人。对于老甘和河南来说,自力巷53号就是他们的家,他们心里没有亲人牵挂,也没有亲人牵挂他们。

老甘夜市上的工作还在继续,他觉得40元工钱包括洗一大堆碗有点不值得,正在酝酿过了年之后找老板商量商量涨点薪水。卖早点的活儿已经进入倒计时,老板告诉他开年之后可能有亲戚来帮忙,用不用老甘到时再说。

河南自从在我这里借走200元钱之后,每天走得很早回得很晚,即使待在屋里,电话也响个不停,打电话的几乎都是牌友。河南的牌友们大多有班要上或者有活要干,业余时间才能坐下来打牌,只有河南是全职的可以随叫随到,二缺一的时候他通常是牌友们最思念的人,所以有了钱的河南是很忙的。当然牌友思念河南可能还有一个更重要的因素,那就是一直不怎么赢,即使暂时赢了也不着急走,而且耿直到可以把他的腰包翻个底儿朝上。河南很以这点为荣。

腊月二十六的早晨,老黄、老甘和河南相约去石灰市菜市场置办年货,我和老黄一大早就来到正阳街口。老甘忙着收早点摊,河南正在"斗地主"。看样子河南这两天效益应该不错,在你来我往收钱付钱的工夫,我看到他的蓝色腰包里至少有五六张红色钞票。河南他们屁股下面的马路方砖上,凌乱地铺满了一层烟头,看来又是一天一夜的连续奋战。在我们的一再催促下,河南还有些依依不舍,临走时,他反复强调买完菜一定回来。

纯粹从物质层面上来讲,人与人之间的差别在于有钱没钱。这个时代里关于过年的话题,有钱人想得最多的是过年怎么玩儿,没钱的人想得最多的是过年吃点什么,所以自力巷53号的人们准备年货只需要去农贸市场。

石灰市农贸市场里年味十足,买的人很拥挤,卖的人很忙碌,各种山珍海味丰富而且新鲜,令人眼花缭乱。在这样的地方,老黄他们不需要到处挑选,也不需要纠结到底要买点啥,因为他们只需要最基础最传统的过年食物。老黄买了两斤鸡蛋、四斤肥瘦相宜的新鲜猪肉和一把蒜薹。他说外孙子喜欢吃瘦肉,回去把瘦的剔下来和着蒜薹炒给小家伙吃。老黄没买其他蔬菜是因为邻居家有很多大白菜还长在地里,拔几根来吃是没有问题的。老黄一边付款一边感慨挣钱艰难花钱容易,没多大会儿工夫,200多元就没了。老甘的年货是一根海带、一个猪肘和一瓶豆瓣酱,他说海带和猪肘子搁一起炖烂了再加点豆瓣酱,是他几十年来最爱吃的美味。相比老黄老甘,河南买菜的态度有些敷衍,他来置办年货是因为担心过年期间大店小店关门歇业买不到吃的,而提前置办年货势必要动用兜里的钱,兜里的钱少了势必会影响他在牌桌上的气势和信心,这就是河南的纠结所在。最终河南只买了三斤鸡蛋,两把挂面和一些可当咸菜的调料。或许是知道他们过年预算不多的缘故,摊主们迎接他们的笑容比其他顾客要少很多。

回到自力巷,他们的年货能不能在过年时顺利吃到嘴里还要打一个大大的问号。首先要防止来自人类好逸恶劳者的威胁,自力巷墙破门朽,一些低级别的小偷喜欢光顾这里,能屈身光顾这里的贼当然什么都偷,包括吃的。其次是老鼠,越是阴暗潮湿的地方越是老鼠猖獗的地方,自力巷的老鼠无孔不入，无所不吃，饿极了连被子衣服都要啃几口，老黄的被子就被老鼠吃掉了不少，更何况是肉和蛋？当自力巷53号三楼有肉的时候，巷子里的几只流浪猫通常也会变得没有节操，与老鼠同流合污，它们的区别只在于谁先谁后。当然在这个问题上老鼠会表现得比较谦让，所以猫的破坏力更强。

  道高一尺，魔高一丈，人民群众的智慧可以战胜任何强大的敌人。老黄一边嘱咐老甘河南进出一定要锁好楼道大门，晚上睡觉也要提高警惕，发现异响及时察看；一边把大家的年货全部挂到桌子上方几个悬在半空的铁钩子上。这些铁钩子上面用细绳固定在房顶木梁上，两侧没有任何着力点，在没有冰箱的情况下把吃的东西挂在这上面，任凭猫和老鼠神通广大，也只能望梁兴叹。老黄说，经验是在教训中汲取的，这些年他们与老鼠斗争从未停止过。刚来的那年他从家里带来50斤大米，老鼠吃点也罢，关键是从下面把袋子咬得稀烂，自己在不知袋子已破的情况下，想拎起来挪个地方，结果大米撒了一地，有很多漏进了楼板缝里抠不出来，后来老鼠把楼板都啃烂了，随后老黄就把储存的大米装进了一个陶质的咸菜坛子。去年这个时候买了一条3斤重的大草鱼准备带回家，晚上把鱼放在一个纸壳箱里，第二天早晨起床时，鱼只剩下了头骨和尾翅。悲哀的是至今还没弄清楚到底是猫监守自盗，还是老鼠夜半偷袭，也有可能是猫吃饱了以后老鼠来打扫的战场，狼狈为奸的可能性很大。虽然至今仍是无头悬案，但是这并不重要，重要的是随后自力巷53号的三楼就有了这些铁钩子。看着挂在桌子上边的年货，我真心觉得万无一失，也真心觉得自力巷的人们在这场马拉松式的斗争中，正在变得成熟。

  年货置办并安置妥当之后，担心牌友等得太久的河南匆忙出门，老甘开始回屋看《济公》，并兼负白天的值班任务。老黄和我继续拿着棒棒出门，虽然已经做好了明天回家的打算，但是接下来的这个下午，老黄还想找点业务干一干。

我和老黄蛇年的最后一单业务是给涂料店送货，老黄动用了他的四轮车，可能是店员在接洽的时候出了问题，当我们把货送到八一路一个写字楼的第三十二层时，用户单位的大门紧锁，已经放假了，只好原封不动地把一车涂料拉回五一路。店主很是通情达理，货没送出去，还照付工钱，而且多给了10元。姓于的店主说，货没交出去责任在店内员工，负重返回我们多出了力气，就应该多拿钱，他绝对不会亏待出力干活的人。

这样的情况以前老黄也遇到过，但是他在这种时候想的都是如何顺利拿到事先讲好的工钱，从没有过别的奢望。蛇年最后的业务竟然还有意外惊喜，老黄说这是好兆头，但愿来年这样的雇主能更多一些。

傍晚时分，当我和老黄路过河南经常战斗的正阳街口时，竟然发现这里没有了熟悉的战火硝烟，也不见河南的身影。几个还在这里逗留的同行几乎是异口同声地告诉我，从昨天晚上到今天下午5点，一直有人在这儿斗地主，战斗才刚刚结束，他们之所以这么早收工，是因为河南没有钱了！

没有人斗地主的正阳街口，唯有一地烟头。

老甘的屋里来了一个50多岁的陌生人。老甘介绍说是他的朋友老金，垫江县人，主要从事八一好吃街一带的废弃饮料瓶子回收再利用工作。老金的神情有些傲慢，一副见过世面的样子。不知道是因为天冷还是其他原因，他的右鼻孔始终挂着一条湿湿的黏黏的液状物。我问老金为啥还不回家过年，他没有正面回答，很不客气地反问我："你干吗还在这里？"

我说："没钱。"

他说:"大家都一样,有钱谁来这里,老甘能到哪儿去交有钱的朋友?"

老金说自己以前在海南做饮料瓶子回收生意,不大不小也是个老板,最近这些年因为生病才回到重庆,日子越过越差,从收瓶子的老板逐渐沦为靠捡瓶子谋生,现在住在临江门地下通道。老金与老甘相识于2010年。那年老甘有2000多元工资被一个大排档老板拖欠,老金认真洗了个脸,用两捧凉水把头发捋成中分,穿上了当废品站老板时买的后背开着两条叉的西装,然后和老甘一起找到拖欠工资的老板。老金风度翩翩地往赖账老板面前一站,气定神闲一顿神侃,牛皮吹到兴头上的时候根本刹不住车,说父亲在革命战争年代是元帅身边的工作人员,根子很深,现任市里某重要领导就是他帮忙调过来的。也不知道那个老板是信了还是晕了,总之当场满脸堆笑如数支付拖欠的工资。从此以后,老金和老甘成了最好的朋友。老金告诉我,冬天捡瓶子的业务太差没挣到钱,也没脸面回家,前两天给老伴撒了个谎,说脚上有伤不方便回去。给家里寄了300元之后自己仅剩了100多元,只好来找朋友老甘搭伙过年。老金说只要少吃肉多吃面,100多块钱差不多能把这个"年"挺过去。

或许是明天就要回家,需要收拾的行李很多,老黄折腾到半夜还没有休息。老黄的小屋子几乎每寸空间都得到了立体应用,当他掀开床板的时候,小卧室就变成了储藏室,老黄在重庆的固定财产基本上都在这里。这里首先应该叫工具库,锤子钻子起子扳子钎子杠子,各类锈迹斑斑的劳动工具五花八门,这些东西都是干业务时雇主不要的东西,老黄把它们拿回来珍藏了很久,这回准备带回老家。自己常年不在家,把这些工具从大老远的地方背回家作何用途,老黄也不清楚。他说可能是年轻时在老家种地干活缺工具缺怕了，这辈子只要看到还能使用的劳动工具他都舍不得丢，总想着要带回家，手里家伙什儿多，需要的时候就不用去求别人。老黄似乎想得有点长远，但在我看来更像是一个"工具控"，试想他现在都65岁了还在城里谋生，等到70岁了，这些工具他还使得上吗？再说女儿已经在城镇生活，这辈子用上这些破烂工具的概率微乎其微，就算百年之后作为遗产，留给后人的价值也不大。老黄这些杂七杂八的东西撑起了大半个编织口袋，沉甸甸的，我担心在途中一定要费不少周折。老黄的床下还是一个偌大的衣柜，衣服、裤子、鞋子和袜子，新的旧的长的短的层层叠叠。平时的老黄总是一绿一蓝两件衣服轮班，其实他并不是没有衣服穿，而是舍不得穿。当然老黄的衣橱也有虚高的成分，我随意一瞅就发现有一条裤子沾满油漆，有一双鞋底开裂的解放鞋像一只张嘴鸣叫的绿青蛙，有一双很像皮鞋的劣质人造革鞋鞋面很像枯裂的白桦树皮。这些东西他没有穿，也没有扔，留存起来的意义我想不明白也没好意思问。老黄说回家过年，还要去女儿在永川的婆家，必须穿得体面一点，不能让黄梅在婆家那边的亲戚面前没有面子。他精心挑选了比较体面的两三套换洗衣服，还仔细擦净了一双旧皮鞋上的灰尘。

农历腊月二十七清晨8点，着急回家的老黄上楼去取自己的年货，却意外发现小饭桌上有一袋鸡蛋，袋口外沿有溅出来的蛋清和蛋黄，袋子里有不少零碎的蛋壳。显而易见，这是坠断袋绳从钩子上掉下来的口袋。经过仔细辨认，老黄确定鸡蛋的主人就是河南，因为里面有两把沾满蛋汁的挂面。面对这一突发情况，老黄连声叹息："防住了小偷，防住了老鼠，却没有想到口袋会自己从钩子上掉下来，真是防不胜防啊！"

对于河南来说，这就是屋漏偏逢连夜雨，船破又遇顶头风。昨天才刚刚输光了从我这里借的钱,过年的鸡蛋又碎了一地。当老黄怀着无比沉痛的心情冲进河南的房间时,正在睡梦当中的河南仅仅是懒洋洋地翻了一个身,嘴里嘟哝着:"碎了就碎了吧,我要睡了——"

七

清晨8点半，老黄大步走出自力巷，踏上了回家的路。

经过一番精心打扮的老黄格外精神，至少比平时年轻了十岁。后背开着双叉的深蓝色西服上衣，外面套着一件牛仔马甲，在讲究穿着的人眼里，两者可能有点不搭调，但是在老黄眼里，两件衣服各司其职，西服负责体面，马甲负责保暖和保护里面的西服。再说这件马甲也是老黄最穿得出去的衣服之一，如果穿在西服里面就看不见马甲了。当然和西服最不搭调的不是外穿的马甲，而是脚上穿的那双半新不旧的解放鞋。老黄原本是要穿皮鞋的，但是考虑到要走不少路怕脚受不了，就比较务实地把皮鞋装进了背囊。老黄的行囊确实累赘，肩上背着一个严重泛白而实际主色调为浅蓝的牛仔布双肩包，手里揪着一个沉甸甸的编织袋。背包里装的是换洗衣服鞋袜，编织袋下层是破旧工具上层是年货，两件行李加起来不低于50斤。

在较场口的公交车站，老黄挤上了开往巴南区鱼洞镇的308路公交车。

老黄的家在江津区嘉平镇笋溪村，离重庆主城100多公里，从南岸区长途客运站乘坐高速客车先到江津李市镇，而后转乘支线客车可直达嘉平，全程只需两个半小时，车费总计32元。

因为路途时间不长车费也算实惠，所以这是绝大多数嘉平镇老百姓往返重庆主城的必经之路。但是，在老黄心里却有着另外一条回家路线图。这条路与方便快捷无关，图的就是一个经济实惠。

随着308路走走停停，到达鱼洞后老黄继续转乘195路市内公交，下一个目的地是珞璜镇。或许是老眼昏花看错了公交车站牌，老黄竟然拖着沉重的行李挤上了196路公交车，一个数字的差别令他南辕北辙坐了好几站，只能中途下车再回鱼洞。一番折腾之后，到达珞璜已经是中午时分。拥挤的市内公交几乎一路无座，整整一个上午，老黄包未离肩，笨重的行李蹭得身边不少乘客怒火中烧。在珞璜汽车站，老黄终于登上了车前写着江津字样的大巴，驶向了他回家路上的下一个中转站杨家店。老黄说，女儿一家三口在杨家店等着和他会合，一起回家。黄梅的家在永川区临江镇，坐车到李市更近更方便，但是考虑到父亲的乘车路线，一家三口只好绕道去杨家店等候。一路上，老黄电话不断，全是黄梅询问"现在到了哪里"的电话。

下午3点，车到杨家店。女儿的第一句问候是："爸爸，你是坐牛车回来的吗，我们都快饿晕了？"

或许是早已习惯聚散离合，阔别整整一年的家人在站前团聚，没有花哨的情感表达，也没有煽情的寒暄问候，有的只是黄梅既随意又刻意的絮叨。

"有快车不坐，非得转恁个多回车，省那么几块钱能干啥子嘛？"

"叫你莫带太多东西你还背恁个多，难不难得背嘛？"

"饿哒也不晓得在路上买点吃的，饿坏哒啷个搞嘛？"

"走，快点去吃点东西！"

黄梅连珠炮一样的絮叨和抱怨，听得老黄一脸幸福。这对久别重逢的农村父女"最农村"的亲情表达，朴实得就像他们脚下的黄土地。诚然，本来就是最纯粹的亲情，何须修饰，任何夸张的表达都会亵渎这份情感的朴素和朴实。

看到外孙子又长高了一截，老黄伸出了那双老槐树一样粗糙的手。因为7个小时没有沾水而翘起一层紫皮的嘴唇瞬间向四周撑开，在颧骨作用下使劲收缩的上唇露出一排黄中带黑的牙齿。那个时候，老黄的眼眶也在颧骨作用下眯成了一条细细的缝，眼角的皱纹呈扇状向鬓角迅速延伸，由深到浅，由密到疏，就像两条对称分布的鱼尾巴。

那一刻，还有一种劲道十足令人愉悦的声音不断冲撞我的耳膜，极富感染力。

相处整整八天，我今天才发现老黄也会以这样的方式抒发内心的激动和喜悦。

或许是对网招女婿曾经"先斩后奏"的行为还心存芥蒂，或许是对老丈人当初的气急败坏还心有余悸，翁婿之间没有语言上的交流，眼神也是一触即转。似乎矜持，似乎生疏。黄梅抱怨父亲的时候，女婿始终保持着立场模糊的微笑，没有制止，也没有纵容。

在杨家店草草吃罢午饭，全家人再次登上开往嘉平的中巴客车。一路颠簸，一路温馨。

车子到站的时候天色已近黄昏。老黄全程车票开支24元：市内两次公交6元，珞璜至杨家店8元，杨家店到嘉平10元。100多公里路转了4次车，耗了一整天，共计节约了8块钱。老黄很满意，他说农村人回家过年，时间不值钱，力气也不值钱，费点就费点吧，能节省8块就等于挣了8块，没有划算不划算这一说。

八

群山环绕的嘉平镇笋溪村，安详静谧。由钢筋水泥浇铸起来的高大楼房正在引领这里的居家潮流，传统田园的诗情画意渐行渐远，新型农村的现代气息越来越浓。公路旁边，柏树枝叶冒出的浓烟裹挟着腊肉的香味四面飘散，熏腊肉的老人和妇女一边揉挤通红的眼睛，一边关注着开进村子的每一辆客车。这是他们一年一度最急切也是最幸福的等待——春节要来了，他们远在异乡为美好生活奔忙了一年的亲人也要回来了。

山坳深处，鱼塘尽头，是老黄的家。三间黏土垒起来的瓦房背靠竹林，面朝塘水，大门前一蓬残破的芭蕉，山坳里一只离群的白鹭在寂寞地飞翔。鱼塘岸边用水泥浇铸的摩托车道是这里与现代农村交通网的唯一连接，就如人体血管网上一根最微不足道的毛细血管，把老黄的家和它的母体笋溪村连在了一起。

今天的老黄并不孤独，祖孙三代欢快的脚步踩碎了小路上一贯的宁静，也为眼前这幅自然的水墨画卷平添了几分和谐的生机。

老黄的大门门楣还悬挂着"开井村25号"门牌，而早在十几年前撤乡并镇时这里就已经是笋溪村了。房子的正面墙壁上

赫然用白灰写着几个大字——"地名：枪秋片"。这三个字凑在一起，毫无逻辑可循，怎么看怎么不像一个包含深意的地名。老黄说建房的时候这里并没有地名，刚搬进新家的时候感觉做很多事都不顺，有风水先生告诉他大门正对着的小山包叫"老鹳丘"，老鹳专吃黄鳝，而老黄姓黄，意指黄鳝，所以居家难顺。后来老黄就与当时还只有十来岁的黄梅一起，费了大半天功夫，挥毫在墙壁上写下了这个只有他们父女俩能够理解其深刻寓意的地名——"枪"可以克"老鹳"，至于"秋"和"片"，完全是因为会写的字不多，随便挑了两个会写的字凑数，什么寓意已不重要，只要有"枪"在手，不管是老黄鳝还是小黄鳝就不怕老鹳了。

门前的坝子长满蒿草，屋里的器物沾满灰尘，呛鼻的霉味充斥着每一寸空间。老黄说，长期没有人住的房子就是这个样子，住上几天霉味儿就没了。虽然这里的一切都很简陋，但是他们家的"年"必须从这里开始。这是一种民俗的传承，更是家人之间最具默契的约定，无论有多遥远，无论有多破旧，今晚就在这里团圆。全家人除了小家伙以外，各自忙开，老黄第一时间脱掉西服马甲，换上了一身旧衣服出门挑水，女儿打扫卫生和做饭，女婿负责生火。

与老黄房檐相连的院子是他三哥和六弟的家。竹林下方的鱼塘里，三哥和六弟、六弟媳妇正在撒网捞鱼，三个人一下午的收获足有五六百斤。挑水的老黄与他的亲兄弟擦肩而过，没有问候也没有寒暄，就像马路上的陌生人。老黄说兄弟六人中至今只有他们三人健在，六弟一家在江津城里做小生意，收获的时候才回来，三哥单身一人，平时给六弟看家，两年前因为修摩托车道的事情，兄弟之间发生了比较严重的摩擦，三哥和六弟站在了一起，这两年因为很少在家，隔阂至今没有消除。

看到渔网里活蹦乱跳的鱼,老黄很想买一条给外孙子吃,但是他始终没有开口。老黄说兄弟之间的一场误会,本来不应该持续这么长时间,但是因为生活的距离太远,感情正在变得越来越淡,他不知道自己和三哥六弟之间还要记恨多久。

久违的炊烟驱散了屋里霉味儿,炉膛里哧哧燃烧的火苗把老黄的脸庞映得很红,扑鼻而来的饭菜香味儿令怀里的小外孙把"哈喇子"淌到了外公的手臂上。老黄从兜里掏出一个用塑料袋子缠裹得很严实的餐巾纸包,郑重地塞进黄梅的棉袄兜里。

"今年的业务实在太差了,一共只攒了4000块,拿去还房款吧,莫嫌少。"老黄的脸上有些惭愧。

正在切肉的黄梅满手是油无法拒绝。她说:"我们哪个还好意思要你的钱嚯,爸爸,明年你就不要去了嘛,去永川帮我带孩子,我出门去打工!"

"我现在身体还得行,我想明年哪个都要找个万把块钱嘛。"

"你就莫犟了嘛,老都老哒,哪里还找得到钱嘛。"

"娃儿必须得妈妈带,你小时候就是没得妈带,吃了好多苦。"

"我们还欠20万,想到这个账我就着急,你挣的那点能顶个啥子用嚯。"

"我能凑一点你们的压力就小一点,等账还完了,我就不干了。"

女儿入情入理的劝说终究没能动摇老黄的决心。他坚信自己的决定没有错,也坚信明年的业务会好起来,好像根本就不担心明年的自己还能不能干得动。

入夜,黄梅主灶的团圆饭简单而扎实,用猪肉分别搭配的三个炒菜堆满了三个汤钵,半锅蔬菜汤直接用铝盆盛装。没有鞭炮礼花,也没有酒水香槟,山村农家的团年饭并不缺少温

馨。昏暗的电灯下，全家人胃口都不错，小外孙的手上和脸上沾满了油。细细咀嚼着女儿做的饭菜，老黄的脸上绽放着憨憨的笑容。

毕竟，这是他一年一度的幸福时刻，这是他这辈子用汗水和泪水换来的家。

只有这个时候，老黄才不会孤独。

腊月二十八日上午，老黄匆匆出门，计划利用一上午时间处理两件要紧事，然后和女儿一家人去永川过年。老黄说，这些年因为长期在外，家里的很多事情都耽误了。房子盖了二十多年至今还没办房产证，属于非法建筑。水田全部被征用建了鱼塘，因为丈量时不在家，确定的补偿面积与土地使用证上的面积出入较大，他至今还没在征地协议上签字，也没有去领取补偿款。

笋溪村六村社长的堂屋里很热闹，一年一度的土地补偿款正在有条不紊地发放。两鬓花白的老社长鼻尖上悬挂着一个随时可能要掉下来的老花镜，左手紧紧攥着厚厚的一沓百元人民币，右手噼里啪啦地拨弄着看不出曾经是什么颜色的算盘。社长的身旁聚集着一堆上了年纪的人，他们有的蘸着唾沫认真查点捏在手里的钱，每一元每一角都数得特别认真，有的目不转睛盯着来回跳动的算盘珠子，担心老社长一不留神给少加几个子儿。

老黄的到来多少破坏了这里原有的和谐氛围。别人急着领钱回家买年货，他来这里讨价还价必然要耽搁社长的精力。在老社长的账册上，老黄一亩二分地的年补偿款为1080元，2012年和2013年两年加在一起共计2160元。而老黄坚定地认为自己至少有一亩六分地，是当时自己不在现场社干部给量少了。双方为了二三百元的年补偿款各抒己见僵持不下，严重影响了老社长手头的工作。后来在大家的劝说下,老黄决定下午再去找社长。老黄离开的时候,社长递给他一本台历,台历的封面上印着笋溪村的未来效果图。待到鱼塘连成片,桂花树长大成林的时候,老黄的家乡将成为一个山水相拥的现代休闲度假村。

回到家里,小外孙正哭着闹着要回家。原来在外公的床上睡了一夜,小家伙的背上长满了莫名其妙的红疙瘩,又痒又疼。黄梅一脸焦急和心疼,她说可能是父亲的被子有问题。老黄有些过意不去,只能让女儿一家先走,自己明天一早再去永川。

当老黄再次拿着"土地承包使用证"找到社长的时候,老社长正在电路改造的工地指挥施工。

"我的土地使用证上明明写着一亩九分五,为啥只补一亩二?"老黄不停地重复着上午已经说过很多遍的话。

面对老黄的质疑,社长很耐心:"当初办证的时候数字和实际面积有偏差,征地的时候全部以实际丈量的面积为准,全社都是这样执行的。"

"就算有偏差,也差不了那么多,你们就是给我量少了,一定是有人想整我。"

"这次征地全社社员都满意,你我无怨无仇,我干啥子要整你嘛!"

"他们满意是他们都在现场,而我不在,我可以让一步,按一亩六分补偿我。"

"不可能,新农村搞建设搞开发,人家企业来投资,那是造福我们每个老百姓,要是每个人都像你这样来秋后算账,我们的工作还啷个开展嘛!"

老黄脖子上的青筋胀得有些发紫,嗓门更加嘶哑。和蔼的老社长语气里也少了先前的和气,局促的呼吸三下两下就把嘴

唇上叨着的一支香烟变成了一截长长的烟灰。客观地说，老黄的坚持并非无理取闹，社长的话也是合情合理，问题的根本就是征地的时候老黄没在家。最终，双方不欢而散。老黄依然没有领取补偿的钱，他说只要在社长的账册上签了字，就意味着自己同意了。当然，土地补偿的问题没扯清楚，办房产证的事情也只能搁置，如果下一步涉及房屋搬迁，他的事情更麻烦。

深夜时分，余怒未消的老黄仍然在鱼塘边久久徘徊，再次怒气冲冲拨通了社长的电话。老黄恶狠狠地说："如果不按照一亩六分补偿，今晚我就要拔掉鱼塘的水塞子，把水放干。"

也许是知道他的胆量，也许是了解他的为人，老黄的电话并没有惊扰老社长的睡眠。

鱼塘边上的老黄依然在久久徘徊，有几分迷茫，也有几分无奈。他心里很清楚，为了两百块钱的补偿打官司，纵然能赢也耗不起时间和精力，得不偿失。如果只图一时痛快把鱼塘的水放了，那就是破坏全村的发展大计，会成为全体村民的敌人。可是就这么算了，又感觉心里特别憋屈，特别窝囊。

二十多年的棒棒生涯，在城里生活越来越难，农村的老家也似乎离他越来越远。兄弟之间关系淡漠，房产证没有着落，土地补偿又很窝心，外孙子来住一晚上皮肤起了疹子，老黄有些沮丧。

腊月二十九日中午，当老黄佝偻的背影消失在小路尽头的时候，他家门口的鱼塘，依然波光粼粼。

绵延起伏的山坡上，高大乔木上依然倔强生长着被冬日风霜烙下深刻印迹的绿叶。这种绿色不代表春天，只宣示着它们顽强地活着。这种绿色虽然充满沧桑，但是却包含着一份厚实的希望："熬过冬霜就是春雨，好好活着别趴下，再过些日子我们就可以脱掉这身儿旧衣裳。"

九

老黄到达永川区临江镇的时候，已经下午两点。

临江镇离永川城区不到二十公里，属于经济发展较快的城郊小镇。繁华的街道，林立的高楼，无处不彰显着中国城镇化建设的巨大成果。大街上，匆匆忙忙的人们正在为明天就要到来的除夕做最后准备。今天的老黄不仅穿着西服和马甲，而且还换上了皮鞋，那双只习惯解放鞋的大脚突然放进僵硬的皮鞋里，走起路来显然有些别扭。老黄说别扭也得穿皮鞋，因为这关系到女儿的面子问题。

黄梅的家在一幢临街八层住宅楼的第四层，面积足有150平米，虽然买的是二手房，装修有些陈旧，但是依然宽敞明亮。今天是女婿邀请至亲好友吃团年饭的日子，家里来了老老少少十多位客人，热闹但一点也不显得拥挤。女婿的父母离异多年，所以团圆的亲朋当中没有亲家公的身影。因为老黄的姗姗来迟，这顿团年饭从中午十二点一直推迟到下午两点，饭菜都有些凉了。饭桌上，老黄当着全部亲友的面把一个大红包塞到外孙子的手里，动作大气，表情豪爽。老黄说这个红包他早就准备好了，本来应该在江津老家给的，但是考虑到女儿的面子，他决定当着亲家母和男方亲戚朋友的面拿出来。

女婿家的亲朋好友大多见过世面，饭桌上免不了推杯换盏，说些客套的祝愿的话。从来不喝酒的老黄，稍微有些拘谨，却又架不住亲友们的劝说，也喝了一两口。老黄说，花几十万的大房子，平时没有人住，只有过年的时候才热闹几天。

客人散尽之后，亲家母提议"斗地主"，她说接下来的除夕和春节，亲戚们已经排好了队轮流做东聚餐，大家少不了打打牌找点乐子，自家人先练练手，就算不能赢得太多也不能输得太惨。其实亲家母完全有些低估了老黄的实力，在重庆主城区五一路口历练了几十年的老黄，就算很少实战，看也看成了屈指可数的高手。

一家人的鏖战，直至深夜。看来，老黄的这个春节一定会很忙很充实。

大年三十，当我从临江镇赶回解放碑的时候，除夕的灯火已经璀璨，街上行人稀疏，只有"双胞胎"还在涂料店门口来回溜达，他说家里的年夜饭还没做好，这个时候来业务没有竞争，还想等一等……

大石全家人正聚集在儿子岳父位于新华路的家里吃年夜饭。亲家公和亲家母家的客厅不大，一张桌子就占据了三分之一的面积，桌子上的鸡鸭鱼肉堆得像一座座小山包。吃饭的人也很多，椅子上坐着老的和小的，椅子边上站着年轻的，够不着的菜可以围着桌子转一圈儿。尽管主人家不停地张罗多吃点菜，但是桌上的饭菜依然消耗得不算太多。或许这个时候，大家在意的并不是饭菜，而是一种团圆的喜庆。饭后，大石还兴致盎然地陪着女儿来到商圈欣赏解放碑的除夕夜景。

自力巷里，与老甘搭伙过年的老金已经把老甘买的那根海带和着猪蹄炖好了。因为拆迁办没有人值班，老金说他用小火足足炖了一个下午，海带和肉都炖烂了，还按照老甘的交代特别加了很多豆瓣酱。老甘最爱吃的猪肉已经炖好，可是在自力巷里却看不到老甘的身影。老金说老甘是个财迷，刚才有个大排档老板来电话请老甘出夜摊，一晚上90块，老甘没顾上吃饭，就扽蹶子跑了。当我在正阳街口的大排档找到老甘的时候，他正站在灯光下忙着摘菜。他说现在离攒10000元的目标还差得很远，一晚上90块，这是他从来没有遇到的高价钱，有钱赚，比吃什么都开心。老甘让我转告老金不用等他，还邀请我和老金一块吃猪肉炖海带。

当我买了啤酒回到自力巷的时候，睡了一天的河南起床准备做他的年夜饭。鸡蛋碎了一部分，这几天就着面条吃光了幸存的一部分，现在的河南只剩半斤左右面条和一瓶可当咸菜的调料了。他动了动煮面条的锅，发现里面沾满了油渍，又放了回去。他说不就是一顿饭吗，干吗搞得那么麻烦。于是他端起了他那个原本是电饭锅内胆的饭碗，里边有半锅冷稀饭。可能是这些天跟老金处得不太融洽，我请河南和我们一起吃猪肉炖海带，河南坚决不肯，老金也没有吭声，但是河南还是愉快地接受了我递过去的啤酒。

就在我们快要为新春干杯的时候，大石来了。他说自己也是自力巷53号的一员，想来和大伙一块吃个团年饭。

有钱没钱，照样过年。河南用盛饭的速度一勺接着一勺往嘴里倒稀饭，看样子吃得很香。老金一边大块吃肉一边大声称赞自己的厨艺，油汤顺着下巴淌进了脖子也没工夫擦。大石和我酒下得很快，菜吃得比较少。

自力巷里看不到春晚，也没有像样的年夜饭，但是大家依然举着酒瓶说着一些吉祥和祝福的话。对于河南和老金来说，我挖空心思也很难想出比较得体的祝福。毕竟，说得太美好像是挖苦讽刺，说得太实在又怕造成打击和伤害。

啤酒见底的时候,大石悄悄告诉我,他今晚来这里除了想和大家聚一聚之外,还有一个更重要的目的,就是找河南收房租。这大半年河南累计拖欠房租1000多块,大石老伴的意思是再不交钱就把河南的门锁上。为了排除"黄世仁"之嫌,大石反复强调是河南自己约的今天晚上交房租。其实大石不用解释我也充分理解他的苦衷。如果不是生性宽厚仁慈,河南根本就不可能有机会欠上1000多块钱的房租。

酒过三巡,大石始终拉不下脸,张不开口,河南也一直装糊涂压根不提这一茬儿。早就候在楼下的大石老伴儿终于忍不住黑着脸冲上了三楼。房间里热烈的氛围瞬间凝固。

"河南,你的钱准备好了吗?"大石老伴开门见山。

"没——没有——"河南支支吾吾。

"这么长时间我们一直同情你没有锁你的门,今天交房租可是你自己说的,做人一定要讲信用。"大石老婆有些气愤。

"是,是,你们真的是好人。"

"你打牌有钱,交房租没钱,是不是觉得我们真的狠不下来心?"

"不——不是——我现在真的没钱,每天都只吃一顿……"

"那你就不要怪我们了,没钱我可就真的锁门了!"

看着老婆要动真格儿了,大石说再给河南宽限一个月,前提是必须节后立即出去找工作挣钱。作为邻居,我也不能见死不救,主动给河南担了一个保,说一个月后他不交清欠下的房租,我就替他交。其实,大石的老伴本来就是刀子嘴豆腐心,就算没有我担保她也不一定真的会锁门,虚张声势只是想给河南施加一点压力。见我和大石打圆场,她也就同意了一个月的期限。看着河南仅存的粮食,我再次动了恻隐之心,又给他借了300元钱,让他先过好年,然后再去找个工作。河南对着灯泡向我发誓:"如果再去打牌,就把手砍掉。"

送走大石两口子,当我再次来到正阳街口探望老甘的时候,竟然看到了河南。他正坐在老甘值守的大排档棚子里,已经和两个牌友摆开了"斗地主"的战场。看来,他那条残疾的腿在这个时候比我走得还要快。为了避免尴尬,我没有进棚子里和他们打招呼。

回到自力巷,老金阴阳怪气地对我说:"这个世界上我最佩服两种人,一种是欠了满屁股债还敢拿着借来的早饭钱去打牌的人,另一种就是还能给前面他所佩服的那种人借钱的人。"

人人都有"年",人人的"年"都不一样。

年年都有"年",年年的"年"都不一样。

早早躺在自力巷的床上,我突然感到这确定转业之后的第一个"年"明显不一样了。电话相对比较安静,我检查了一下枕头旁边的手机,电池三格,信号满格。以往除夕收到的祝福短信几百上千条,回都有些回不过来,今年只有零零星星几十条,包括我以为最应该问候我的几个人也都没有了音讯。我确定,他们以往送给我的祝福都是单独称呼,而且从不迟到。

我想,难道他们在群发祝福短信的时候也把我的名字跳过去了吗?难道是他们也像我祝福河南和老金那样找不到得体的语言吗?

或许是我想得太多,也或许是人在逆境里比较敏感的缘故吧。

可能这才是真正的生活,也可能这才是别人眼里真正的自己。

其实,老黄他们一定不会在乎这些。我笑了笑,坦然入梦。

春节七天假,我几乎足未出户,就着方便面和早餐饼写了一万多字的心得体会。

十

正月初七，冷清了一些日子的五一路口又热闹起来。双胞胎、杨不起、栽得深和毛土豪都回来了，他们来五一路不需要打卡，但他们比很多上班族还要准时。或许是节后大多数工地还没有开工的缘故，五一路上鲜有雇主光临，因此打扑克、打瞌睡或者打呵欠就成了这里的主流风景。毛土豪说，国家的法定假日是工薪阶层的福利，休息的时候也有收入，这种福利与他们这样的自由职业者无关，自己过年休了七天，是因为没有活儿干迫不得已的休息。虽然明知元宵节之前装修业务不多，但是只要坐在这里就不用担心错过挣钱的机会，心里踏实。

老黄是五一路口唯一的棒棒，虽然没有竞争，但他也同样没有开张。我和老黄像两个称职的边防战士，把解放碑商圈例行巡逻了一圈又一圈，最终还是回到了长期守候的地方。或许是过年期间在女儿婆家亲戚那里找到了自信，老黄居然也和几个朋友斗起了一块钱的"小地主"。这是自我认识老黄以来，他第一次在等活的时候打牌。

看来，今天的生活费只能指望明天了。

上午11点左右，闲得有些无聊的我回到自力巷。老甘和老金正吃早饭，每人一大碗面条，有油有盐有辣椒吃得很香，红油面汤顺着老金的嘴角往下巴上淌。过年至今,老甘和老金每天至少要吃两顿面条,既节省能源又节省开支。老金说:"习主席大力倡导节约,我们天天都在节约。"老甘表示赞同,他说:"就节约来说,我们应该是走在了全中国前列。"

尽管已经精打细算,两人的过年经费仍然严重超支。原计划搭伙过这个年,合伙买菜轮流做饭一起看影碟,每人只需七八十块钱,但是到今天他们每人已经花了200多,超支部分全部由老甘垫支。吃完饭老甘心事重重,年前雇他出早摊的老板说有农村亲戚来帮忙,年后用不用他还不确定,到今天还没有来电话,意味着这15块钱的稳定收入基本泡汤。晚上雇他出夜市的老板倒是打电话来了,但是老甘向他提出了要么涨5块钱,要么不负责洗碗的条件。对方没有说行也没有说不行,直接挂断了电话,而且没再打来。

从老甘的表情中可以看得出来,他有些后悔,后悔自己的冲动,因为失去了这笔业务,他每天就失去了40块钱的收入。最近一两年,他就是靠着这两份工作生活,棒棒业务已经生疏,并且没有重新拾起来的计划。老甘说,他那个装钱的塑料烟盒里只剩97元了,如果不能尽快找到工作,每天光吃面条他还能支撑十多天,当然不包含房租,还得立即送走老金。

下午,我和老黄陪着老甘、老金来到好吃街的美食广场溜达了好几圈,老甘希望能在这里找到一个收碗、扫地的工作。转悠了半天,没有看到任何摊位有招工的迹象。

回来后,老甘和老金只能继续看《济公》、《新白娘子传奇》和《山城棒棒军》,这几部片子到底看过多少遍了,他们自己也说不清楚。看影碟的时候,老甘的眼神明显不如以往专注,吸烟斗的嘴也特别用力。

下午路过正阳街时,看到河南依然和牌友斗得难解难分。

失业已经一个多月的河南好像并不为找工作的事着急,攥着一把牌的左手同时还捧着一桶方便面,右手正拿着一瓶啤酒趾高气扬地往嘴里送。看起来心情不错,可能手气也不错。靠着除夕找我借的300元起本,一度手气不错,据说赢了好几百。初四、初五,他连续睡了两天没有出屋,我还以为是连续熬夜在补觉。初六一大早他再次找我借钱,说已经两天没吃东西了。看着河南严重凹陷的面颊和无神的双眼,我把自己兜里仅有的100块整钱借给了他,反复叮嘱他去买点吃的。河南十分动情地说:"你是个心地善良的好人,请你放心,我是这一带出了名的耿直人,算上今天这100,我一共借了你600,我一定会还给你的!"

河南出屋之后,我扇了自己一记耳光,明明知道自己这样根本帮不了河南,却又狠不下来心。我相信河南的耿直,也坚信他有钱了一定会还给我。但是耿直和信誉需要经济基础,目前的他,已经不具备这个基础了,所以我根本就没有做收回借款的指望。

晚上8点,我看到河南开门回屋,这是我入住自力巷以来,第一次看到河南8点之前回寝。我问他战果如何,他淡淡地告诉我:"输光了!"

到自力巷18天了,我的上衣兜已经响起了警报。来时的1300元,河南借走600,因为一时还难以适应自力巷53号的伙食,剩下的700元钱大部分用于了巷子里的棒棒餐厅,兜里已经只剩一些小面值钞票了。可能,接下来的十多天学徒光阴,我只能吃老干妈拌米饭了。

十一

连续一个星期的倒春寒，使山城气温降到了自去年入冬以来的最低点。深夜从窗户破洞里灌进来的顶头寒风吹得我头皮生疼，过敏性鼻炎也持续发作，每天早晨起来一把鼻涕一把眼泪喷嚏不断。

老黄依然在清晨8点钟准时出门，大石架板车拉菜的动静也会在每早7点左右传到二楼。每天早晨我都咬牙想挣扎着起床，但是头痛欲裂的感觉不断摧毁着我的意志，最终还是蒙头睡到了11点，衣服几乎要分三次才穿好。我不清楚老黄头痛时会不会按时起床，因为不好意思去判断，怕自己无地自容。当然，我多睡一会儿的理由也很充分，一者身体是革命的本钱，带病坚持并不科学；二者这大冷天的，人人都在烤火，谁找你干活？而且通过这段时间的观察总结，我发现上午基本是没有业务可做的，去得早不如去得巧，人家雇主可不会因为你来得早而花钱雇你。所以我觉得老黄出去得早精神固然可嘉，但是实效并不一定强。当然，也只有在这些充足理由的充分武装下，我才能睡得心安理得。

五一路口，有人找来拆迁工地的废弃木柴，生起了一堆大火，大家围着火堆一边悠闲地聊天开玩笑，一边忙着在火堆里

烤红薯。业务惨淡的日子,能够在取暖的同时一并把午饭解决了,当然是一件美事儿。这大冷天的,城管和环卫也对街道旁边的火堆睁只眼闭只眼,免得激起众怒骂声一片。老黄穿得不多,他宁可佝偻着背打哆嗦也不往火堆边凑。他说火是越烤越冷,这么多年他是再冷都不会烤火,其实我猜测老黄不烤火的最重要原因是怕烤火闲聊错过雇主。对于老黄来说,有活儿才有温暖,火堆旁的温暖是短暂的,是肤浅的,是属于懒人的。棒棒靠流汗水出力气吃饭,在严寒气温下,穿衣服也是一门学问,穿少了在漫长的等待中要挨冻,穿多了在干活时衣服就会成为最大的累赘。老黄的经验是宁可少穿,等活时多走走别傻站,干活时就不冷了。

自力巷老曾头米店的生意并没有受到"倒春寒"的影响,因为他的客户再冷都得吃大米,而且年后大多仓中空虚,急需补充,所以曾总每天都要扛着大米在五一路上往返很多趟。老曾头的生意好,我们也有盼头,因为大米到货卸车和搬运是老黄的固定业务。我觉得不能拿村长不当干部,老曾头大小也是一个米行的老板,我决定以后见面称他"曾总"。

下午时分,曾总终于给我和老黄送来了温暖。5000斤大米,从五一路口背到自力巷里的米店,100多米的距离,每袋5角。以曾总不惜一切代价开源节流降低成本的经营理念来说,送货从不需要别人,到货时如果负责运输的司机不着急,自己累死也不会花钱雇人。也恰恰是因为送货司机着急,曾总的米店才有了老黄的一碗汤喝。为了把搬运的成本再降三分之一,曾总不惜放下老板的架子,和我们并肩劳动。

我们每个人的任务很明确,5000斤大米100袋,每人至少33袋。

两个老头一趟背3袋,我自然不能只背一袋或者两袋。150

斤的重量压在肩膀和脖子连接部位，双手反转揪住最顶端的袋子，我真切地感受到了什么叫迈不动步、直不起腰、抬不起头。两个60多岁的老头步伐不算太快，但是走起来却并不吃力，这种看得见的差距让我的血气方刚备受煎熬。

一趟、两趟……我亲眼看到了汗珠子一串串砸在台阶上，我第一次质疑创造"汗珠子摔八瓣"这句话的人太过保守，我觉得我的汗水砸在地上时至少也有十六瓣以上。曾总和老黄也浑身热气腾腾，有活干就有温暖，对于老黄来说，这种温暖由内而外，那是一种用劳动博取收成的无比踏实的温暖和幸福。这种温暖是在火炉边感受不到的。

紧随两个跟我父亲年龄相仿老人坚实的脚步，我的汗水流得很多，走路的姿态也很难看，但我咬着牙没有一趟被落下。在军队里从事新闻工作将近二十年，我从来没有用肩膀扛过150斤，没有他们在前面，或许我能坚持一两趟，但十一趟不歇气，也许做不到。对于老黄他们来说，60多岁的身子骨，扛着150斤自然也不会轻松，能挑能扛是因为生活要求他们必须做到。就像今天的我一样，只要身上的零部件还算完整，还能支撑，而你又没有退路，那么你就一定会做得到。如果暂时做不到，你也一定会学着尽快做到。

搬运结束后，曾总递给我和老黄每人15块工钱，他笑嘻嘻地说，给打个九折吧，商场里都是"满十送一"，你们搬了十一趟，最后一趟算是赠送。看来这个老棒棒当了三天半老板，也开始找着各种借口剥削我们劳动人民了。

这就是市场。虽然被剥削了一块五毛钱，但我打心底为曾总感到欣慰。毕竟，他在60多岁的时候学会了经营，为时应该还不算太晚。毕竟，这比古人的"朝闻夕死"要早了很多。

春寒料峭的日子，老甘的春天提前到来了，他又找到了一

个出夜市的活——每晚8点出摊、11点回来睡觉,早晨7点再去帮着收摊,不负责洗碗,每天40元工钱,早饭晚饭摊上剩啥吃啥。看来老甘只要工作卖力暂时不需要为基础生活成本发愁了。老甘的朋友老金依然在兴致勃勃地看《新白娘子传奇》,他说这么冷的天,口渴喝水的人不多,他的旺季是盛夏。对于老甘找到了工作这件事,看起来他比老甘本人还兴奋,或许是因为他们是朋友,朋友有收入,他就不会饿肚子。

老甘待业期间,河南也没有他最喜欢吃的稀饭了。他似乎又开启了"冬眠模式",晚上11点多钟了,他竟然还在睡觉——这是只能用于描写河南的特定语句,因为以往的这个时候他一般都在用餐。河南的房间里并不安静,隔着门能清楚听到他的电话铃声悦耳。我想,可能是牌友们暂时还不知道他已经没有钱买馒头和面条了吧。

次日清晨,窗外的顶头风依旧凛冽。可能是昨天背大米体力透支的缘故,起床时感觉浑身的骨骼和肌肉没有地方不疼,腿部和腰部尤甚。酸麻的颈部只能勉强履行支撑脑袋的职责,不能大幅度扭转,也不能剧烈前倾和后仰。烤火取暖留下的后遗症也在今天凸显,面部表皮严重脱水,脸上裂起了一层细细的白皮,有一种生疼生疼的感觉。嘴唇皮肤也绷得很紧,再好笑的事都只能抿嘴,否则就要裂开一条一条的血口子。我暗自祈祷今天能多干几个轻巧点的业务,千万不要再背大米了。

可是怕啥来啥,曾老总家的大米这一两天卖不完,可是他斜对面的一家米店又进货了,也是5000斤。这回老板是个女人自己不能参与,我和老黄每人2500斤。

身为一名棒棒,你没有选择干什么业务的权利,也没有拈轻怕重的资格。想要挣钱想要有尊严的生活,你就必须挺起你的脊梁,亮出你的肩膀。老黄说,干吧,这点活是累不死人的，一个人25块呢！

一上午下来，我已经找不到恰当的语言来描述自己的感受，因为我觉得在搬运的收尾阶段，我的意识是模糊的。拿到工钱之后，老黄的呼吸很局促，背影也晃动得很剧烈。他匆匆忙忙地对我说："今天提前收工吧，我想回去躺一会儿。"

晚饭时分，三楼厨房肉香扑鼻，老甘和老金正准备吃晚饭。满满一电饭煲，鸡鸭鱼蛋大杂烩。这些东西是老金从小洞天美食城弄回来的烧烤串串。老金说虽然是别人吃剩下的，但自己在捡的时候也是经过仔细挑选的，只剩半串的一律不要，所以基本还算干净。美味的晚餐，两人吃得很香，老甘还拿出半瓶老白干，喝得嗞嗞出声，其乐融融。晚餐接近尾声之时，因为刷碗的问题两人发生了激烈争吵，火气特别大。吵架的原因很简单，两人搭伙过春节，自知寄人篱下的老金一直任劳任怨，煮饭刷碗，从不在"家务活"的问题上和老甘斤斤计较。对于老金付出的劳动，财大气粗的老甘似乎觉得理所应该，一如既往地饭熟就吃，吃完碗筷一推上楼看影碟，甚至还时不时对老金煮的面条品头论足。人生本来就是此一时彼一时，今天的情况不一样了，年后老甘兜里已经所剩无几，而且收入严重负增长，近两天吃的饭菜几乎全部都是老金含辛茹苦、忍辱负重从美食城弄回来的。或许在老金眼里，日收入只有区区40元的人根本不配别人伺候，况且今天锅里美味的肉菜是自己弄回来的，你老甘吃得很香洗几个碗也理所当然。

老甘说老金没良心，交这样的朋友没有用，过年以来，因为老金他多花了180多元钱。老金说自己也没白占老甘的便宜，至少他还买了两把挂面，交了15元钱的水电费。而最让老金痛心疾首的是，春节期间民政部门和一些慈善组织到他居住的临江门地下通道发衣服被褥和食物，自己一次也没赶上。老金发誓吃完饭就走,就算冻死在街头也不再进老甘这个四处漏风的破屋。

两人的吵闹声惊醒了睡梦中的河南,他半眯着蒙眬的双眼,静静地倚在楼梯旁看热闹,脸上多少有些不满。河南现在执行的是吃一顿睡二十四小时的生物钟模式,此时提前醒来,势必要多消耗一些热量。

老甘和老金的战火何时熄灭的我不清楚,因为实在没有耐心旁观到最后,出门清静了一阵子。当我回屋的时候,两人正在津津有味地看影碟。屏幕上的济公正在摇着破扇子说:"没事儿了……没事儿了……"

提前醒来的河南开始准备晚餐,排队等候的老黄正帮忙点火。河南今晚的主食是一把挂面,四个大馒头。河南的碗依然是那个容积为10升的电饭煲内胆,出锅的挂面连汤带面没过了"碗"里第7升的刻度,感觉他端"碗"的左手有些吃力。一阵风卷残云,最后面条吃光,馒头剩两个。河南说剩下的这两个馒头是他最后的存粮了。

我问河南:"今天的粮食是从哪儿弄来的?"

他说:"从朋友那儿借的。"

我说:"明天吃啥?"

"我心里有数。"河南的表情依然淡定。

十二

寒风萧萧的春季里,阴雨天气让雾都重庆更加名副其实。置身自力巷,鼻子里始终充斥着挥之不去的霉臭味,那个50米外的社区公共厕所也无时无刻不在嗅觉中清晰存在。似乎在阴雨天气条件下,这样的味道更加浓烈。

清晨在三楼厨房边洗脸刷牙,一只大黑猫突然从身旁蹿出,嘴里依稀叼着一个黑乎乎的东西,发出吱吱的惨叫声。一阵脊背发凉之后我意识到,这是一只"路见不平拔刀相助"的好猫。自打住进自力巷之后,我对老鼠的痛恨刻骨铭心。这些欺弱怕强的鼠辈,不敢去高楼大厦里偷有钱人,专门跑到这破败不堪的小木楼里来欺负劳动人民。粮食被偷吃一点也没什么大不了的,关键是它们吃饱了精神头又特别好,整晚在楼道间蹦来跳去,像开舞会一样令人崩溃。相比老鼠来说,这只大黑猫不计回报不摆架子,悄悄地来悄悄地走,抓了耗子不留姓名,实在可亲可敬。尽管老黄他们对巷子里个别猫颇有微词,怀疑它们有时候革命立场不坚定,偶尔也和老鼠同流合污,但我还是打心底觉得这个队伍里面的绝大多数猫是纯洁的,是忠于职守的,所以我对它们的光临一直还是持谨慎欢迎的态度。

自力巷53号没有电视机,住户们除我之外都没有智能手

机,大家各有各的方式打发无聊时间。老甘一如既往地看影碟,一如既往地播放着那几部主演们在现实生活中牙齿都快要掉光了的电影或电视剧。河南把自己定位为文化人,河南给自己这样定位是因为爱看报纸。这些年无论多么困难,他一直都订得有一份报纸,大到乌克兰的动荡局势,小到街头巷尾奇人异事,河南都有自己的见解。

河南取报的方式天下无双。每天凌晨5点,送报的"黄马甲"准时在楼下呼唤河南的名字,三楼的窗口就会应声垂下一条绳子,"黄马甲"把报纸捆好之后再吆喝一嗓子,然后绳子就像起重机一样小心翼翼地把报纸吊进河南的房间。如此省时省力的取报方式,令我不得不由衷佩服河南的创造力以及他强烈的求知欲。为了按时读到当天的报纸,他每天必须枕着一团绳子睡觉,这种"枕绳待报"的劲头在军队里就是"枕戈待旦"的精神。河南因地制宜开辟的报纸投递渠道,还可以确保他"第一读者"的地位无人能撼,因为当别人的报纸还躺在报箱里的时候,他的已经拿到手上了。他这种"奋勇争先"的劲头在军队里就是"扛红旗争排头"的精神。

按照河南的话说,可以三天不吃饭,不可以一天不读报,相对于眼下极度匮乏的物质生活,河南更看重精神食粮。河南的屋里堆满了报纸,这十来年手头再紧也不会拿出去当废纸处理。因为是半年订阅,河南的精神食粮还可以支撑到五月底。

老黄和大石闲暇之余,也经常蹭河南的报纸看,尽管有很多字不认识。老黄看报纸的时候,总是喜欢问一个问题:"我们中国到底打不打得过外国?"大石每当看到又有贪官倒台的消息,嘴里总是不停嘀咕:"按理说能当那么大的官儿,就是聪明人,干吗要贪那么多钱嘛?人生在世有吃的有住的就行了,快快乐乐的,贪那么多一辈子都用不完有啥子用?结果还进去了，钱也花不成了……"

持续的阴雨并没有使大石变得清闲。春节过后，手头的出租房还有十来间没有租出去，虽然部分闲置还不至于亏本，但是多租出一间就多一份利润，大石有些着急。上午干完自力巷的固定业务之后，他必须赶回南坪忙活自己的房源信息发布工作。所谓信息发布，实际就是在街头张贴小广告。

大石的广告一点也不讲究，在一张巴掌大的纸条上用红笔写上"单间出租"和联系电话即算完成。大石的衣服口袋里，随时都带着好几沓。大石说，在街边张贴小广告是很不道德的行为，但是如果不贴广告，就没有人知道你有房出租，这也是没有办法的事情。大石的小广告有底线，纸条背后从来都只粘两条双面胶。他说如果环卫看不顺眼，很容易撕下来，不像有些无良"牛皮癣"，胶水用得太多用水都冲不下来。大石贴广告也有分寸，一般不贴到整洁干净的街头墙壁上，张贴的地方一般都是小广告扎堆泛滥的地方。他说把广告贴在本来就很乱的地方，不仅关注的人多一点，而且心里会少一些负罪感。下雨天城管和环卫基本都待屋里，是大石外出发布房源信息的最好时机。因为无须担心被抓现行，大石的工作进展得比天晴时要快得多，几个大圈下来，兜里带的一百多张房源广告全部贴完。大石告诉我，如果在张贴时被城管和环卫抓了现行，轻则批评教育，重则罚款，很没面子和尊严，所以干这项工作他从来不让家里人参与。他说为了家人能够更加幸福的生活，自己遭再多的白眼，受再多的屈辱都心甘情愿。

下雨天业务不好，但是老黄每天依然要出去转几圈，有活儿就干，没活儿回屋。或许是这几十年来早已习惯了寂寞，老黄知道自己该如何打发无聊时光，他的业余时间几乎全部在忙活个人卫生。每晚要烧热水洗脸泡脚，出了汗必须洗澡换衣

服。他说自力巷里虽然条件不好,但是个人卫生必须要搞好,一者少生点病就等于创收,二者本身从事的是重体力服务工作,稍不注意就会浑身臭烘烘的,不仅自己难受还会对别人造成伤害。

老黄洗澡绝对是一项费时费力的系统工程。在简易土灶上烧一锅热水足足需要40分钟,这个时候必须守在灶门口添柴,绝不能让任何一点火星子跳出灶膛。老黄的浴池就是土灶旁边那个完全裸露在寒风中的洗衣台,由于台子内侧是楼梯,外侧是别人家的房顶,在这里洗澡只能坐在台子上边,没有第二个选择。水烧好之后,老黄认真清理洗衣台上平时刷碗洗菜积存的油腻泔水,这一工序足足耗时10分钟。而后他用布团堵住洗衣台的排水孔,把洗澡水倒入台上的蓄水槽。调节水温是一项全凭经验的技术活儿,不能太烫又必须稍微烫一点,太烫了刚开始皮肤受不了,如果不稍微烫一点,还没开始洗热量就会被洗衣台吸收。一切准备就绪之后,还得仔细查看一下正对着的方向是否有人,避免走光。脱衣入水的时候,老黄的嘴里不停发出"嘶嘶"的声音,有可能是上半身太冷,也有可能是沾水部分太烫的缘故。

冬日的寒风搅动着腾腾冒出的热气,老黄挥舞着毛巾争分夺秒与时间赛跑。我想,老黄裸露在风中的上半身冷热反差应该相当强烈,毛巾刚刚抹过的地方温暖舒爽,没有及时抹到或者正在等待抹到的地方一定冰凉透骨。

七八分钟过后,浴池里冒出的热气越来越稀疏。老黄打了两个响亮的喷嚏之后,意犹未尽地爬出浴缸。他说在这里洗澡,没有后续热水补充,只能洗到哪儿算哪儿,如果感觉有的地方洗得不够彻底,那就在心里记着点,下次洗的时候就把上次来不及洗的地方作为重点。

阴雨连绵的日子，自力巷53号又住进了一个绰号叫"黄牛"的新人。说他新是因为我们才刚刚认识，其实，早在二十年前他就住进了自力巷，一直在朝天门批发市场当棒棒。黄牛是四川邻水县人，今年55岁，至今未婚，去年12月份，准备改行的他回了邻水老家。黄牛说，在大都市里生活习惯了，回去这几个月，感到自己种地养猪都不会了，只好又回到重庆重操旧业。因为黄牛以前住的宽敞单间已被我占据，现在的他只能暂时屈身在大石一楼仓库的小隔间，在老黄的帮忙下，半天工夫就把一个乱七八糟小仓库收拾得紧紧有条。黄牛是个懂得生活的人，还一次性投入420元添置了一台播放一体影碟机，并且配置了外接音响。

从此以后，在我的房间里，不仅能听到楼顶老甘那里传来的"西游记"主题曲，还能同时听到楼下孙悟空降妖除魔的打斗声。

十三

元宵节终于来了。

我对元宵节的期盼始于老黄对业务形势的判断，他说元宵节之后业务可能会好一些。这段时间经常在五一路口打瞌睡的毛土豪、杨不起和栽得深也这样说。他们期盼元宵节快点来并不是急于过节，而是在憧憬一份勤劳致富的希望。他们的判断基于中国的几千年传统，因为很多企业或者家庭都习惯把建设开工的日子安排在元宵节之后。

今年的元宵节和情人节携手而来，据说要十九年才赶得上一次。元宵节是正宗国产，情人节属原装进口。对于中国人来说，过元宵节不分贵贱，而情人节只属于衣食无忧且有浪漫情调的特定人群。对于自力巷53号这些每天还在为衣食奔忙的居民们来说，自然没有玫瑰之约。河南和黄牛的生活中从未有过属于自己的女人，老黄和老甘只有伤心的爱情回忆。这几个人当中只有房东大石拥有不离不弃白头偕老的另一半，但是已届花甲的年龄和几十年的艰辛打拼，早已没有了不惜代价博佳人一笑的激情。显然，大家在元宵节积极改善伙食只是在遵循传统，与情人节无关。

老黄上午去市场买了一块猪肉，邀我共进晚餐。虽然已经连续吃了两天"老干妈"拌米饭,内心里对猪肉充满了渴望和向往,但我依然婉言谢绝老黄的盛情。坦白说,到目前为止我还适应不了三楼厨房的卫生条件,前两天从碗柜里拿了个碗盛开水,喝了一口之后,才发现碗里有一个油腻腻的手指印,当场就差一点吐了。

老黄是个讲卫生的人,他洗过的碗绝不会出现有手指印的情况,在这个问题上,他有苦难言。邻居老甘简单随便而且大大咧咧,从不把自己当外人,经常用老黄的洗衣粉、调味品和锅碗瓢盆给自己救急。自从老黄有了电饭煲之后,老甘不管煮什么,拿过来就用,用完之后用凉水涮一涮就放回原处,从来就没洗干净过。老金来了这么长时间,一直用老黄的碗吃饭,近段时间从美食城弄回来的东西又比较油腻,所以在碗里留下个把手指印就不是什么奇怪的事情了。面对老黄的愤怒和指责,老甘一边对自己的所作所为"供认不讳",一边还理直气壮斥责老黄小心眼儿,说大家住在一个屋檐下就是缘分,何必斤斤计较。每次吵架,老甘都豪气干云,他说:"我的东西你尽管用,我绝不像你一样说三道四。"但是到目前为止,老黄还没有发现老甘在厨房里有值得借用的东西。

连续吃了数日老金弄回来的牛羊肉,老甘觉得有点腻了,也想在元宵节换个口味儿,买了两斤猪肉,准备炖着吃。大白天不敢生火,只能用老黄的电饭煲。

洗肉,切肉,添加配料。肉菜入锅之后,老甘突然发现电饭煲的电源线不见了,一番苦寻未果,他断定是老黄把电源线藏起来了。对于想要吃肉的老甘来说,这点困难根本就难不倒他。只见他镇定自若地找出一个"水乌龟",在接通电源的同时,迅速把"水乌龟"的金属部分插进煮肉的锅中。在完成这一系列动作之后,老甘的鼻孔里发出一声轻蔑的冷哼,得意的表情就像一个刚刚用"撒手锏"击败强敌的武林高手。

重庆人口中的"水乌龟"学名"热得快",是一种插在暖瓶里烧水的简易小家电,我在上学时常用它烧水。今天第一次发现这东西还能炖肉,算是开了眼界。见我一脸惊诧并试图阻止,老甘有些得意地说,老黄没有电饭煲之前,他一直用这东西在盆子里烧水煮饭,火力生猛还不择容器,只要用的时候加一点小心根本不会发生安全问题。我想,或许连研发"水乌龟"的人也未必会想到这东西还能有如此功效,但是在自力巷里,聪明的老甘通过长期摸索实践,终于使"水乌龟"的功能实现了最大化。

老黄的损招没能阻止老甘的随便,没有电源线的电饭煲在老甘手里依然炖出了香气四溢的猪肉汤。老甘和老金一边惬意享受着美味炖肉,还一边嘲笑老黄的小心眼儿,就像两个背着家里大人干了坏事的孩子。我想,要是老黄这个时候出现在餐桌旁边,一定会气得把胸腔里的瘀血喷洒到天花板上。

晚上,因为电饭煲里残存着老甘炖肉的油渍,老黄憋着一肚子火不想洗锅,他拿着自己上午买好的肉和一楼的本家黄牛凑在一块吃起了猪肉汤锅。

自力巷里没有情人节,但是身在都市,自力巷里人人都知道有个情人节。

2月15日,老黄、老甘、河南和大石午后聚在一起闲聊。这是大家分享最新信息的主要平台,河南抓紧时机展示自己的博学多识,率先把话题引到"情人节"。比如玫瑰花卖到几十块一枝,多少酒店预订一空,像今年这样的双节重叠需要多少年一遇等等。

河南的高谈阔论,老黄和老甘漫不经心,只有大石若有所思。我凑过去开大石的玩笑,问他昨天有没有给老婆买花,大石有些内疚地告诉我，结婚34年，进城33年，老婆从青春少女到如今成为孙子的奶奶，从未像城市人一样收到过鲜花，年轻时没送是因为送不起，现在日子越过越好可是人也越来越老没那份浪漫情调了。大石说，昨天的日子特别，听说十九年才能赶上一回，下一回得等到2033年，看到很多人给老婆买玫瑰，自己也想买，但是太贵了，最便宜的也要十四五块一枝，最后纠结半天没下得了手。看到大石一脸惭愧，大家七嘴八舌给他出主意。

"不就是送个花吗？昨天的玫瑰是有点贵，咱们就哪天便宜哪天送。"老甘说。

"昨天买一朵的钱，今天起码要买好几朵，划得来。"老黄对老甘的提议表示赞成。

"全世界的情人节都过完了，今天就是棒棒的情人节，只要心中有情，天天都是情人节。"河南也在一边不停地跩词儿煽情。

架不住大家七嘴八舌的煽动，大石终于动心了，完全一副砸锅卖铁也要豁出去的样子。大石说，老伴跟他辛苦了一辈子，只要能让她幸福一下，今天就算把兜里的钱花光也在所不惜。

昨天12元一枝，今天6元一枝。大石还是觉得有点贵，先后跑了好几家花店，最终以4元每枝的价钱买了三枝。

棒棒家里迟到的情人节朴实而温馨。

这个夜晚，因为三朵玫瑰的点缀，大石的家里多了几分浪漫柔情。手捧鲜花见到老伴的一刹那，不善表白的大石把准备了一下午的词汇全部忘得干干净净，一句"老婆你辛苦了"竟然也说得结结巴巴。当然，也似乎只有这句话，才能准确表达他内心复杂的情感。老伴第一次收到丈夫送的鲜花，笑脸瞬间绽放，鲜艳如花。

上高三的女儿直夸老爸抠门都抠得有创意，十四的花儿十五送，经济实惠赚心动。

儿媳妇一脸羡慕嫉妒恨，扬言要给大石的儿子召开现场批斗会。

这天晚上，从来不做饭洗碗的大石殷情地系上了围裙……

临别时，大石悄悄告诉我，老伴在厨房对他进行了"严刑逼供"，问买玫瑰花到底花了多少钱。怕老婆开心的时候又心疼钱，他生平第一次跟老婆撒了谎，说买这些玫瑰总共只花了6块钱。

大石再三叮嘱我，一定要替他保密。

十四

2014年2月19日,马年第二个节气——雨水。

上个月的今天我告别挚爱的军营,开始了自力巷的生活,对于我来说,这应该是一个值得纪念的日子。想去割两斤肉和自力巷的邻居们喝两杯,但是兜里仅有的十几块钱已不允许我有任何非分之想。最近的日子,每天两顿老干妈拌米饭,特别怀念部队餐桌上肉菜的味道。我想,如果再回昔日的食堂,我一定盛上满满一盘子回锅肉,不要蔬菜也无须蛋汤,就算吃得满嘴冒油血脂超标十倍也无所谓。几次掏出电话想让家里给送点生活费过来,但是最终还是忍住了。因为按照我和老黄的约定,从明天开始我们就同工同酬,我必须用自力巷的收入支撑在自力巷的生活。

又是一个上午没有开张,我们在人流里徘徊,在期盼中煎熬。干裂的嘴唇绷得很紧,再好笑的事都只能抿嘴微笑,否则就要裂开一道道血口子。当然,我的顾虑有点多余,没有活干,如何笑得出来!

闹市一隅,一个没有双足的残疾老人滑着轴承木板车缓慢前行,车头的搪瓷碗里凌乱地放着一些零钱。与他擦肩而过的人们,有的漠然绕行,有驻足观望,当然也零星有人从钱夹里

掏出面额最小的钞票放进车上的小碗,然后面无表情匆匆转身。残疾老人在我和老黄右前方20多米远的地方,"看见了"还是"没看见"完全取决于大脑的瞬间意识,这种瞬间意识是本性的自然流露,无关善恶美丑,无关是非对错。当我还在为"看见了"还是"没看见"而犹豫不决的时候,老黄已经大踏步走了过去。远远的,我看到老黄手里攥着一张纸币,躬着身子小心翼翼地往碗里放。木板车上残疾老人的反应令我印象深刻,他冲着老黄一边摆手一边使劲摇头,这种肢体语言所表达的意思每个人都看得懂。从残疾老人的表情可以看得出,他一定在说:"你的心意我领了!"如果行动方便,他或许会拿出老黄刚刚放进碗里的钱,然后用力地塞进老黄的衣服口袋。离开木板车的时候,老黄的表情有几分僵硬,也有几分尴尬。

第一次在真实生活中遇到乞丐要谢绝施舍的事,我为老黄感到有些心酸。或许,残疾乞丐不忍心接受老黄的施舍,是因为老黄的肩头扛着一根棒棒。这根"棒棒"代表着一个行业,一个连乞丐都不忍心伸手的行业。残疾乞丐的"不忍心",既是对一种"不容易"的感性认同,更是对一份朴实情感的朴实回报。

与我会合之后老黄无限感慨地说:"那个残疾人说你是个棒棒,挣钱也不容易,要你的钱我心里不好受。"老黄还告诉我,这些年不管多不容易,只要看到有残疾的乞丐,他都要多少表示一点,不管怎么说,自己身体健全,可以凭力气挣钱。

从老黄憨憨的笑容里看得出来,他的爱心没有掩饰,也没有修饰,完全是随心所欲的表达,图的只是心安理得。

傍晚时分,全天总共只挣了18块钱的我和老黄正沮丧地准备收工回屋,一个绰号叫"张麻子"的小老板找到我们,说有五架双层铁床需要从现在的四楼搬到街对面的二楼,工钱总共

25元。

老黄和张麻子打过不少交道,在前往任务点的途中他悄悄告诉我说,张麻子这个人特别精明,一般不会干自己吃亏的买卖,给他干活一定要多长个心眼。或许是早有前车之鉴,老黄进屋后先不着急干活,当着张麻子的面认真清点床的架数。他说丑话要说在前头,如果干着干着多出一两架就不好办了。已经拆卸完毕的铁床零部件堆放得乱七八糟,老黄一点不怕麻烦,按照每架床的基本构成要素,认真清点。看着老黄一副较真的样子,张麻子在一边信誓旦旦地说:"要是多出一架,我就把它吃了。"

老黄没有因为张麻子的一番硬话放松警惕,他的较真很快就有了回报,床的总数果然是六架,比张麻子说的总数多出了一架。铁证如山,张麻子只好干笑着把运费加到了30元。老黄一边捆绑床架一边向张麻子重申自己的做人做事原则:"该拿的一分不能少,不该拿的我一分也不会要。"

连铁架带床板,一架床总重也就七八十斤,但是由于体积较大,在楼道里搬运既不能剐到电线网线,还不能损坏墙壁,特别费劲儿。搬运过程中,老黄觉得先前的价钱很不划算,几次要求张麻子给加10元工钱,但是张麻子一直假装没听见。

两人往返3趟,耗时80多分钟,出了不少汗。尽管老黄不停地唠叨工钱太低,张麻子最终还是只给了我们30元工钱。老黄似乎心有不甘,离开的时候死皮赖脸地从张麻子房里"借"走了一把电水壶。张麻子虽然有点心疼,但也没好意思强行阻止。老黄说,跟张麻子这样的人打交道,必须认真一点,脸皮也要厚一点。

我仔细端详了老黄手里的电水壶,虽然内外都结满了水渍,但是应该能值10块钱。

晚上回来，老黄没有急着上楼做饭，一脸郑重地拿着一个小本子和一大把现金来到我的房间。一看老黄的架势，我知道他又是找我分钱来了。

我和老黄早有约定，第一个月我是学徒，不参与分成，同工同酬从第二个月开始。但是在这个问题上老黄一直"言而无信"，第一天挑涂料他收了10块钱，现场要分给我6元，接下来的一段时间，只要领到工钱，他都要在第一时间找我分钱。老黄的态度很诚恳，绝不是生活中常见的那种惺惺作态。他说当棒棒干的是力气活，不需要学习，他这个师傅也没有什么技术可以传授，大家一起流汗，他自己花钱内心不得安宁。我不参加分成的理由很简单：一是初来乍到业务不熟，至今还没有独立自主接业务的能力，我们一起干的业务全是老黄联系的，这些活儿就算没有我，老黄自己也能干下来，生意本就惨淡，我不能拖累他；二是我给实习阶段的自己准备了生活费，暂时没有太大压力，当然，这些冠冕堂皇的理由背后兴许还有看不上这点小钱的潜意识，如果能用这点小钱让老黄高兴和热情，也算是一种感情的投入。所以不管老黄如何坚持，我的态度一直很坚决。后来老黄收了工钱之后，没再找我分钱，满以为他已经默认了我们的约定，没想到他却悄悄地记了一本账，要和我新账旧账一起算。

或许早已料到我还是不会参与分这些钱，老黄用那双满是老茧的右手捂着胸口对我说："我知道你不缺这点钱，但这是你的血汗钱，我要是多拿一分，心里就很不舒服。"

见我准备起身离开，老黄紧紧抓着我的双肩，使劲将我按回原位。无论表情、动作还是力道，都像一个占尽上风的摔跤手。

老黄的账本是一个残破的小学生作业本。由于会写的字不

084

多，虽然账本有很多地方我看不懂，但是一笔一画地记得特别认真，从上月19日到今天，一天没落下。没有业务的日子画的圆圈，有业务的日子记得很细，不会写的字用同音字或者符号代替。看得出，为了记这个账，老黄费了不少心思。

这一个月，我们的总业绩为1034元。每一张钱从雇主手里拿到时是怎么个样子，现在还保持原样。1034元现金，3张50元面额，11张20元面额，66张10元面额，4张1元面额，放在一起厚厚一摞。看得出这些钱从雇主那里拿来时是什么样，现在还是什么样。他说："我的房间没有门锁不上，揣在兜里一大包，又不方便干活，管这点钱压力很大。"

看着老黄真诚迫切的神情，我猛然意识到自己苍白的大度给老黄内心造成的伤害无异于张麻子的抠门儿。面对这一堆钱，我生平第一次对"血汗钱"这三个字有了感性的理解。我开始觉得再不把这些钱分了，就是自己对一位坚强善良的老人最大的不敬，就是对一个纯洁朴素灵魂最大的蔑视。随后我提议按出力多少分成，我三他七，老黄坚决不同意，问我1034除以2等于多少，我没告诉他答案。他沉默良久之后，果断地抓起放在床沿的钱，开始用他的方式分钱。他先抽出3张50元面额的钱，分别放在两个地方，有一边2张，另一边1张，然后再数出5张10元面额的放到先前少一张的位置……

我不敢直视老黄数钱的眼神，迅速用双手捂住了自己的双眼，我隐隐感到眼眶里的泪腺在迅速膨胀，热热的液体抑制不住地往外飙。直到听到老黄出门的脚步声，我才睁开双眼。我的床沿整整齐齐放着一堆钱——面额分别为2张50元的，5张20元的，31张10元的，4张1元的。

远远地我听到老黄在门外说："我这里有1张10块的，里面好像应该还有你3块！"

丁就是丁，卯就是卯，老黄不占便宜，但也不愿吃亏。次日上午，涂料店里的34袋石灰腻子要送到八一街写字楼的负五楼，工钱70元。货物多路程远，为了节省力气，我们决定借用老石的人力板车，先把货物拉到写字楼楼道口，然后再用肩膀转运到负五楼。

　　兜里揣着昨晚老黄分给我的517元零钞，胀鼓鼓的，沉甸甸的，挑东西的时候，我能清晰地感到钞票在裤兜里摩擦大腿肌肉的感觉。这种感觉很生动，也很幸福。第一车运到楼梯口之后，我们分两次往负五楼转运。可能是装车时的疏忽，我们装了17袋，这是个单数，不好担。我两趟8袋，老黄抢先挑了9袋。第二车卸货时，老黄郑重地对我说："上一车我比你多挑1袋，这一车我8袋你9袋，我不占你的便宜，你也别占我的便宜。"

　　老黄一脸的严肃让我十分尴尬，这种尴尬让我突然觉得面前这个老头更加完整和真实。没有理论层面的道德标准，只有从数十年生活实践中提炼的行为准则。昨天大度地与我分钱并不是他在刻意追求高尚，今天的斤斤计较也绝不代表他秉性狭隘。或许他根本就不在乎别人怎么看，只在乎自己该怎么做。

　　昨天我为老黄感动，今天老黄令我尴尬，面对一个真实的老黄，我起伏落差的内心反映，恰恰说明真实的我其实很虚伪。

　　我的尴尬就源自于这种虚伪。

　　台历上的2月快要翻过的日子里，老黄的朋友老杭回来了。

　　老杭是重庆南川人，今年67岁，住在自力巷53号最东头的一个小单间。虽然同属一栋楼，但老杭这间房子不归大石管辖。老杭和老黄并肩在五一路驰骋十多年，被圈里人誉为"自力巷二老"，去年11月中旬，老杭因腿部骨骼酸疼肿胀离开了解放碑。走的时候他把锅碗瓢盆连同一根棒棒和一架手拉车以50

元的价格转让给了老黄,没有再回主城的打算,这段时间我用的棒棒就是老杭以前赚钱的工具。回到老家的这3个月,老杭大部分时间在住院治病,医疗费用花了20000多,农村合作医疗体系报销了一半,自己只承担了10000多一点,但依然花掉了手头的全部积蓄。儿子和女儿家里的负担都很重,如果待在家里连烟酒钱都没有着落,所以老杭刚出院就急着跑回了五一路。老杭至今还道不出腿上患的是啥病,只知道医院换了好几种治疗方式效果都不明显,现在腿部依然疼痛浮肿,用手指轻轻一按就会出现一个没有血色的凹点,好长时间难以复原。老杭来时从家里带了一大口袋药,有的是偏方,还有的是电视购物买来的,有没有疗效暂时还不知道。关于家庭的情况,老杭表现得既隐晦又直白,从不深入涉及关于家庭的讨论,但可以直截了当地告诉你——伤心的往事不愿再提。

老黄说老杭很不容易,如果重新置办工具和生活用品可能要花不少钱。老杭回来的当天晚上,老黄把之前从老杭手里买来的电炒锅和我用的那根棒棒送了回去。老杭说要把钱退给老黄,老黄说不要。老杭虽然说得很坚决但是并没有掏钱的动作,我看得出来,老杭兜里可能没有钱,如果有钱他一定会马上掏出来,因为他不像一个虚伪的人。当然即便老杭真的掏出钱来,老黄也一定不会要,因为他不是一个眼里只有钱的人。

十五

钱越来越难挣,我感觉自己正在逐渐变成另外一个人。

跟随老黄的脚步在解放碑商圈"例行巡逻",八一"好吃街"上的诱惑越来越难以抗拒,各种特色小吃的香味组着团往鼻子里钻,突然有买两个新疆大肉串吃的冲动。情不自禁地摸了摸口袋,不用细数,我清楚地知道兜里还剩多少钱,甚至可以精确到几元几角。老黄分给我的517元,加上最近十来天184元收入,共计701元,买米用了24,买咸菜17,吃路边快餐36,交房租水电费320,一共还剩304块。自己吃两串6块钱可以承受,但是我能好意思自己吃独食吗,应不应该请老黄和不远处的摄像兄弟?既然不能不请,3个人至少要花18元,这可不是一个小数。于是我不露声色地咽下了喉腔中涌出来的馋液,暗自决定晚上抽个空再来一趟好吃街。英雄气短源自囊中羞涩,我必须学会过紧日子。

人穷事儿多,又有转业的老战友到重庆转机飞东北,晚上七点的航班,我们约好在解放碑的一个西餐厅见面叙旧。几年不见又大老远来,不可能让人家买单,也不好意思告诉他自己现在只有300来块。仔细清点兜里的零钞,心里一个劲儿地告诫自己以后接外地朋友的电话时,一定要先摸清楚他打电话的地点位置，以便科学回答自己现在应该是在重庆还是在外地。当然，还要根据实际情况恰到好处地确定自己在多远的外地，大概多长时间回来。

从摄像兄弟手里借了200块，加上自己的300多块，我硬着头皮陪战友走进了以前也来过的西餐厅。温暖的中央空调和美妙的钢琴乐曲让我有一种恍若隔世的感觉，一个字——爽，两个字——太爽，感慨强烈时差点口无遮拦地蹦出"真他妈爽"这四个字。到了点东西的时候我就不怎么爽了。老战友同路还有三个老同学，这是之前完全没掌握到的信息。他提议在西餐厅叙旧倒并不是要附庸风雅，而是在倡导文明聚会，先喝几壶茶，吃吃果盘，坐到四五点钟直接吃饭，然后向机场进发。

拿着餐谱，我手心不停地冒汗。凭兜里的准备，我们两个人如果不过度消费，还是基本能走出去的，但是加了三个人，光喝茶吃果盘都不够。看我半天没张口点喝的，老战友凭着与我多年的感情一点不见外，三下五除二就把吃的喝的点好了。我心里没底儿，装作一副还要补充的样子，对着点好的单子腹算了一下，大概380元。凭良心说老战友并没下毒手，实在是这里的茶水太贵，有的一壶就是100多。我如坐针毡，和朋友叙旧也是有一句没一句地心不在焉。来自力巷之前就已经在家人和身边最要好的哥们儿朋友那里把退路堵死，找他们借钱请客就意味着我在自力巷的事业失败，我绝不是一个虎头蛇尾的人。再去找摄像借钱，也无异于打自己的脸。经过这段时间的辛苦赚钱，就算兜里的钞票足够多，我也会心疼好多天。可是，眼下的尴尬局面该如何收场呢？

人逼急眼了总会急中生智。危急关头，我想到了转业在重庆的另外一名战友。我在电话里急切地告诉他，东北的老战友来了，五点多就走，请他无论如何马上赶过来。

重庆战友入座的时候，我假装随意地坐到靠墙的一侧，要出去必须老战友先起身离席。心里多少踏实了一些，我也开始品出了上好龙井的淡淡清香。晚餐每人一份中式套饭，不会太贵但也一定不会比下午消费的少。

买单的时间到了，考验我应变能力的时间也到了。东北战友说要买单，我和重庆的战友说，你骂人的吧！他只好作罢。重庆的战友说要买单，我说："我喊你过来可不是让你来买单的。"没等服务员把单子送过来，我先站起来，摆开一副要抢先买单的架势。战友人很实在，站起来就大踏步走向了吧台，我在后面拽了他一把，没拽住，或许没太敢用劲儿，怕真拽住了。远远地我听到他在说："这几个人，谁买不一样啊……"兜里厚实说话的底气就是不一样——怎么可能一样呢？要是这单子最终落在我的手上，那洋相就出大了。

我举着干瘪的钱包朝着吧台的方向使劲挥舞了几下，然后一溜烟冲进了厕所。说实话，一个多小时之前我的这泡尿就开始较上劲儿了，一是担心这个时候去方便战友们会以为我是提前去买单，二是担心回来的时候战友图省事儿直接把屁股挪进靠墙的一侧，所以硬是咬牙憋到了现在，脸都紫了。

死要面子活受罪。如此嫁"单"于亲密战友，确实很不地道，但是现在的我宁可写5000字的检讨，也不愿意大手大脚地花钱。到现在我还不知道那个单子到底花了多少，可我相信至少可以够我和老黄在自力巷生活一个月。

东北的老战友刚走两天，东南部队的一个铁哥们儿又要来了。他的亲戚朋友一行十人到南川参加婚礼，计划在南川和重庆待上四五天，希望我能保障一下交通和住宿，另外再接个风送个行。我捂着电话倒吸了一口凉气，真诚地表达了热烈的欢迎和一路平安顺利的祝福，然后，然后我就"去"了老家奉节,大概一个星期才回重庆。

没有办法,我只是自力巷的一个棒棒。我知道挣钱的不容易,更知道血汗钱应该怎么花,这与感情无关,与人品无关。

困难的时候,我暂时放下了朋友感情,而老甘的朋友老金似乎正在慢慢放下尊严。

雨后初晴,人们排着长队在八一街专注地品尝小吃,老金手捏一个黑色方便袋子,专注地在垃圾桶里搜寻饮料瓶子。老金告诉我,捡100个瓶子换不来一碗面条,所以最近正在思考到底是应该把捡瓶子摆在首位还是把捡剩菜摆在首位。这是关乎他人生发展方向的大问题,我不好掺言。

或许是相处的时间长了,老金对我也有了几分真诚。他说人生这二十多年,人家的生活都是越过越好,而他却是一直在走下坡路。

20世纪90年代,老金意气风发南下淘金,在美丽的海南岛上专营饮料瓶子回收的买卖,在那个"大哥大"象征一种身份的年代,老金的手里经常举着一个"大哥大",生意好的时候一个月能挣6000多元。兜里慢慢厚实起来,老金和一个湖南女孩成了家,还生了个儿子。可能是因为地域文化的差异,夫妻感情一直不怎么和睦,家庭的矛盾严重影响废品站的经营,收入也大幅滑坡。儿子11岁那年,妻子带着孩子和全部现金不辞而别,老金从此一蹶不振。从海南回到重庆之后,老金诸事不顺,挣不到钱还染上了神经官能症,牙齿疼痛经常导致全身痉挛,轻活重活都干不了,鼻孔前面总是挂着擦不完的鼻涕。从过去收瓶子到现在捡瓶子,老金负担不起房租,住进了临江门的地下通道。这些年老金一直没回过只有一百多公里的老家垫江,身份证过期了也没补办,现在农村的低保和养老政策他也没怎么关注。老金不回家是因为没面子,怕家乡人瞧不起他。

老金告诉我至今已十多年没有老婆孩子的音信，年前跟我说"给老婆孩子寄了300块钱"完全是为了保全面子编的瞎话。

老金心不在焉地边走边聊，眼角余光很专业地搜寻街边的垃圾桶，就像老黄观察负重行人的眼神。第一次出手没有找到瓶子，却从垃圾桶里找出一双时尚的女式布靴，靴底不高，靴帮可翻卷。这东西对老金来说没有用，但他好像知道对谁有用，径直把靴子送到了一位坐在小洞天美食城门口卖纸巾的老大娘手里。试穿着这双时尚靴子，老大娘很开心。老金说，这老大娘快80岁了，每天在这儿卖纸巾很辛苦，脚上的鞋很单薄。说着话老金进了美食城。这里是他的主要战场，现在是饭点，他开始忙着收集剩菜，不怎么着急捡瓶子。老金捡剩菜有原则，只剩一半的肉串不要，咬过一口的不要。他说他最讨厌这里的领班和保安，不仅要轰他走，经常还说一些伤他自尊的话。老金还说，以前在这里捡吃的撞上熟人他会躲起来，现在不了，因为习主席倡导节约，自己吃的是别人即将浪费的食物，捡的是扔进垃圾桶里的资源，所以自己从事的应该是减少餐桌浪费的行业，并不羞耻。看来，老金已经彻底适应了眼下的生活。

天近黄昏的时候老金才回来，手里拎着一大口袋瓶子，瓶子中间埋着一小口袋剩菜。老金把食品往桌上一放，径直上楼看影碟，老甘自觉地下楼做晚饭。老甘说以前自己花钱买菜，老金每天都抢着做饭，现在的好肉好菜都是老金弄回来的，如果再不主动做饭，老金就要搬走。老金搬走了，他就吃不到这些可口的肉菜了。

老甘做饭的时候，黄牛来洗衣服。黄牛一直很担忧国家的粮食安全问题，又开始和老甘讨论起国家的发展大计。黄牛很有见地地说："以粮为纲，全面发展，仓中有粮，心中不慌。"

老甘以不停点头的方式表示赞同，他说："老子今天主动煮饭，说明的就是这个道理，食物是老金搞回来的，我如果不动手煮，他龟儿的就不得让老子吃，以粮为纲嘛。"

连续三天的阴雨，心情像这阴雨雾霾天气一样阴沉。我和老黄的业务依然惨淡，有一天没开张，有两天的总营业额没有突破30，生活费都没赚回来。每天回来闻着老甘电饭锅里飘出来的香味，我有了舌下生津的感觉。我不敢肯定再拮据一些日子，会不会凑过去蹭几块儿吃。锅里的香味也一定能飘进河南的卧室，已经断粮很多日子的河南在睡梦中闻到这样的香味，不知是何感受。我生活开差点是因为初来乍到业务不景气，就算饿肚子也只是暂时光景，而河南自从没牌打了就是睡大觉，至今没有兑现找我借钱时的承诺，这些日子河南到底靠什么摄取身体必需的热量，我不清楚，但却没见他消瘦。老甘说，他看到河南昨天晚上吃了二两面条。我敢肯定这二两面对于河南来说，跟没吃是一样的。

老甘锅里的香味彻底击溃了我的饮食卫生底线，我拽着老黄赶在石灰市菜市场关门的最后时刻冲进了猪肉销售区。我最爱吃猪蹄子炖山药，但是今天我觉得蹄子上骨头太多，只买了肉比较多的膀子部分。

这是我在自力巷厨房里做的第一顿饭，切菜洗肉的时候，我基本上没有关注碗里有没有手指印，依稀看到老黄洗菜的时候撮了一下鼻子，我好像也并不反感。

柴火炖出的猪肉山药汤，浓香四溢。我吃了两碗肉喝了三碗汤，晚上打着饱嗝回屋写稿子，有点坐不下去，勉强坐下了，喉咙里不停地往上冒油。喉咙里往上冒油的感觉真好。

不干不净，吃了没病，从今往后一定得多去三楼厨房煮饭吃。

十六

惊蛰过后，春天终于来了。

其实从日历和节气上说，春天早就来了，只是因为持续的倒春寒和阴雨天，人们迟迟没有感受到春天的温暖。

小时候，是筑巢的燕子告诉我春天来了。这些年，是部队院里盛开的桃花告诉我春天来了。自力巷里没有燕子，没有桃花，只有几棵不急于争春的老黄桷树，解放碑街道两旁的小叶榕四季常绿，对春天的表达也十分含蓄和深沉。对于我来说，今年的报春使者是两只健壮的蚊子。它们在夜深人静的时候围着枕头打转，嘴里发出的嘤嘤声十分刺耳。我忍无可忍几次痛下杀手，都没能奏效。从它们的逃生能力和持续攻击能力判断，自力巷的蚊子身手已经相当了得。我猛然意识到，可能是春天来了。

春天的确来了。冷清了一个冬天的南山植物园，迎来了开春的第一拨客人。悄然绽放的李花、桃花和海棠花争奇斗艳，人们热衷于站在树底下搔首弄姿，用各种专业或非专业的数码产品把人和花定格在同一个空间。在那个永恒的数据空间里，不管是人陪衬花，还是花点缀人，不管是急于炫耀，还是忠于纪念，终归都是在展示一种春天里的生活态度。花因为人而娇艳，人因为花而灿烂。

解放碑美女的裙子也明显薄了，透了，短了。纱纱的布料里边，深色胸罩时隐时现，丰腴的臀部依稀呈现出内裤的痕迹。褪掉黑丝袜的美腿白生生的又细又长，春色诱人。显然，又到了去解放碑观赏美女的好季节。但是常年穿梭在美女丛中的老黄依然表情木讷，无动于衷。美女和棒棒在解放碑共存三十多年。虽然同属城市名片，但是这两者之间互不相干，他们的眼中没有对方。美女很高傲，大都昂着头走路，手头没有重物的时候，长得再帅的棒棒也不可能令她们回眸一笑百媚生。棒棒很现实，再美的瓜子脸，再圆的翘屁股也顶多是一瞟而过。再蠢的美女都知道棒棒没车没房没地位，和高富帅基本不沾边。再自信的棒棒也清楚，美女不会属于棒棒，所以关注路边堆放的货物比观赏美女要务实得多。还有就是棒棒们都太老了，虽然还能挑得动一二百斤，但是体内肠胃消化液显然比睾丸激素分泌得要多一些，所以美女穿得再少老黄都懒得看。见我的目光有些飘浮，老黄半开玩笑半认真地训斥我："看啥子嘛看，又当不到饭吃。"

自力巷口，皮匠乐得嘴都合不上，他去年从鸟市上捡回来的那只瘸腿石燕刚刚为他孵出了一窝四胞胎。没有顾客的时候，皮匠就拿出精心配制的鸟食，幸福地履行"父亲"职责，只要手中粘着食物的筷子往前一探，四个可爱的小家伙就张开雌黄的大嘴争先往前凑，皮匠也咧着大嘴，一脸慈祥。他说把这四个小家伙养大之后，往鸟市一送，至少能卖五六百块。

青龙路上的花园小区里，大石和很多城里老头一样，领着小孙子走进小区里的儿童游乐场，大石花白的发梢上，顶着几片飘零的粉红花瓣。小区的另一侧，女儿挽着妈妈的胳膊，在嫩绿嫩绿的林荫道上尽情地享受春天。

毛土豪在中兴路上又买了一套102平米的二手房，正在忙着装修，准备夏天搬家。他说儿子快结婚了，女儿上高二了，现在住的房子只有60平米，有点拥挤，所以就换了一套大房子。

　　老甘的阁楼顶上，一枝从新华路上探过来的苦楝花直接把香味送到窗前。老甘无心赏花，正在潜心研究新买的影碟机，他从黄牛手里买来的那台二手影碟机在经过一个冬天的连续工作之后，没能撑过冬天的最后日子，冒了一股黑烟之后突然"死亡"。老甘的生活已经离不开这样的伴侣，立即筹集270元资金直奔电器商城，心急火燎的，比娶媳妇儿还着急。

　　春天来临的时候，老金也终于实现了最近几年的最大愿望。因为最近生活费开支较小，他用七大编织袋饮料瓶子换来的50元钱，买了一部二手的老式直板手机。老金说，现在大人小孩都有手机，自己手里没个手机很让人瞧不起。老金的手机很实用，不仅可以打电话，还可以看一些视频片段。随后的日子，老金经常一边捡瓶子，一边举着手机打电话，好像需要联系的人很多。

　　夜深人静的时候，从老杭房间里传出的剧烈咳嗽声令人揪心。这些日子，他不仅腿病有恶化的迹象，还患上了重感冒。老杭没有卧床休息，每天吃几粒止痛片之后坚持出门找活儿。重的业务不敢接，轻的业务又挣不到钱，时常两三天不开张，钱夹里的节余已经所剩无几。

　　春天来了，五一路至新华路的下水管道整修工程也开工了。两米多高的施工挡板，把沿线店铺全部围进了施工区域，施工告示上说工期55天。看来，这个大排档式的露天劳动力市场又要萧条一些日子了。五一路口，刚开业不久的成都冒菜馆已经关门停业，精明的老板以赔本的方式把店铺紧急转给了不知内情又开店心切的人。一直请老黄送货的涂料店店主面对比店门还高出一截的施工挡板一脸忧郁，老黄的脸色和店主差不多，就如一条绳上的两只蚂蚱。涂料店是五一路上最后一个正常营业且需要棒棒送货的商铺，老黄说涂料店被围在工地中间，就算暂时不关门，生意也将大受影响，如果最后的阵地失守，自己就将彻底沦为一个"野棒棒"。

行有行规。在山城棒棒大军中，资历较长且信誉度高的棒棒一般都有几个固定的雇主。因为彼此相互信任，这些棒棒不必成天像没头的苍蝇一样盲目转悠找业务，只需每天蹲守这些商铺附近，雇主有业务一定不会去找别人。久而久之，这一区域也就成了他的势力范围，其他棒棒很难插足。即使业务多了忙不过来，雇主也会委托自己信任的棒棒去找帮手。像这样在固定区域干固定业务的棒棒被称为"家棒棒"，他们几乎就是一些商户的编外员工，甚至可以代收货款。顾名思义，那些没有固定活动区域和势力范围的棒棒就是"野棒棒"。他们的行业地位最为低下，如果不守规矩擅自进入别人的领地，轻则遭受白眼谩骂，重则拳脚相见驱逐出境。老黄在五一路干了十几年，所以，五一路就是他的地盘。以前这里大大小小有十几个家用电器和五金建材商店，老黄和每个店主相处都很融洽，所以每天都很忙。因为业务多忙不过来，老黄后来还找来老杭，和平分享五一路的众多业务。天有不测风云，随着渝中区旧城改造步伐的加快，五一路自力巷一侧从2013年下半年开始拆迁，老黄地盘上的商铺纷纷关门，如今已只剩涂料店还在坚持。生态平衡突然被打破，老黄正在一步一步失去最后的领地。摆在我们面前的只有两条路，要么去别人的领地"抢食"，要么捂着肚皮站在这里看别人"斗地主"。

我和老黄业绩持续下滑，每天连30元收入都达不到。而楼下黄牛蹲守在朝天门一个文化用品批发市场，每天晚上回来歌声嘹亮，从楼板缝隙里钻进我鼻子里的清炖肉香味馋得我特别想吃炖肉。我想，没有百八十元日薪的身价，一定达不到这个消费水平。黄牛悄悄告诉我，他打心眼里瞧不上老黄现在这样的状况，守着一个要死不活的涂料门市，三天打鱼两天晒网，挣点生活费都很困难，自己现在是市场几点关门就几点下班，棒棒都放在市场里不用拿，散活累活一律不接，每天多则一百二三，少则七八十。他说早9点上班晚5点下班，肩上不扛棒棒的感觉真爽，除了上班时要多卖点力气多出点汗以外，其他方面和市场里有些打工的大学毕业生没有太大区别。黄牛这些日子除了每天半斤肉，隔三差五还要吃二两炒花生。

我觉得我和老黄不能继续这样故步自封了，应该勇敢地走出去，到一些物流集散地去找活干，最近几次动员老黄去朝天门日货批发市场看看，但都被他拒绝了。老黄说业务多的地方棒棒也多，你初来乍到，还有些不知天高地厚，时间长了就会知道这个圈子也很复杂。接下来，不善归纳总结的老黄一口气给我抛出了四条大道理：一是很多老板只用自己熟悉的棒棒，大家相互信任，不用担心货物丢失；二是批发市场地形复杂，一般都是七八层楼几百上千家商户，像迷宫一样，没个十天半月难以熟悉地形；三是朝天门码头大，棒棒也得讲资历，守规矩，多少年来自然形成了众多派系，斗争很复杂，冒冒失失去抢别人的生意，闹个灰头土脸事小，搞不好被揍得鼻青脸肿；四是批发市场的物件包装很大，一般都是二三百斤，自己年纪大了，扛不动也跑不快。

我虽然觉得老黄的顾虑有道理，但是更不愿意成天待在五一路没事情做。在我的一再坚持下，老黄勉强同意去朝天门服装批发市场试一试。我找到一个在服装批发市场做了多年生意，根子比较深的朋友，托他开后门给我们介绍了五六个做服装批发的朋友。朋友的朋友都很给面子，说收货的时候一定给我打电话，并让我们每天早晨6点钟之前到千厮门街口等候。

在逐个熟悉收货和交货地点的过程中，老黄沉默寡言，心事重重，甚至隐隐感到他的脸上有一抹浅浅的冷笑。或许他觉得我做的这些根本就没有意义。

十七

春日的凌晨，乍暖还寒。作为重庆最大的批发市场，朝天门在五点多钟的时候就睁开了蒙眬的睡眼，成为大山城最先苏醒的地段。公交车、出租车和私家车从四面八方竞先涌向这里，随后汹涌的车流化作拥挤的人流，注入周边市场的各街各巷——为了生活的目标，人们步伐匆匆，精力充沛，似乎早已适应了这样的生物钟模式。

通往市场卸载点的马路上，一群上身赤裸的男人正尾随着车流中的货运面包车穷追不舍。这不是晨练，也绝非打劫，这是朝天门的棒棒们每天都在上演的业务争夺大战。其实，朝天门的这些光膀子男人早已不是传统意义上的棒棒，曾经扛在肩膀上的那根简易竹棒在这里根本派不上用场，取而代之的是制式两轮手推车。货物少的时候用背膀扛，货物多的时候用车子推。因为一年四季裸着上身干搬运，市场里已经有不少人称他们为"光巴胴儿"，"棒棒儿"的称谓正在离他们越来越远。

他们先用鹰一样的眼神搜寻锁定目标，然后用狼一样的速度追逐自己的猎物。每辆准备进场卸货的车后面都跟随着三四个光膀子男人，那种奋不顾身蜂拥而至的气势就如草原上饥饿的狼群。他们清楚地知道，这些车子里装载着厂家发往批发市场的货物，也必然装载着大量的劳动机会。这种长跑式的追逐，谁能冲在最前面打开车箱，谁就可以优先享用车里的劳动机会。为了争取到这样的机会，他们在劳动还没有开始的时候就已经流了很多汗水，湿润的古铜色脊背在昏黄的路灯光下熠熠生辉。

或许是常年打交道彼此熟悉的缘故，也或许是数十年来形成的一种行业默契，货主们似乎很适应这样的追逐，根本不在乎自己的货物应该由谁来搬运，看起来他们对这里的每一个光膀子都是百分之百的放心。没有讨价还价，也没有多余的交代和叮嘱，接货的棒棒只需瞟一眼包装袋上的收货摊位，扛起来就走。

货场南侧，两个光膀子男人各自死死揪着一件货物的两头，怒目圆睁，相互嘶吼辱骂，眼看就要大打出手。他们的冲突是因为两人同时打开了车箱，而车里只有一件货物。争执双方互不相让火药味十足，周围干活的哥们儿朋友也纷纷赶来助阵，先前两个人的争吵很快升级为七八个人剑拔弩张的对峙，直到弱势一方悻悻离去，一场群殴才得以避免。老黄说，在朝天门市场上，棒棒抢业务吵架打架是经常性的事，没几个人撑腰壮胆，根本站不住脚。

初来乍到，我和老黄就像冒失进入狼群领地的野狗，纵然腹中饥饿难耐，也只能夹着尾巴远远观望群狼抢食。老黄的目光在我和那些家伙身上游离不定，眼神里尽是羡慕和敬畏。那些找到业务的"光巴胴儿"，背负着大得有点夸张的编织袋先前走得像蜗牛，在经过我们面前的时候，仿佛故意走得很轻快，好像是在显摆力量，也似乎在炫耀劳动的幸福。不经意的目光相触之间，我隐隐感到自卑。

在焦急的等待中我不停地看手机，期待它能突然响起来，

但又不敢坚信它会响起来，因为朋友的朋友们都有言在先，一是他们并不是每天都有货到，二是怕厂家送货人员疏忽大意忘记给我们打电话。希望再渺茫也总比没有的好，就算有不确定因素，我们想要混进这个重庆最大的码头，就必须每天准时在这里等候。

天色大亮的时候，进出货场的车辆越来越少，我的电话依然没响，在朝天门这样的地方"打游击"，早高峰不开张，就不要指望其他时段了。漫长的等待中，我和老黄在几个市场之间游荡，暗自祈盼能捡一点别人不在意的业务，但是每个市场门口都有几个"光巴胴儿"镇守，我们初来乍到自然不敢造次。面对进出卸货点的诸多车辆，老黄不为所动，却突然冲向了一辆停靠在路边的微型面包车。

前面那么多卸货的车他都不往跟前凑，为何偏偏盯上了这一辆呢？面对我的疑问老黄多少有些得意，他说干我们这行一定要勤于观察善于琢磨，在指定地点卸货的车肯定是经常来，经常来就一定有他熟悉的棒棒，我们没有资格去跟别人抢，可这辆面包车在指定卸载点并不拥挤的情况下违章停在大道边卸货，说明是第一次来送货，应该不会有熟悉的棒棒，干点这样的业务就不会和那些"家棒棒"发生摩擦。凭着老黄的观察和琢磨，我们终于开张了，一张办公桌，一袋服装，搬到商场二楼15元。那一刻，我由衷地觉得老黄很睿智。这份睿智来自二十多年的行业积淀，也来自行业没落的巨大生存压力。

干完这个业务，早餐差不多可以吃一碗不加肉酱的小面了。但是这两碗小面钱最终没能到手——考虑到讲述的逻辑性，接下来将要发生的故事下章再做交代。

初进朝天门，我的电话始终没响。我和老黄虔诚地期待它明天会一次接一次地响个不停……

闯荡大码头，多一个人就多一分势力。二进朝天门的时候，我特意约上了老杭。或许是情绪上受到了昨天的影响，老黄有些磨磨蹭蹭，我们来到服装批发市场的时候，千厮门街道的卸货场虽然还有面包车零星驶入，但是已没有了昨日凌晨忙碌的景象，显然已经错过了送货高峰时段。"光巴胴儿"棒棒大多已经收工补觉，和我们一样还在货场守候的人几乎个个穿戴整齐，多半都是凌晨业务争夺大战中的落败者或迟到者。他们坐在路边台阶上懒散闲聊，眼睛始终聚焦在货场入口处，期待着掉队迟到的送货车子能更多一些。一旦有车驶入，他们立即像打了鸡血一般端着膀子往上冲。

早晨八点多钟，我的电话终于响了，是一个朋友的朋友通知我五分钟之后接货。当我急切回头想把这个好消息和两个老头分享的时候，却突然发现他们不知去向。好不容易才在几十米开外的公交站台找到他们，老黄心有余悸地说，刚才有个叫"雷管"的棒棒让他俩滚远点，说再不滚就去叫"尿罐"来"做动员"。多年来一直在与朝天门相距不远的解放碑干业务，老黄和老杭对大码头上的江湖传闻如数家珍，自然识得"尿罐"的响亮英名。老杭说"尿罐"天生神力，干活时一次能背400斤，打架时三五个人近不了身，所以"尿罐"在朝天门的棒棒圈子里威望很高，有人以认识他为荣，也有人拿他的名号壮胆……老杭心目中的"尿罐"，简直就是个三头六臂的英雄，似乎很以知道一些"尿罐"的事迹为荣。我很诧异"雷管"为什么没有来赶我走，老杭说，你那么年轻，又那么大的个头，他们肯定不敢惹你嘛。原来两个老头挨了骂没有告诉我，就是担心我年轻气盛不信邪，发生冲突不值得。

当我打开车箱门的时候，"雷管"的人也快速围上前来，就如一群狮子要抢夺花豹的猎物。任凭司机如何强调我们是用户指定的收货人员，有个女人依旧抓着袋子不肯撒手。望眼欲穿才盼来的业务，岂能轻易拱手于人？我用双臂死死护住车上的两个大包，老黄和老杭始终站在围观的竞争对手中间看热闹，一副根本不认识我的样子。可能是被我奋不顾身宁死不屈的气势所震慑，那个与我争抢的女人最终悻悻撒手。待到周围的同行慢慢退去，两个老头才诚惶诚恐地过来帮忙。

或许是一路提心吊胆的缘故，一向小心谨慎、驾驶技艺娴熟的老黄竟然把个四轮车拉得横冲直撞不受控制，在卖场交货的时候直接撞倒了店主的茶几，摔倒的不锈钢暖瓶内胆破裂，开水洒了一地。从外观上看这个暖瓶价值不菲，买个新的至少七八十元。老黄吓得手足无措，女店主一脸心疼但是还算大气，不仅没有要求赔偿，还痛快地按照市场行情付了10元工钱。

朝大门的行情就是这样，一袋5元。

从市场出来的时候，我的电话再次响起，又是朋友的朋友通知接货。老黄和老杭早已没有了干活的心思，毅然决然地绕开货场直奔五一路大本营。老黄说，如果不是老板娘心肠好，赔个暖瓶要白干好多天，三个人挣了10块钱，要是再被"尿罐"和"雷管"打一顿，买创可贴都不够……

雄心勃勃"进军朝天门"的计划正式破产。不能怪他们胆小，有人的地方就有江湖，不能适应，就只有屈从。

十八

从朝天门回到五一路,我和老黄的"蜜月期"也结束了。可能是因为由"家棒棒"沦为"野棒棒"心情沉重,也可能是"激进"和"保守"的必然冲突。总之,从熟悉环境到失败放弃的这三天朝天门之旅,每天都有不愉快的故事。

提前去熟悉地形环境的那天,我们顺路去文化用品批发市场探望黄牛。也不知是运气好还是不好,见面没来得及寒暄,黄牛他就赏给了我们一个大单——38箱文化用品,先卸后搬,上二十步梯坎,再用小拖车运到卖场,大的1.5元一件,小的两件算一件。黄牛说算我们运气好,赶上他昨天业务太多今天腰疼,否则就自己干了。

见到有钱可赚,我和老黄撸起袖子就干,心里还或多或少地感慨远亲不如近邻。这文化用品的确有文化,38个大小不一的箱子码在微型面包车上不显山不露水,卸下来堆得像小山。一个本子拿在手里没啥感觉,一堆本子装在箱子里像生铁砣子。一趟挑两件人吃不消,双手抱着上梯坎迈不开步,用肩膀扛又难以掌握身体重心。老黄越干越觉得吃亏,嘴里不停地冲我唠叨抱怨:"你以为朝天门的钱好挣,两个人累得要死还挣不到40块……"这是相处这么长时间老黄第一次给我脸色,我假

装没听着也不想跟他计较。然而，树欲静而风不止。在文具搬运即将过半的时候，已经两三天没有货送的五一路涂料店突然来电话，说有十二桶油漆要送到较场口，手拉车一趟可以搞定，工钱50块。这是近两个月来涂料店最大的业务单子，不用挑不用抬，工钱也很合适。可是眼前的业务刚干了一半，中途撂挑子就等于白干。老黄对着电话唯唯诺诺地说："我这里一会儿就能干完，一会儿就……"好像没等他说完，对方就把电话挂了。老黄的脸黑得像包公，嘴角被腮帮子上的两块赘肉扯成了大大的"八"字。

"我说不来朝天门你偏要来，害得涂料店那么大的业务都要耽搁……"

见老黄随时可能爆发，我装聋作哑干得比以往任何时候都卖力。但是我的低调并没有让老黄絮叨的音量变小。

"挣这点钱累得死人，你这回真的是把我害惨了——"

我打心底觉得老黄的火发得毫无道理，完全是"恶婆婆"对"小媳妇"的架势。实在忍无可忍，我一时没搂住火："这个赔本的业务是你自己愿意才干的，跟我主张来朝天门有何关系，再说我联系的业务明天才开始，你今天跟我找什么碴儿……"

我们火药味十足的争吵让推荐业务的黄牛很尴尬，既不知道该怎么劝架，又担心长期给他业务的老板听到不高兴。为了息事宁人，只好自己拖来一架木板车来帮我们转运。

当我把满肚子的憋屈"突突"出去之后，老黄顿时哑火，结结巴巴半天吼不出一个完整的句子。看着他脸憋得通红眼睛瞪得溜圆，突然觉得自己很没涵养，就算再生气也不应该跟一位与自己父亲年纪相仿的老人大声嚷嚷。我立刻无条件地向老黄道了歉，他看起来很大度，说舌头和牙齿也有磕碰，不会往心里去，可是在结完工钱之后，他竟然撇下了我，独自走了。

当晚,我继续找老黄做了深刻检讨。他说撇下我独自离开是着急去涂料店,想看看他们的货送没送。老黄的解释虽然有道理,但是我能感觉到他的笑容有些勉强。

进军朝天门的第二天,我不仅没有联系到业务,还搞砸了老黄用"睿智"换来的成果。

15元的业务,把一张办公桌和一袋服装运上二楼。我和老黄顺着市场大厅中央扶梯把办公桌抬到楼上之后,为了平衡老黄联系业务的智力付出,我自告奋勇地背着将近200斤的大型编织袋再次大摇大摆迈上扶梯。虽然贵为五一路小商铺的"家棒棒",但是初到大码头,我们就是山沟里的"土包子"第一次走进城里的大户人家,不懂规矩——竟然不知道运送大件物品只能走货梯,绝对不能走扶梯。可以说这是我在众目睽睽之下干的最没有公德并受到一致谴责的事情,甚至在听到身后的呵斥声之后还不知道是保安在阻止我的错误行为,直到有人揪住背上硕大的编织袋,我才意识到闯了祸。

"你们这两个棒棒胆子太大了,赶快给我下来——"

有的错误,明明知道错了,但是想立即改正还真是不行,就拿扶梯上的我来说,上都上来了,不到目的地,确实下不来。

"连我们董事长搬货都得走货梯,叫你下来你还当我放屁,你到底想干啥子……"在二楼扶梯口,气急败坏的保安一个箭步挡住了去路,脸都气白了。实话实说,大码头的保安政治觉悟就是高,训诫卑微的棒棒也没忘了表扬董事长身体力行率先垂范,我想他批评我的话要是被董事长听到,未来差不多能进队长后备名单。

按照市场处理规定,这种情况要罚款200元,如把扶梯压坏了照价赔偿。我一边向保安赔礼道歉承认错误,一边告诉他自己是第一天当棒棒不懂规矩,等挣到钱了一定把这罚款缴上。

不知是我的认错态度感动了那位英武保安，还是我的可怜劲儿唤起了他对劳动人民的理解同情，那位大哥掏出电话说找队长来处理，随后就去了一个我看不到的拐角处。临走时保安大哥还大声向我强调："你可别跑，人这么多，要是跑了我到哪儿去找？"

呆站一旁的老黄额头上噌噌冒汗，煞白的脸上早已看不到先前的得意和睿智。关键时刻我还算冷静，竟然品出了保安大哥话中的味道——再不走，可能就太对不起他的良苦用心了。货物离目的地仅有一步之遥，如果等着拿到工钱再走可能队长就到了，于是，在"不领工钱"和"见保安队长"两者之间，我明智地选择了前者。我远远地冲雇主挥了挥手，拽着老黄撒腿就跑。

就要到手的两碗小面钱，就这样搞砸了。仓皇逃窜的途中，老黄不停地抱怨我成事不足败事有余。其实，当时即使是我们两个人抬，也有可能走扶梯，但是这两碗小面钱终归是砸在我手里，面对老黄的抱怨，我不必辩解——这就是老黄的逻辑。

在朝天门蹲守两天，一共只干了一个我预约的业务，三个人挣了10块钱。灰溜溜地返回五一路途中，老黄的车子坏了——右前轮轴承开裂滚珠部分脱落，转动比较吃力。车子就是命根子，老黄心疼得脸上的大褶子都绷平了。显然，从老黄的"一根筋"角度思考，一定不会考虑年久失修的因素，只会归咎为刚才这车货压坏了他的车，我就是"罪魁祸首"。好在轮子还能勉强转动，老黄没有当场冲我发火，但是埋下了炸药就一定有引爆的时候。

当天下午两点多，老黄拽着四轮车给涂料店送货，在通过一个障碍物时，右前轮彻底卡死。由于全车螺栓锈死，局部更换已不现实，只能整车报废。老黄车子报废，我自然就要承担责任。尽管心里憋屈，我仍然大度地赔了他100块钱，就想图个耳朵清静。老黄没有拒绝，甚至没有半点推辞，或许他打心底觉得这是应该的。

兵败朝天门的后遗症还在继续。老黄拿着我的赔偿先后跑了七个五金商店，总算买到了100元四个的车轮，他说全重庆再也找不到比这更便宜的轮子了。老黄的车架木材来自附近三个建筑垃圾堆，虽然也是精挑细选，但是两根承重木方均有朽坏的痕迹，连接车轮与车架的螺栓也省略了，取而代之的是三根铁钉，既省钱又方便更换。大半天的锤锤打打之后，新车正式下线，看起来很结实，但我始终觉得很不放心。

晚上十点多钟，我和老黄拽着新车去给一个老客户转运玻璃隔断，空车运行不到600米，车就露出了原形——左前轮固定轮轴的螺丝帽跑丢了。1000斤的玻璃隔断，工钱100元，用车子拉轻而易举，两个人肯定抬不动。车关键时刻的不给力使我们不得不把到嘴的肥肉分给了两个竞争对手一半，原本两个人用车子拉的业务变成四个人用肩膀抬，不仅多流了汗还少挣了钱。

"如果不去朝天门，我那个旧车子就不得坏……"

不靠谱的车，再次把我变成了"罪人"。老黄的逻辑让我十分凌乱，他抱怨得不对吗？似乎也有一些道理，但是如果按照这样的逻辑，就算陪一辆装甲车给他，也可能有坏的那天，到那时他是不是依然会说：如果不去朝天门，我的那个旧车子……

随后的日子，我和老黄彼此尊重，互有关照，小业务各干各的，大业务密切协作，丁是丁，卯是卯。或许这才是我和老黄的相处之道。

十九

油菜花丛籽荚时隐时现的时节，老黄再次穿上他最体面的西服和马甲，背起双肩背包踏上回家的旅程。老黄说这段时间雨水比较多，挣不到什么钱，不如抓紧回去把几件要紧事办了。老黄的两件要紧事几乎都与房子有关，一是夏季的暴风雨快要来临，土坯房最怕漏雨和浸水，每年这个时候都必须检查房顶和排水沟；二是房子建好都快二十年了，至今还是非法建筑，这次不管多麻烦都要把产权证办下来。

车窗外面春风拂面，百花绚烂。宽阔蜿蜒的高速公路两侧，依山傍水的小城镇风情各异，有的古朴内敛，有的青春张扬，有的沉稳大气，有的挺拔洒脱。在春的点缀下，巴渝新农村就如一张张平铺的巨幅现代山水画，美得让人有些难以置信。二十多年来我第一次如此用心打量路边的村庄和城镇，童年的记忆被瞬间颠覆。对于我这个土生土长的农村娃来说，这种颠覆，就像前不久与二十五年前那个裤子臀部烂着大洞、鼻孔前总挂着黄鼻涕的小学女同学突然邂逅，她风情万种请我喝咖啡的那种感觉。那种脱胎换骨带给我的视觉冲击，如被雷劈。

这是一个时代的务实小结，更是一种速度的深层表达，无须感慨，只需要用心感受。

没错，这就是现代中国农民的家园。

透过山间的嫩绿和金黄，早已褪掉冬日厚重外套的嘉平镇笋溪村活力充沛，青春动人，路边随处可见的高大塔吊和挖掘机、搅拌机正在努力把这个昔日的偏僻乡村托举到全新的高度。相对于高速路边的城镇来说，笋溪村的农舍风格稍显随心所欲，或许是还处于密集的新旧交替阶段，想要表现的风格还没成形，也或许是这里的人们追求的只是实用，根本就没有风格上的刻意规范。铺满油菜花瓣的田间小路上，老黄和大片大片的金黄色风景擦肩而过，他无心赏花，因为不是为了赏花而来。快步疾行在由钢筋混凝土浇筑起来的笋溪村"半边街"上，老黄没有羡慕，也没有失落，他说有什么大不了的，我女儿黄梅现在就住这样的房子，那儿离永川城区只有十几公里。

山坳深处，鱼塘尽头，三间黏土垒起的瓦房是老黄的家。塘水映翠竹，梨花笑春风。虽然这里具备着描写春天之美的各项要素，但是视野中依然充斥着一种缺少人气的孤寂和落寞。较之笋溪村的中心地带，显然这里还是中国当代历史发展的背景。老黄步幅不大但节奏感很强的脚步声没能踩碎小路的静寂，三哥和六弟的大门紧锁，锁扣上的积尘外透出深褐色铁锈，看样子已经有些日子没有人居住了。老黄的六弟一家大部分时间在江津城里，儿子和儿媳在公司上班，老两口在农贸市场卖菜。平时三哥给六弟看家，六弟忙不过来的时候三哥也经常去江津帮忙。

鱼塘对岸的松林里又添了一座新坟，老黄说肯定是田坝坎上王三婶死了，春节前儿女打工回来她就已经"倒床"，可能没治好。

或许是感慨留守在这山坳里的老人又少了一个，老黄的表情有些凝重。

两个月没回"枪秋片"，鱼塘对岸"老鹳丘"新栽的桂花树已吐出新芽，羽翼更加丰满，而"枪秋片"只有屋檐下的野草长得比较茂盛，看样子老黄心中的"枪"一时半会儿还难以扼制"老鹳"的势头。

灶房门上的锁头几乎锈死，钥匙插进去根本就转不动，老黄龇牙咧嘴费了好半天劲儿才勉强捅开。阴暗的屋子里终于迎进了三个月来的第一缕阳光。

屋内空气里弥漫着潮湿发霉的味道，灰尘和霉菌密集飘散在顺着门框射进屋内的光束当中，既像在尽情沐浴阳光，又像在最大限度地稀释和分解阳光。老黄说别看房子已经很旧了，除了女儿，这是他最重要的牵挂，虽然这些年加起来也没有在屋里住上两年，但这是他的根，飘泊异乡只要想到还有这个家，心里就踏实，否则不管身在哪里，心都是悬着的，飘着的。

铲草扫屋，捡瓦掏沟，这是老黄每次回来的必修课，也只有把这几件事情做完了他才能在这个家里住得踏实。以往每次回来待多少天，老黄大体上都有个计划，但是这一次他下了决心要把房产证办下来，需要跑的手续很多，所以他不能确定要住多久。水缸的内沿已经干得发白，接下来的任务是必须把水缸挑满。

老黄是笋溪村屈指可数还要挑水的村民。早在几年前，村里为了解决一些分散农户的人畜饮水困难，依托上级的专项拨款和村民的少量集资，从较远的水源地把饮用水引入了各家各户，一墙之隔的三哥和六弟家里只交了300多块就接通了自来水。老黄因为不在家，没有参加统筹集资，遗憾地与这项惠民工程擦肩而过。后来老黄找到村社干部，要求按人头标准补交集资款安装自来水管。村社两级领导的回答高度一致："上级专项拨款全部按照参加集资的户头统筹预算和开支，当时联系不上你也不敢擅自给你做主,现在专款已经专用,过了这一村就没有这一店,再单独给你安装,人工费、材料费加在一起至少2000多元,不可能再来分摊给各家各户,你就自己想一想办法吧——"

或许,这就是常年家中没有人的代价。

就自来水安装的问题,老黄打心底认为村社干部讲得有道理,可是思想上仍然有几个疙瘩始终解不开,他说:"镇里集资修大桥我没在家,村里积极主动就给我和黄梅垫了资,大半年之后我该缴的一分没有少。征地给开发商建鱼塘时我也没在家,土地使用证上的一亩九分水田按照一亩二补偿,都有人敢给我做主,为啥子安水管这样的事就没得人敢给我做主了呢?"

水管没安上,就必须到处挑水吃。因为兄弟关系紧张,老黄从来不去三哥和六弟家里蹭水,一般都要走五六百米小路到王三婶或者老马头家挑水。

田坝坎上,一直无偿给老黄供水的两个老邻居大门紧锁,王三婶的家门口还残留着厚厚的鞭炮纸屑。老黄叹着气说:"看来真的是王三婶死了,现在这个大院坝就只剩老马头了,后人隔得远,哪天老马头死在屋里可能别人都不晓得哟——"

可能是心中谙熟的缘故,回到家乡的老黄思维仿佛比在自力巷时活泛很多。他仔细看了看老马头门上的锁,轻描淡写就得出了结论:"老马家里没有什么值钱的东西,平时去镇上赶场都不锁门,今天大门上了锁,说明一时半会儿回不来,有可能到江津女儿家里去了。"

附近再无其他邻居,老黄只能折身去找寻半山腰自留地里那口已经废弃多年的水井。跟随老黄找水,让我对野生草本植物的生长和繁殖能力有了全新的认识。三块"坡改梯"自留地完全看不到田坎有多高,相互纠集攀附在一起的草茎根根粗

壮,感觉任何用于描写草本植物长势的词汇用在这里都显得不够劲儿,所以我只能说老黄自留地里的草长得十分的"苍劲"。人踩在上面,草丛的反弹力度几乎不亚于体育馆的蹦蹦床。眼下都三月末了,这里的草丛表层还是一片枯黄,显然是因为前辈们过于高大,今年长出的新草使劲儿蹿了几个月至今还没能看到天空和阳光。

从野草的厚度可以肯定,这三块地还算肥沃,至少可以产一箩筐水稻。而现在,因为主人的抛弃,它们已经成了野草的领地,它们正在变得与普通的山坡无异。老黄说,田是好田,可是太少了,一年四季守着这点田没有经济来源根本活不下去。他还说自己是地地道道的农民,看着肥田撂荒成这个样子,心里真的很疼很疼。

拨开井口上苍劲的草,老黄倒吸了一口凉气。浮在水面的绿藻和青苔堆得就像部队作战室的地形沙盘,高低错落足足有一尺多厚,用水瓢舀掉上面一层,下面又很快浮起一层,井口周围弥散着一股浓浓的腥臭味道。显然,这口井里的水要达到基本的饮用标准还需要时间和功夫。可是眼下的老黄根本就不能等,他依稀记得山顶上邱老七的家门口还有一眼水井。邱老七老老少少也早就搬到镇上去住了,井里的水还能不能饮用也只能看看再说。

当老黄手脚并用满怀希望地挪开井口石板的时候,呈现在他眼前的是一个筛盘大的蜘蛛网,上面密密麻麻挂满了被汲干汁液的虫子躯壳。无论从结构还是布局上看,这都是一个质地上乘匠心独具的设计,任何想要到井里喝水的飞虫都难逃这张大网。显然,这应该是一个祖师级蜘蛛用心打造的"百年工程"。老黄用棍子挑破蛛网的时候,一只正在井壁小憩的巨大绿皮青蛙惊慌失措,"空中转体"完成得很不规范,背部平躺入水几乎没有压水花的技术动作，几株水箭直射井口，躲闪不及的老黄被溅得满头满脸。

老黄用手抹了抹脸，皱了皱鼻子说："真他妈那个×臭——"

绿皮青蛙的仓皇难堪一跳，竟然意外送来了水质情况的基本结论，已无继续取样观察的必要。挑着空桶下山，老黄的背影有些落寞。

这个常年闲置的家，似乎正在用一种特别极端的方式拒绝他的回归。

当晚，我和老黄用屋旁冬水田里的水煮的饭，洗的脸。感觉煮熟的饭有点黄，洗过的脸也有点黏，像糊了一层过期的牛奶面膜。

二十

到家第二天，大雨不期而至。对于今天的老黄来说，就算天上下刀子，也阻止不了他着急办房产证的匆匆步伐。

上午九点，大雨中的嘉平镇格外冷清，只有一家小饭馆的屋檐下面坐着几个闲聊的人，看样子他们对自己的话题很投入，全然没有察觉檐下地面溅起的水花正在一点一点洇湿自己的裤腿。镇街十字路口西侧，政府的大院子里几乎看不到人员走动，安静得能清晰地听到雨打地面的"滴答"声。院子里绝大多数办公室都房门紧闭，负责房屋产权登记办理的国土所也不例外。

老黄掏出手机看了看屏幕上的日历，自言自语地嘀咕："今天是3月26日，星期三，我没有记错嘛！"

畏畏缩缩地趴窗户上查看了几个办公室，确认无人，老黄一脸失望。他说真的想不通为什么办个"产权证"会这么难。五六年前就开始跑手续，头两年每隔几个月都要回来一趟，可能是记性不好，也可能是运气不好，镇村社三级，弄好了这样缺那样，签字盖章也总是找到了张领导找不到李领导，不仅麻烦得工作人员很恼火，连自己也很泄气，最近这两三年干脆就懒得跑了。现在如果不是村里土地开发搞得轰轰烈烈，担心拆迁时补偿没凭据，老黄根本就不会再来办这个"产权证"。

屋檐下溅起的水滴也在不知不觉中洇湿了老黄的半截裤腿，他漫无目的地来回踱步，眼神的余光始终在关注着镇政府大院铁门和楼梯出入口，希望能突然出现一个拎着公文包穿得像干部模样的人向国土所办公室走来。

雨幕中的确有一顶花雨伞从对面办公楼快速飘过来，不是想象中的干部模样，是一个身材略胖二十五六岁的年轻女孩。激动的老黄正欲踏步上前又快速收回了微微抬起的左腿，因为女孩已经熟练地打开了国土所旁边社保所的大门。显然，她不是老黄迫切等待的人。

当老黄把目光从女孩背影移开的时候，他看到了社保所的门口立着几个公示栏，上面不仅贴着一些红头文件，还有很多名单。因为能认识的汉字有限，红头文件他只是走过场似的翻了翻，大体明白上面写的是现行的国家社会保障政策。虽然识字不多，但红头文件旁边的两个公式栏他是彻底看懂了——左边一栏是今年新增的"五保"人员名单，右边一栏是第二季度全镇"低保"人员名单。虽然很羡慕这些名字出现在公示栏里的人，但是他认定自己的名字不可能出现在这里。他说前年春节他就为"五保"和"低保"的事找过社长，社长语重心长把嘴皮子都快磨破了，自己还是听得云里雾里一知半解，最后总算记住了社长扯着嗓子喊出来的几句话："你虽然一个人，但是你有一个女儿，吃'五保'不可能，吃'低保'嘛，你身体还没得病，听说你一个月在重庆挣几千块，社里比你困难的人还多得是，以后名额多了再说——"

从公示栏的花名册上看，嘉平镇正在享受"低保"或"五保"的人至少400人。这是国家经济社会发展给普通农民带来的实实在在的福利，也是我国社会保障体系不断完善健全的真实

缩影。老黄根本不关心全镇有多少人吃低保，只想看一看笋溪村都是哪些人在吃低保。在看到本村几个熟悉的名字之后，老黄的情绪突然变得有些激动，喉咙里的声线严重错位。

"这几个人也有儿有女，虽然也很困难，但是他们比我还好一点，凭啥子他们能吃低保，我就不得行？狗日的社长骗老子——"社保所办公室里正在全神贯注打印文件的女孩被突然闯入的老黄吓了一跳。

"老人家，你说慢点，我刚才没听明白。"

老黄又把刚才的话噼里啪啦重复了一遍，可能是因为语速太快加上声音沙哑，女孩满脸愕然，但也大体上明白了老黄的来意。

"老人家你莫着急，我给你拿一份文件你慢慢看，不懂的我开完会再跟你解答好不好？今天全镇干部都在搞群众路线教育，过一会儿就是我们所长发言，还等着我手里的稿子的。"

女孩虽然很着急，但是态度特别和善。好像已经豁出去了的老黄全然不在乎人家内心的焦急，继续站在办公室的通道上完全没有侧身放行的意思。

"我认不到字，我就想问个明白，为什么有些条件比我好的能吃低保，我就吃不到？"

"您是哪个村的人呢，老人家？"女孩面色焦急但态度和蔼。

"我是笋溪的，我叫……"老黄的自我介绍从黄梅三岁那年开始，女婿还没出场的时候就足足讲了十三分钟，讲到动情的地方还眼眶泛红声音哽咽。我保守估计了一下，按照这个语速讲到现在的情况，至少还要半小时。我真的很担心人家姑娘会发火，把我们轰出来。

虽然女孩一个劲儿站在原地磕脚后跟，右手还不停捋着鬓角的刘海，但脸上还是始终保持着勉强的微笑。我实在看不下去了，几次上前提醒老黄让人家先去开会，但是没有奏效。

"现在在重庆当棒棒，经常连生活费都挣不到……"

女孩一边认真倾听，一边掏出手机发了一个短信。几分钟之后，另一名同事匆忙进屋拿走了女孩手上的材料。随后，女孩找出一个纸杯给老黄倒了一杯水，还给老黄搬了一把椅子。

"老人家，刚才听了你说的这些，你的情况是困难，但是你确实不符合在嘉平申请低保的政策……我们重庆现在是城乡统筹，我们嘉平的低保只针对长期居住在嘉平的重庆籍困难人口，而且是一个季度一审核……"女孩讲了足足六分钟，老黄仍然一脸茫然。

"我没住在嘉平，我就不是嘉平人吗？"

"我怎个跟你说嘛，哪怕你是永川人，只要长期住在我们嘉平，符合吃低保的条件，拿着你的电费单子和相关证明，一样可以在我们这里申请低保，为了防止弄虚作假，我们每三个月要重新审核一次，定期还要上门走访。"看来，老黄先前的愤怒完全是因为政策水平不高的老社长当初没有传达明白。

"那我不回来的话，就没得资格吃低保了吗？"老黄心中的怨气好像小了不少。

"你现在在解放碑，你就拿着你的身份证、租房合同、水电气缴费单子到街道办去申请，你家庭的困难情况我们可以出具相关证明……"

社保所办公室里的"一对一"政策解答一直持续到了群众路线教育散会隔壁的国土所开门。

国土所所长四十出头，深色西服，头发也打理得很整齐，强大的气场让人一进屋就能看出这个办公室里谁说了算。

"黄老人家，你又是来办房产证的吗？久等了久等了！"

老黄进屋还没开口说话，所长已打着响亮的哈哈声迎了

119

过来。

"哎——哎——麻烦哒麻烦哒——"面对所长的热情,老黄简直是受宠若惊。

见我有些惊讶,所长中肯地告诉我,办个产权证的手续十分繁杂,老黄最先来所里办房产证的时候,他还是个办事员,每次向区里报批的时候,不是缺这样就是少那样批不了,到现在自己都当所长一段时间了,老黄的房屋产权证还没办下来。

"都是我们以前的工作做得不够细,让老人家跑了不少冤枉路,这回你放心,我亲自负责到底。"所长一边检讨,一边拿出一叠表格,一张一张地教老黄怎么填,要到哪些地方盖章签字。

和隔壁女孩相比,国土所长似乎更懂得该用什么样的方法为老黄这样的人解答困惑。他一边讲解,一边把要办的手续条目写在纸上,并反复交代哪些先办,哪些后办,该找谁办。看着所长的笔快把一张A4纸写满了,全是各项手续的条目,我禁不住有些感慨:盖个房子要办这么多手续,不仅建的人难,办理审批的人也累呀!所长有些无奈地说,干了多年的产权登记,天天和这些表格、证明打交道,看得头都大了不少,其实这里边有不少内容是可以简略的,但这是上边的要求,差一样也批不下来。

12:40了,不少镇干部已经"嗞啦"着嘴走出镇政府食堂,老黄还在国土所没有离开。

"所长,办这个房产证为啥子还要开未婚证明?"老黄摸着脑袋很不好意思地问出了他的最后一个疑问。

"因为房屋属于夫妻共同财产,所以房产证上专门有一栏要填写婚姻状况,就是防止夫妻之间感情不和单方面把房产写到个人名下,你没结过婚……没啥子不好意思的!"

老黄离开的时候,国土所所长没去饭堂,匆匆忙忙坐着一辆越野车走了。他说今天的雨有点大，××村有一家人的房子垮了，得赶过去看看。

"春江水暖鸭先知。"回家的路上，老黄感觉有点奇怪，他说以往去镇政府办事，那些当官的多少都有点架子，说话爱理不理的，稍微多问几个问题就不耐烦，今天这些当官的到底都怎么了，笑呵呵的，一点都不像"官"。

也不知道是这次出门日子选得好，还是群众路线教育真的见到了实效，接下来的4天时间，老黄的手续跑得出乎意料地顺利。不管是天晴还是下雨，过去总也找不到的人基本上都能在办公室找到，而且不管是大干部还是小干部，态度都很热情。唯有需要村妇女主任出具的"未婚证明"耽搁了半天，直接原因还是老黄自己磨磨蹭蹭不好意思去。他说都快七十的人，外孙子快上小学了，还要去证明未婚，确实有点张不开这个口。老黄的情况的确很特别，这辈子至今，曾经短暂拥有过一个为他生娃的"孩子她妈"，但从来就没真正拥有过属于自己的"婆娘"。从民政部门的婚姻登记信息上看，他也是"未婚"，所以当他红着老脸找到村妇女主任的时候，人家二话没说就给他出具了房产登记的最后一道手续。

4天之后，老黄浑身轻松地把厚厚一摞房产登记材料送到了国土所长的办公桌上，所长拍着胸脯说："一个月左右，你来取证。"

办房产证的顺利程度远远超出预期，心情舒畅的老黄在离开嘉平之前，还专程去探望了一起光屁股长大的远房亲戚吴老二。老吴头1951年出生，比老黄小两岁，老伴八年前过世，儿子在甘肃的一个农村当上门女婿，时常几年没有音讯。

现在的农村老年人见面摆"龙门阵"，三句话不离"社保"。老黄和老吴翻来覆去探讨交流的就那么两三个话题：养老

保险办了没有？低保吃到没有？合作医疗参加没有？我站在一旁听了半天，好像根本就没有听到"你现在身子骨怎么样"这类的问候。

没有什么文化的老吴摇晃着秃光的脑门俨然一个政策专家，差不多把社保所那个女孩的话又重复了一遍，一边讲还一边眯着眼睛不紧不慢地从上衣口袋掏出来三个存折。

"这个是养老保险的折子，每个月80，噢，你也应该有，这个嘛，嘿嘿，要多些，是低保的折子，每个月100多，两样加起来200多。"老吴攥着存折伸了一个长长的懒腰接着说："这第三个嘛是土地补偿款，每年1000多，我存的定期，国家给的200多省到点花就够用了，我啊现在是哪里都不去——"

看着吴老二笑得连眼珠子都看不到了，老黄很羡慕但是没有说话。

沉默良久之后，老黄猛然起身离开，似乎已经做出了一个决定。

第二天我才知道，这是一个充满父爱的决定，也是一个花甲老人最艰难的抉择。在开往重庆的客车上，老黄告诉我，在解放碑他没有租房合同，水电费包干也没有收据，所以没打算去渝中区申请低保。现在每月养老保险有80多，土地补偿每年1000多，如果回来养几只鸡种点菜再申请个低保，就算不宽裕，差不多也能过上老马那样的悠闲日子，但是现在女儿还欠20多万房款，自己还有一点力气就一定要为她出点力。去年业务不好，只给孩子攒了四五千，希望今年能多一点。

二十一

老杭的腿病越来越严重了，疼的时候连迈步都很吃力。

小什字和十八梯巷道里几个胡子很长牙齿很黄，专治疑难杂症的路边神医都说可以用祖传的手法彻底治愈，有的用针灸，有的用火罐，有的还给敷上一层颜色怪异的自制药膏。老杭前前后后花了两百多块，腿却是越肿越粗，疼得也是越来越钻心。

老黄回到自力巷的第二天，老杭也背着行李包踏上了回家的客车。他说老家大观镇有个针灸医生手法不错，想去试一试，实在不行就再去住一段时间院，反正有农村合作医疗保障。老杭之所以一定要等老黄回来才走，是担心涂料店没人值班别人插足。他说这已经是他们最后的一块阵地了，就算疼死也一定要守住。

对于老杭总是病恹恹的身体，老黄在同情之余也愿意借此显摆自己的强壮结实。他说老杭今年67，也就比他大两岁，感觉要大二十岁似的，浑身都是毛病，而自己这么多年从来不知道药是啥滋味儿，稍微有点头痛脑热，出一身汗就好了。老黄还说，去年他也参加了农村合作医疗保障，交了60块钱，一粒药丸也没吃过，感觉都替别人交了。

黎香湖畔，百花争春，正值老杭家乡大观镇最美时节。

小镇长街古风古韵，车水马龙，游人穿梭。大观园里，特色农业观光的旅游新概念正在吸引越来越多城市的休闲人群。波光粼粼的湖水深处，一望无际的现代别墅群堂皇富丽，清幽怡然。驻足湖岸，即便是一事无成的"屌丝"，也能平添不少憧憬和上进心。显然，能够入住这里的都是有一定品位的有钱人。

湖畔芳华与老杭目前的生活尚无太多关系，他的家在几公里之外的十三村。两个山峰的结合部，一抹冬水田伴随着机耕道向大山深处延伸。田坎上水声潺潺，野草繁茂，田地中稻茬发黑青苔泛绿，苍鹭翩翩起舞，看不出任何耕种的迹象。老杭说十三村的土地头几年就征收了没有耕种，规划了一些旅游配套项目，估计用不了多久这里就会变得和大观镇差不多。

机耕道尽头孤独的二层小楼，是老杭的家。屋后有松林，庭前有果树，院里有鸡鸭，普通的青砖黑瓦，普通的山村人家。

老杭的儿子在南川城里务工，一年回家两三次，儿媳妇带着三个孩子在家留守。14岁的大孙女在镇上中学念初二，周末时间已经可以帮妈妈做一些家务活了。二孙女今年3岁，是一个不哭不闹性情安静的小女孩。超生的小孙子刚刚7个月，为了这个延续香火的宝贝疙瘩，家里砸锅卖铁缴了30000多块"社会抚养金"。老杭说他还有一个女儿，嫁给了镇上一个厨师，现在外孙子15岁了，女儿女婿都在"大观园"附近的农家乐上班。如此一个儿孙满堂的家，为何老杭不愿意向人提起呢？老杭说是因为这个家里少了一个很重要的人——孙子的奶奶，这个人让全家都背负着一段永远也卸不掉的家丑。

十八年前，47岁的老杭和小他8岁的妻子双双外出打工，老杭在建筑工地做小工，妻子在南川城里的小饭馆当服务员，虽然聚少离多，但是老杭觉得日子很有奔头。

外面的生活有精彩也有无奈，接下来的日子并没有按照预期发展，有一个男人走进了妻子的打工生活。两年之后的冬天，妻子提出离婚，态度很坚决。老杭如被雷劈当场昏死十多分钟，而后又在床上瘫睡了三天三夜。接下来的婚姻保卫战一直持续了两年，打打闹闹分分合合的日子每天都是煎熬。土地荒了，猪羊瘦了，鸡鸭死了，猫狗跑了，原本殷实的家搞空了，连老杭的身体也垮了，时常上吐下泻卧床不起。

十四年前的那个春天，老杭屈辱的眼泪终究没能留住去意坚决的妻子，法庭的一纸判决让她变成了"前妻"。那一年，老杭的外孙子一岁，大孙女刚刚出生。二十几岁的儿子和女儿跪在母亲面前苦苦挽留的情景，这些年一直在老杭的眼前挥之不去。

老杭说世上最不共戴天的是杀父之仇，夺妻之恨。正是内心的仇恨支撑着他走过了那段绝望的岁月，也是因为这份深埋在心底的仇恨促使他在53岁那年扛着一根棒棒走进了重庆城。走的前一天，老杭与镇里一个臭名昭著的混混促膝长谈了整整一下午，混混对老杭的遭遇深表同情，并答应只需10000块就让那个夺妻仇人在地球上消失。

因为急需10000块，老杭和老黄走到了一起。

十四年前的计划至今没有实现，老杭说他好长时间都弄不明白命运是在继续捉弄他还是一直在挽救他。

2002年夏天的时候，老杭省吃俭用终于凑够了10000块钱，整的零的装满了一个黑色垃圾袋。老杭迫不及待与混混取得联系，混混说当初的承诺绝不食言，并约定第二天上午到老杭家里去取钱和照片。可是就在当天晚上，老杭的家里进了贼，没丢其他任何物品，唯有装在黑色垃圾袋里的10000块钱不翼而飞。

没有钱就不可能办得成事。那个仗义的混混第二天不停地安慰老杭："君子报仇十年不晚，等你挣够10000块的时候再来找我。"

　　第二年老杭的业务不错，当年就攒够了10000块。当他再次怀着满腔仇恨来到大观镇时，那个极富同情心的混混已于几个月前"进去"了。据说是因为聚众斗殴和入室盗窃，判了七八年。

　　混混进了班房，直接意味着酝酿了3年的"A计划"破产，老杭捶胸顿足，哀叹造化弄人。随后的日子，老杭又有了一个"B计划"。这些年为了实施"B计划"，老杭先后买了3把长短不一的刀具。从先至后，越来越短。

　　老杭说三把刀子的长度代表着三个时期的复仇心理。买西瓜刀的那一年，他真的想杀了那个男人；买三棱刀的那一年，他只想在那个男人屁股上捅一个不好缝合的窟窿；买弹簧刀的时候，他仅仅是想剐掉那个男人的两个卵子。复仇的利器越来越短，仇恨的火焰也似乎越来越弱，当他最后一次把弹簧刀握到手里的时候，发现手抖得特别厉害，并且突然感到心中已经没有那么多恨意了。再后来，老杭甚至开始反思自己，觉得每个人都有重新选择生活的权利，留不住一个女人的心说明自己有问题。

　　十多年过去了，老杭的刀枪已经入库，在卧室抽屉最不起眼的角落。

　　三把刀子的刀锋都覆盖着厚厚的铁锈，就如覆盖在愈合伤疤上的痂壳。

　　三件生锈的利器已不可能出鞘，就如结痂的伤疤不会继续流血。

　　"今天能回家抱孙子，真是托十多年前那个小偷的福啊，如果知道他是谁，一定要去谢谢他……"老杭一边合拢存放兵器的抽屉，一边自言自语，表情里有些许无奈，更有几多释然。

或许时间真的就是消除仇恨的良药。老杭今天能够坦然道出从未与人提及的秘密，说明心里那些难以放下的东西确实已经放下了。

我与老杭聊家事的工夫，儿媳妇正在用最务实的方式迎接公公的回归。大钵的肉大钵的菜，炖的炒的热的凉的摆了一桌子，大孙女还给爷爷斟好了一碗啤酒和一杯舒筋活血的泡酒。老杭悄悄跟我说，家里确实不一样，如果不是儿子现在负担太重，自己就不用出去了。

下午，老杭在大观镇找了好几条街，终于在一个小巷子里找到了那个慕名已久的针灸神医。医生说老杭的腿是经络不通寒气过重，几寸长的银针先扎腰部，再扎踝关节，然后再用火罐在针眼处吸出了几摊黑血。老杭当场跛了跛步，扭了扭腰，感觉和小什字、十八梯的那几次区别不大。20元一次的费用也差不太多。

临走的时候，医生叮嘱老杭半个月来一次，头几次感觉不一定明显，坚持得好效果就好。

走出针灸神医的小巷，老杭眉头皱得很深。他说半个月来扎一次，既费车费又耽搁挣钱的工夫，还不知道管不管用，再说吧。

第二天傍晚，老杭又一瘸一拐地回到了自力巷。

他的门虚掩着，扭曲变形的锁头躺在门口，老杭一眼就看出屋里被贼光顾了。床板靠墙立着，衣服和被子凌乱地堆在地上，床下几口袋杂物也被翻了个遍，连垃圾桶都倒立在门口。看来贼真没少费功夫和力气。

老杭淡定地说："估计那个贼娃子是哭着走的——"

二十二

阴雨连绵的日子，老金搬出了老甘的阁楼。两人闹掰的那天下午，老金从美食城弄了不少菜回来等老甘做饭，而老甘去看别人"斗地主"四点多钟还没有回来。老金怒火中烧，没给老甘解释的机会，扛着自己的被褥，拎着一大包香味四溢的肉菜气冲冲地走了。老甘说老金心胸狭隘，这样的朋友没有也罢，还一气之下从市场上买了将近三斤猪肉回来，花了24块钱。他一边吃肉一边无比解恨地骂骂咧咧："没有他，老子买一块肉能吃好几顿，自己花钱买的，就算佐料少一点，也比吃别人剩的要香得多。"小洞天美食城里，老金身着一件上世纪八十年代的警服上衣，背着双手在坐满食客的餐桌之间来回巡视，就像餐厅里一名忠于职守的保安。我问老金吃饭没有，他拍拍肚皮说正在吃。老金告诉我，他现在住在临江门轻轨站的地下通道，冬暖夏凉，不给老甘带菜，自己省事多了。说话间眼角余光看到两位美女起身离席，他迅速抓起了餐盘里剩下的一只鸡腿送到嘴边。边吃边说，现在不用偷摸打包，饿了就来，吃饱就撤，如果能顺便再捡几个瓶子，小日子就会过得更加惬意。看样子自力巷53号这一对患难之交真的闹掰了。

我点了两份石锅拌饭和醪醋汤圆，用一天半的劳动收入把老金请到了美食城的餐桌上。可能今天的我还没有能力帮他重新找回尊严,但是我还是想向他真诚地奉上一份尊重。这是常年混迹美食城的老金第一次坐在桌子上吃饭,我看到他眼中有泪,鼻孔里有鼻涕。

老金说:"坐在这里吃饭的感觉就是不一样,你真够朋友!"老金还说等夏天到了之后,一定多捡一点瓶子,请我吃饭。

河南的房租越欠越多,在大石的账本上已经累积到2000多块,这些日子,大石每天干完自己的活儿,都要敲开河南的房门问问有没有钱交房租。大石说其实他知道每天的回答都是一样,但是这已经变成了一种习惯。大石几次想锁他的门,可最终又狠不下心,只能眼睁睁地看着河南日复一日地睡觉,房租越欠越多,几乎看不到收回来的希望。

连续很多天只看见河南睡觉,看不见他吃饭,脸孔日渐瘦削苍白,我真的弄不清楚他到底是靠什么东西在维持自身的基本热量需求,甚至很担心他会这样饿死在房间里。这段时间我的收入还算不错,每天至少能有三四十元的进账,决心发扬一下人道主义精神请他在自力巷的棒棒餐厅吃顿午餐。河南很开心,可走到半道的时候,他突然提出想吃面条,而我想吃米饭,只好给了他10元钱让他自己去面馆。

当我吃罢午饭回到五一路口的时候,眼前看到的一幕再次亮瞎了我的眼睛。河南根本没有去吃面条,而是拿着我刚给他的10块钱与人斗起了一块钱起底的"地主",牌桌上的河南虽然脸色苍白,但是眼睛熠熠生辉。一场奋战直至黄昏,河南手中的钱一度变成80多元,可最终战斗在黄昏结束的原因又是因为河南没有钱了。

河南离开的时候,脸色依然苍白,嘴唇有些枯裂。他今天有没有吃东西,我已不想过问。

单靠慷慨借钱根本解决不了河南的境况，我厚着脸皮找到一个在石桥铺经营电子产品的朋友，希望能给河南谋一份相对固定又力所能及的差事。朋友答应得很痛快，电脑硬件搬运装卸，计件付酬，平均每月挣一千二三百块没问题。当我把这个好消息告诉河南时，一旁的老黄和老甘都替他高兴，可河南的回答却让我碰了一个大钉子："我舍不得解放碑的朋友圈子，不想去那么远的地方干活。"我问他为什么舍不得，他说解放碑的朋友对他很够意思的！为了验证河南的朋友到底够不够朋友，老甘提议河南找他圈子里的朋友借点钱，解决一下眼前的困难。河南当着我们的面给他五个最铁的朋友分别打了电话。寒暄的时候都比较热情，当提到没有生活费了想借点钱的时候，朋友们都拒绝得很干脆。

拒绝最直接的一位朋友说：你没有生活费关我尿事！

拒绝最客气的一位朋友说：我这会儿忙得很，没得空！

拒绝最委婉的一位朋友说：我还有半个月发工资，到时再说！

拒绝最高明的一位朋友说：喂——喂，信号这么差。嘟嘟——

最给河南面子的一位朋友说：哎呀，我他妈的昨天输了，还想找你借钱呢！

面对我们略带嘲讽的眼神，河南一脸尴尬，他说那位在电话里说"没得空"的朋友绝对是没得空，最近自己没吃的，全靠他隔三岔五送的馒头维持生活。河南还告诉我这个朋友名字叫"湖北"，在一家公司从事户外广告牌安装工作，绝对是一个能够雪中送炭的真朋友。

"你这里天天都在下雪，做你的朋友天天都要送炭，格老子的他交你这个朋友干啥子嘛，脑壳有包吗？"老甘直来直去，一点不给河南留面子。

"他还有馒头吃，就不得着急找活干，你还操个啥子心嘛。"老黄悄悄扯了扯我的衣袖。

当着老黄和老甘的面，河南说从今天打电话的情况来看，他已经只剩下两个朋友了，一个是那位叫湖北的人，另一个是我。听着河南把我定位为他仅有的两个朋友之一，坦率地说我心中没有一丝丝荣幸的感觉。用眼角瞟了瞟老黄和老甘，发现他们表情里也似乎没有半点失落。或许他们并不在意能不能成为河南的朋友，毕竟要成为河南的朋友必须具备相当高的思想觉悟，只讲奉献，不计较索取，就如老甘所言，他那里天天"下雪"，作为朋友的义务就是"送炭"，这项工作至少从目前来看漫无终期。我开始有些敬佩那个和我同样荣幸地成为河南朋友的人，甚至期待着有机会与他交流一下做河南朋友的心得体会。我想他要么是一个能力超强、挣钱轻松的人，要么就是一个乐于助人、品德高尚的人。

漫长的阴雨天气使老杭的腿病进一步加重，通过各种渠道弄来的药物丝毫不能缓解肿胀疼痛，时常一两天出不了屋。在自力巷53号这个阴暗潮湿的城市角落里，老黄是老杭唯一的依靠。只要在涂料店门口见不到老杭的身影，老黄都要折回老杭的住处，查看老杭的病情。每晚收工路过老杭居住的单元入口，老黄也要特意去看看老杭。看着老杭小腿上凹陷的白色指印久久不能恢复血色，老黄眉头紧锁，眼神里的内容十分复杂，有同情，有焦急，有担忧。看得出来，这是一种发自内心深处的情感流露，它代表着朴实和真挚，无须修饰。虽然只是频繁的看望，既不带营养品，也没有拿现金，但是老黄带给正在经受病痛折磨的老杭的却是一份不可替代的慰藉。

"放心，只是脚肿，离肠子肝子远得很，死是死不了的！"

老杭生性乐观，除了疼痛难忍之外，他并不觉得这是什么大不了的事情。他还夸耀说算命的说过，他的阳寿是84岁。

"感觉老杭活不到好久啦，唉……"每次从老杭的屋里出来，老黄总跟我重复着同样的话，然后是一声长长的叹息。

夜幕中，老杭剧烈的咳嗽声再次钻进耳膜，我感觉这样的声音似乎比腿上的浮肿更令人揪心。

清晨的涂料店门口，老杭瘸着腿照常守活儿。这是老黄和老杭目前唯一的固定业务点，多年来，两人始终遵循着一个确保良性竞争的约定——涂料店的送货业务轮流坐庄，你一单我一单，有人不在场的时候除外。这样的揽活规则，既保证了两人的团结和谐，又不会让涂料店的老板为难。持续的阴雨天气加上腿脚不便，老杭到自力巷两个多月了，除去买药和生活开支，他那个裂着几条口子的棕色塑胶钱夹里已经没有红色的人民币了，严峻的现实告诉他必须要找点活干，而涂料店是眼下最现实的指望。

老杭在店门口落座不久，老黄却站起身走开了，他说他出去转一圈儿。这段时间，只要老杭在涂料店门口出现，老黄都要去商圈里转圈儿，而且几乎是立马起身走人。

细雨薄雾中的老黄走走停停，这边坐坐，那边看看，浑浊的眼睛不停地扫描着减速靠边的运货车辆或者负重的行人，眼神里充满着渴望，他急切地等待着需要付出汗水的业务。整整一上午，老黄没有开张，也没有去过五一路口。下午时分，坐在重百大楼门口的老黄一连接了两个电话。

第一个电话是涂料店老板打过来的，他说："你在哪里？快来送货——"

"你叫老杭送嘛，我没得空——"老实忠厚的老黄竟然随口撒谎。

第二个电话是老杭打过来的,他说:"该你哒,快点儿——"

"我没得空,你去嘛——"老实忠厚的老黄竟然继续撒谎。

无须追问老黄为何撒谎,因为我懂。

朋友之间,患难方显真情。在这个偌大的都市里,两个同样孤独寂寞的老人正在携手踏入职业生涯的最后时光,两双干涩暗淡、毛细血管分外突出的眼睛或许难以碰撞出惊天地泣鬼神的生死豪情,但他们的确正在用自己平淡的方式丰富"朋友"这个词语的内涵。

一个浓雾锁城的黄昏,老金闲云野鹤的生活迎来了前所未有的挑战。因为一个同样在美食城捡剩菜的人偷客人的手机被当场抓获,老金也被轰出了美食城,而且餐厅经理还向保安人员下达了严防流浪乞讨人员进入美食城的"一号命令"。老金一边怒骂队伍里龙蛇混杂,一颗老鼠屎坏了一锅粥,一边忧虑接下来的吃饭问题。临江门地下通道不能生火煮饭,靠多捡瓶子下馆子显然不现实,身处困境的老金自然会在第一时间想到老甘。

面对前来求和的老金,老甘表现出了只有真朋友才能做到的宽容和大度,虽然没有张开双臂欢迎流浪的老金正式回归,但是他那沉重耷拉着的上眼皮分明掩盖不了那份略带欣慰的释然。

两人的和平谈判在三楼的餐桌上进行,一门之隔的河南在床上听得真切。双方互有争执,互有妥协,最终双方以社会上盛行的"AA制"为基本指导思想,再结合自力巷巷情和个人实情,达成了"甘金晚春共识":购买大米、面条和油盐等费用完全平摊,不计较对方吃多吃少;两周吃一次肉,买肉煮肉一方可少出两块钱,其间如果单方面要吃肉,另外一方可以不出钱,但未经同意不得分享;为避免房东有意见,老金每月分担

水电费10元,而只在自力巷吃饭,不能住宿;双方轮流做饭刷锅,可以调班但需提前协商。

显然,这是"AA制"的基本原理在自力巷的具体实践,既有创新,更求实效。

当天中午,老金提议割块肉庆祝一下,老甘说五天前才吃肉,还不想吃。于是老金自己去农贸市场买来了一斤八两肉,炖了小半电饭锅。老金吃肉的时候,老甘就着豆瓣酱吃白饭。老甘小心翼翼地说饭有点硬没有汤咽不下去,老金埋头吃肉好像没听着,老甘没再说话也没有吃肉喝汤。两人离席的时候,电饭煲里还剩半锅汤四坨肉。老金说晚上还能再吃一顿。

或许,有规矩才有方圆,自力巷里这两个还徘徊在温饱线上的老男人,真的很需要这样的规则来维护他们脆弱而又正在经历风雨的友情。

能靠规矩相处在一起,应该也算得上是朋友。

二十三

满眼是雨的日子，人似乎变得更加多愁善感，闲暇的时候喜欢拿着手机翻看通讯录。身在人生的十字路口，或出于自尊，或出于自卑，我没有主动给任何朋友打过电话，可潜意识里却又很期待能听到来自朋友的问候。手机通讯录里共有1500多个名字，除去一些萍水相逢或只有业务往来的人，至少有三四百个名字现在看起来仍然十分亲切。可走进自力巷这几个月，我一共只接到了26个人的问候电话。

因为问候的电话不多，所以能精确到个位数。

因为每个问候都很珍贵，所以我确定能铭记一辈子。

这26个人当中，最思念我的当属高中同学"汪老鳖"，每隔三五天就要打电话来问候我，因为借了他13000元钱没有还。去年上半年的时候我多次打电话要还钱，他说"不着急，你'这么大领导'欠我一点小钱是看得起我！"可是我现在刚刚当棒棒，他就做生意亏了本儿。

生活中常听人说：锦上添花的朋友很多，雪中送炭的朋友很少。因为人生没有经历大起大落，所以从未去认真审视这句话的正确性。来到自力巷的这些日子，的确对"朋友"有了更深层次的认识——"朋友"这个词具有一定的自然属性，像天

气一样，有时候让你感到"冷"，有时候让你觉得"热"。人生大起大落的这段日子，这种冷热的感觉尤其分明。说起来也怪，让我感到冷的事情来得快去得也快，回忆起来只是一种模糊的感受，甚至难以具体到哪一天哪个人哪件事，想要梳理成文字都很困难，当然也没有那个必要。真正刻骨铭心能不加思索就娓娓道出的只有那种"送炭"的温暖。

天空想晴没晴，雨要下没下的时候，老黄高兴地告诉我接到了一个不错的业务，给一家影视公司的拍摄现场搬脚架，工钱150元每天，要两个人。他说去年干过半个月，主要是负责搬抬一个小型摇臂，架下面带轮子，平路推着走，上坎抬一抬，不算特别累，还管两顿盒饭。

次日清晨，我和老黄兴冲冲地来到指定地点，一边憧憬着这个业务能收多少张红色百元大钞，一边按照现场拍摄人员的吩咐尽职尽责地做着开机前的准备。当姗姗来迟的公司老板从一辆银色轿车里钻出来大步流星走进视野的时候，我瞬间呆住了——这个身穿夹克戴着窄框眼镜的年轻老板竟然是我昔日的手下。那年由我牵头创办的一档军事节目刚刚开播，因为专业人手缺乏就从地方临时招聘了几个编辑记者，面前这个陈总在我手下工作了整整一年，吃了很多苦，加了不少班，两年前才离开栏目自己创业。

"主任，你今天唡个有空来指导我的拍摄呢？来也不打个招呼……"陈总一脸诧异，甚至有点受宠若惊的样子。

"陈总你别误会，我和老黄是来搬摇臂挣工钱的，没想到老板儿是你呀——"

真是人生何处不相逢，竟然会在这个地方以这种方式与旧日的手下相逢。一阵干笑之后我不得不以部分实情相告，我说我转业了，准备自谋职业，现在在五一路跟老黄一起混口饭吃。

"你是不是犯了什么错误哟，干得好好的干啥要走呢?"感觉陈总不经意地直了直腰，扶了扶镜框，说话的气息明显雄浑顺畅了许多。其实，这有可能本来就是他与人交流时的习惯动作，只是以前高高在上的时候我根本就不会去留意别人的细节，而现在身处底层又突然特别在乎这样的细节。

真是三年河东三年河西呀！我一边打着哈哈一边努力地回忆当年到底批评过他几次，有没有给他穿过小鞋，有没有拖欠过他的工资奖金，该不会是冤家路窄吧?

原本以为很轻松的业务，却因为老板和雇工的特殊关系而变得复杂。总之每到搬摇臂转场的时候，陈总一定要抢先一步，把我挡在身后，亲自和老黄一起搬，无论我怎么坚持都插不上手。看得出来整个上午他都对我"当棒棒"的事情百思不得其解，好几次看到他刻意避开我打电话，显然他是在向以前的同事们探听我突然从事棒棒工作的真正原因。或许是因为我的到来，摄制组原本预定好的午餐盒饭被临时取消，集体涮老火锅。一天的合作下来，陈总和我都很累，他在指挥拍摄的同时，还要兼负民工职责，而基本已经适应了棒棒身份的我似乎更习惯被呼来唤去，面对突如其来的尊重反而手足无措，浑身不自在。

傍晚结算工钱的时候，陈总神神秘秘把我拉到僻静的地方，从包里掏出了一个厚厚的信封。他说:"以前你当领导对我不薄，今天包里只有一万，你先拿着，明天就不要来了，以后有困难你说话……"

我谢绝了陈总的钱，满心感动地收下了这份情。虽然被解雇了，但我收获了人生转折点上的第一份真情。这很难得。

在自力巷迎来今春第23个阴雨天的时候，扛着一根棒棒在新华路上游荡的我又与一名原单位老战友不期而遇。战友是一

个团级单位的军事主官,准备去渝中区政府出席重要会议,在拥堵的新华路上他透过车窗发现了我的背影。又是一次尴尬的邂逅,他说只知道我打报告转业的事,却不知道我竟然在解放碑干起了这个。他急切地追问我是不是遇到了什么困难,我开玩笑说:"暂时没有太大困难,就缺点大米和食用油。"

两三个小时之后,一辆军用轿车缓缓停在了五一路口,战友和司机从后备箱里取出一桶油,一袋米和一些肉,完全是一副看望困难群众的架势。战友说:"开完会在附近买的,花钱不多,不管你是不是真的用得着,总之我都送来了!"

我愉快地收下了战友送来的厚礼,并在第一时间与自力巷53号的邻居分享了这份友情,看得出来,老黄、老甘、老杭他们都很开心。

阴雨还在继续的时候,我突然接到一位老领导的电话,他说得知我在解放碑当棒棒,很心疼。走进老领导家里的时候,他拿出一个厚厚的信封。

"你现在创业很困难,这是我两个月工资,借给你!"

自以为还算见过一些世面,见过心不甘情不愿地借钱给别人的人,但是从来还没见过如此主动要借钱给别人的人。实话实说,满兜不足200块,不是不想借,实在是不敢借呀!我诚惶诚恐再三推辞。

"自己做事,早晚用得着,别婆婆妈妈的,利息按银行定期存款的标准结算——"

老领导的态度近乎蛮横,我一肚子幸福的委屈。毕竟,这年头做"杨白劳"比做"黄世仁"要牛得多。我甚至偷偷地想,只要你再坚持一下,话说得再坚决一点儿,我就真的"借"了。毕竟楼下的黄牛都说过,仓中有粮,心里不慌。

最终,在老领导更加严厉的目光下,我写了借条。"屈服"

之时我的血液循环很快，每一条血管都绷得很紧，我确定这是一种愉快而温暖的感觉。我已经回忆不起自己在出门时是一种什么样的神态表情，但我似乎听到了借条被揉搓成一团丢进废纸篓的声音。

回来的途中，我直接去了银行，把钱存了一年的定期，而且撕毁了存折。

我想，这是一份沉甸甸的情谊，应该存在心里，不需要通过一张冰冷的存折去触景生情。我计划待到离开自力巷的时候，再去补办存折，把这份浓浓的战友情分享给几个朝夕相处的棒棒同仁。显然，无论今后事业发展得怎么样，我都不会按照借条上面的数据和累积的银行利息去偿还这笔债务，只需用心地去铭记住这一份情。

真正的朋友与金钱地位无关。

真正的感情与时间地点无关。

我百分之一万地确定，这样的温暖不仅现在讲得出来，到死的时候我都会再回忆一遍。

或许时间真的就是一把淘金的筛子，我们不必为滤掉的沙子感慨，只需要去珍惜筛网上面的真金。

二十四

清明时节难得的晴天。

和煦的阳光随着微风在树缝中摇曳,也把晚春的温暖洒满了五一路口。等候业务的老黄和老杭倚着路边印着"中国梦"宣传画的施工挡板睡得正香,两张刻满岁月沧桑的老脸不仅把画上那个睡眼蒙眬憨态可掬的小胖丫映衬得更加生动,同时也给画中抽象的诗句赋予了形象现实的色彩:

让我轻轻走过你的跟前,
沐浴着你童真的目光。
让我牵手与你同行,
小脚丫奔跑在希望的田野上。
呵,中国,
我的梦。
梦正香……

解放碑商圈的工地越来越多,层层叠叠的施工挡板把本就不宽的街道变得更加拥挤。据说商圈地下正在建设一项耗资巨大的交通工程,不仅有通行主干道,还有大型停车场。目前地面上被围起来的工地,大都与解放碑的畅通梦想有关。密集的施工挡板外侧,一幅幅极具创意的"中国梦"和"社会主义核心价值观"宣传画,正在把满满的正能量注入每个人的血液。

"民族复兴,气势如虹!"

"中国梦,我的梦。"

"辛勤劳动,圆我梦想。"

……

作为一名棒棒,关于实现中华民族伟大复兴的"中国梦",老黄没有过多的理解和思考,也没有激情澎湃的展望和憧憬。他的梦想很务实,就是今年的业务能比去年多一点。通过辛勤劳动改善光景,老黄心中的梦实际上与"中国梦"是高度契合一致的,但是就所从事的行业来说,他们所能贡献给社会的生产力似乎正在变得微不足道。

站在五一路口举目四眺,工地里的劳动机会到处皆是。我们试着拨开了离路口最近的工地围板,包工头上下打量着面前这一壮一老,认真的眼神与骡马市场的牲畜贩子无异,就差掰开嘴唇查看我们的牙口。

"我确实缺人,挖沟填土做小工,想干就来试试,150元一天不管饭。"包工头的语气很傲慢。

"干得了,干得了,您放心……"我和老黄不仅回答一致,连点头和哈腰的节奏也基本保持一致。

这是一项与地下那个大工程建设有关的管道迁改工程,工期很紧,但工地上除了我和老黄之外却只有五个人。工头说看起来坐在路边打牌的人很多,但就是招不到干活的人,那些手头有技术的,张口一天就是三四百,没有技术稍微有点力气的也要两三百一天。工头的言语很直白,在探讨劳动市场行情的时候毫不在乎我和老黄的感受。每天三十、五十地挣了几个月,突然接到了日薪150元的工作,我们都很知足,但是从这个待遇来看,我和老黄在工头眼里连"稍微有点力气的"都算不上。

"上头工期催得紧,人又招不到,这几个人当中有两个是合伙人,其他三个是来帮忙突击的亲戚,他们叫你俩干啥就干啥!"明确了主从关系之后,工头甩了甩头顶乱蓬蓬的头发,攥起一根两米多长的钢钎开始干活儿。

这是一个在人行道地下铺设燃气管线的工程,我和老黄的任务是挖沟,要求是一米宽、一米二深。可能是在众多大小老板眼皮底下干活的缘故,工头并没有给我们明确任务量,上午下午各干四个小时算一个工作日。

在土质坚硬、泥石混杂的马路人行道上挖沟,对于只习惯挑抬的我和老黄来说,这是一种全新的尝试。先用钢钎松土,再用铁锹把挖出来的土石铲到指定位置,一天八个小时重复着同样的动作,不仅需要臂力、腿力和腰腹力量持久耐用,还需要一定的爆发力和良好的身体协调性。看在工钱的分上,我和老黄都很珍惜这样的劳动机会,干得也非常卖力气。见我不到一个上午的工夫手上就磨出了六七个水泡,爱开玩笑的工地二当家抚弄着锹把说:"兄弟,累吧?在我们这儿干上几天,保证你吃得好,睡得香,只是呀老婆那里的家庭作业可能就交不上啰!"

"我靠!"我肚子里的脏话差点没有脱口而出。为了150块钱被你剥削成这样,还幸灾乐祸,老子担心的是下班之后还能不能走路的问题,哪里还有闲情去考虑"家庭作业"的事。我甚至在想,照这个节奏干上一段时间,就算那个叫什么冰冰的"梦中情人"约我喝咖啡,也照样断然拒绝一点面子都不给。

"哥在这儿干了快一个月了,现在经常连家都不敢回,交不起家庭作业嘛婆娘还怀疑老子在外边有情人。"二当家的连襟拍着结实的胸大肌接过话题。

中央重拳反腐的岁月,老百姓"摆龙门阵"自然是三句话离不开倒台的腐败官员。

"那些腐败分子在外面养情人包二奶,说明他们一点都不累!"二当家恶狠狠地挥动手中铁锹,满满一锹土急射而出,把工地挡板砸得"哐当"一声巨响。

"你下班后给中央写一封信,建议把那些狗日的贪官弄到工地上来干活,我给开500块一天,看还有没有心思去搞二奶……"工头笑呵呵地给二当家布置了一项新任务。

大家闲聊归闲聊,但是丝毫没有耽搁手头的工作进度。或许这样的工地注定只属于年轻力壮的人,老黄虽然大汗淋漓,但是除了喘气的节奏比别人快之外,无论是挥锹还是抡镐,节奏都明显比别人慢好几拍,堆在他身旁的土方就算和我相比也少了很多。工头一边干活一边时不时地皱着眉头看老黄干活儿,表情里或多或少都包含着不满。中途休息的时候,工头把嘴凑到我耳边中肯地说:"像老黄这样的老年人,眼睛花耳朵背,老胳膊老腿没得力,三个都顶不上一个壮劳力,要是点子低摔个跟头就麻烦了,风险太大,我们做这样的工程本来就是挣几个血汗钱,如果不是万不得已,我根本就不敢用他。"工头瞟了瞟我手心里开裂的水泡,接着说:"你嘛,还没掌握要领,但是有力气,多搞一段时间就没得问题了,好好干吧,我手头不缺活儿。"

在我们的施工场地里,还有一个地下停车场的通风口也在紧张施工。这是一对中年夫妇的"组合戏",男人抡着一把水钻在地下几十米的地方钻石头,女人负责用起重机把凿出来的石块儿吊运到井外,抽空再趴在井口的钢架上打个小盹。从井口探着头往下看,井底积水反射出来的照明光晃得人眼晕,站在

最后的棒棒

水中作业的男人只是一个模糊的阴影,唯有井壁坚硬石墙上留下的弧形钻痕层层叠叠,清晰可见。那位大嫂告诉我,这个通风口长宽各5米,深达30多米,差不多是在一块巨大石头中间凿出近千立方的空间,再有几天就要完工了,这是他们两口子四个多月的成果。看着这个深不见底的石头井,我的内心充满了震撼和敬意,甚至打这一刻起真的相信了太行王屋二山是愚公一家几代移走的。

"这几个月虽然很辛苦,但是除了维修设备和买钻头的开支,差不多能剩80000多块!"看着我无比羡慕的眼神,大嫂炫完自己的收入之后又反过来问我,"兄弟,你们挣好多钱一天呢?"

"我——我比你们少得多——"我有些脸红,支支吾吾最终没好意思说出自己每天的工钱是150块。

看看人家堆在井口的两车斗石头,再看看我和老黄磨破手掌抠出来的两小堆泥巴,我深深地感到人家给我们150块的工钱完全合情合理。

这就是技术和蛮力的差距,必须心服口服。

艰难地挨到下班时分,我浑身肌肉酸疼,吃饭的时候连拿筷子都很费力。老黄走起路来也是深一脚浅一脚,脸色很苍白。

第二天,老黄的动作更加迟缓,忍无可忍的工头总是盯着他干这干那,还一点不留情面地说他偷懒。老黄脖颈上的青筋胀得比平时粗了几倍,撩着汗透的衣服转着圈找人评理,还悄悄对我说工头坏了良心没人性。平心而论,老黄没有任何偷懒的意识,工头也绝不是那种挑剔刻薄的人,但是这两者之间的矛盾却不可调和。老板和雇工相互看不顺眼,吵吵闹闹直到黄昏。收工的时候,工头客气地给老黄结算了工钱,然后扭头看着我说:"你还行,愿意的话接着跟我干!"

就这样,老黄拿着300块钱早早结束了在这个工地的使命任务。显然，他的离开是因为衰老，而我能留下来是因为年轻，或多或少还能给包工头创造利润。

接下来的二十来天，我跟这个工头转战了三个大小工地，与大小当家的相处都很融洽。虽然手掌上脱了几层老皮，但是我挣到了3000多块钱。

南岸区四公里一个靠近轻轨的小区里，大石家又顺利地签下了两套面积100多平米的清水房，正在忙着搞装修。为了节约成本，整个装修工程只请了一个木工，全家人除了冲刺高考的女儿和上幼儿园的小孙子，其余全部上阵。儿子负责技术含量较高的电路改造、家电安装等工作；大石负责材料搬运、糊墙抹灰；老伴儿则是装修现场的万金油，随时为其他人提供协助，还要监督质量；儿媳妇在负责伙食保障的同时还要兼顾看房收租等日常管理工作。

两套房子属于一个房主，户型相同都是三室两厅。大石家为客户提供的是拎包入住的服务，所以装修的工作量比较大。先粉刷墙壁、铺装地板，而后把客厅隔成四个小单间、改造男女洗手间、给每个房间接通电源，最后一项工作是安装空调、洗衣机和摆放基础家具。大石说，现在的生意是越来越难做了，客厅地板隔断和家具电器全是新的，每套房投入下来不算自己人的工钱也要花30000多块，现在的市场行情是客厅小隔间每月300元，三个卧室按面积大小分别是600元、700元和900元，除去每月付给房主的2200元租金，还能剩一千二三百块。这种房子的合同签得越长越有钱赚，一般都是五年以上，可是这两套房的房主只同意签三年合同，在不闲置的情况下，三年的毛收入70000多元，除去60000多元装修投入，这两套房最多能挣万把块。当然，从现在的市场需求来看，亏本的可能性不大，至少还能剩一批旧家电和家具可以再利用。大石说："目前

的政策还不允许搞群租经营，最大的风险就是消防安全上出问题，所以我买的隔断、地板都是防火的，电线也是最好的，就算多花一点钱，能换来安全也是值得的。"

安全是发展之本。干了六七年群租房经营，大石全家已经摸索总结了一套行之有效的经验：租户入住必须拿身份证到社区民警那里备案；不三不四像流氓地痞或吸毒人员的坚决不租；不听招呼不服管理的就算搭上违约金也要撵走；以公共区域保洁或查电表收电费的名义不定期查房；每套房子指定一名安全管理员，发现一个安全隐患当月房租减半。正是在坚守安全底线的前提下，大石家的经营规模稳步扩大，加上即将完工的这两套，旗下已经有八套房子了，平均每月收入在10000元上下。当然，这里面包含着全家人的劳动力投入。

在一个政府既不认可也没有强力整治的行业里谋生，每一分收入都凝聚着很多汗水，也充满了不可预知的风险。大石说经营群租房的人也越来越多，免不了鱼龙混杂，一家出问题，大家受连累，赶上消防安全整治，叫你拆就必须得拆。

这段时间老黄和老杭的运气还算不错，先后接到了两个不需要费多少力气的大业务，工钱也是150块一天，可最终都是与雇主不欢而散。

起初是给一个工厂车间粘贴不干胶彩条，老板的要求不高，只强调按线贴紧贴直，一步到位。本来没有多少技术含量的工作，两位老人家却不论怎样用心，就是手打哆嗦眼神跑偏，纰漏百出，要么七拐八弯，要么鼓包起皱。

第一天验收，两人贴好的仅剩60多米没有返工重贴，老板花高价从深圳买来的特制不干胶彩纸有400多米完全报废。老板超乎常人的大度，并寄望熟能生巧。第二天老黄和老杭充分吸取了头天的教训，基本没有浪费材料，但是两人加起来一共只贴200米。老板黑着脸算了一个账，如果按照这个进度，别人一个星期的活儿他俩可能一个月也干不完。

第三天上午，老板亲自上阵带着干。前两个小时，老板一个人贴了100米，老黄和老杭两人贴了40米。于是，大气且富有同情心的老板苦笑着按照三个工作日给他们结算了工钱。老板说他回去把老婆叫过来打打下手，估计五天就能干完……

随后的日子，老黄和老杭又接到了一个广告公司的标牌安装业务。没什么技术含量，也无须消耗太多体力，只需要敲敲打打一天就能挣150块，而且人家项目经理还说了，公司里这样的安装业务很多，可以长期合作，两人都很开心甚至有时来运转的感觉。这次共有140个标牌，大一点的两三米长，小的不到一米，先用玻璃胶粘，再用钢钉加固，经理问他们：五天能不能安完？两人都信心满满，拍着胸脯说没问题。

第一天准备安装30个，项目经理亲自带着他们一个点一个点地明确每个标牌的安装位置，有些地方还做了标记。可是经理刚刚离去，他们面对着一堆牌子立马开始犯迷糊。30个标牌大小不一，内容各异，加上识字不多，哪个牌子该安在哪个位置？两个人大眼瞪着小眼彻底蒙了圈儿。

"你晓得我记性不好，啷个不好好记住嘛！"老黄黑着脸埋怨老杭。

"你在经理面前不停地'嗯、嗯、嗯'，我还以为你都搞懂了呢，所以就没啷个用心。"老杭一脸无辜。

"你长个脑壳做啥子的嘛，怎个一点事都记不住——"

"你那个脑壳好用，你倒是说我们该啷个搞噻？一天都只晓得叽叽歪歪的！"

吵归吵，活还得干，两人在争吵中达成共识：不能确定的就凭着大致印象努力猜，反正都是安在这个院子里，上面的字也差不太多,安在哪儿都一样!

两个人以前都多少干过一些锤锤打打修修补补的活计,虽然对哪块牌子安在哪个位置有点稀里糊涂,但是真的动起手来却是一点不含糊。你抡锤子我扶牌子,你涂浆子我找钉子,配合相当默契。加之还想和这个公司长期合作,干得也特别用心卖力,怕耽搁时间中午也只是草草吃了一碗面条。一天下来,该上墙的全部上了墙,该上架的全部上了架,而且每块都安装得很坚固,很周正。

临下班时项目经理前来验收,差点当场喷血。30块已经安装的标牌当中,有11块张冠李戴。"生产车间值班制度"挂进了门卫室,"厂领导职责分工"挂在车间值班员的座位上方,更令人哭笑不得的是"女浴室"的门口赫然挂着"男厕所"的牌子。当然,最让那位项目经理感到无语的是这些牌子不仅钉子砸得很深,而且胶也涂得特别厚,牌子都掰变形了,硬是拆不下来……

再一次被提前结算工钱之后,现实留给两个老棒棒的只有无奈和沮丧。

需要一点耐力和爆发力的活儿身体吃不消,需要一点技术和速度的活儿手脚不灵便,需要一点文化和记忆力的活儿脑子不够用。于是,当我还在工地里挣着稳定"高薪"的时候,老黄和老杭又回到了五一路口这个他们人生的老地方,手里依然紧握着那根古铜色"棒棒"。这不是天命,似乎是一个时代烙在他们身上的深深印记。

或许,在今天的这座城市里,能够支撑老黄的也只有肩上这根"棒棒"了。虽然早已没有依靠"棒棒"实现人生跨越的壮志雄心,但是只有和这根"棒棒"在一起的时候,他们才有自信。就是战士和枪在一起时的那种感觉。

二十五

油菜籽归仓的时节,久违的阳光洒满了嘉平镇笋溪村的每个角落。

公路两旁整齐的单元楼下,人们正在充分利用休闲广场的每一寸空间抢晒春收作物。上了年纪的老人一边扭头哄着背上背篓里的小孙子睡觉,一边拿着木耙子仔细翻晒铺在地上的油菜籽。年轻一点的妇女抡着古老的脱粒工具反复捶打晾干的菜籽荚,黑里透黄大小若鱼卵的籽粒随着"啪啪"的节奏不断破壳而出,四处乱窜。

山坡上零星分布的稻田里,几个忙碌而又孤单的劳动身影难以搅动大山的空旷和冷清。扶犁老人踉踉跄跄跟不上水牛的步伐,飘浮的犁尖在牛屁股后面划出一道道弯曲的泥痕。俯身插秧的人时不时地握着拳头捶打腰部和颈椎,黏黏的泥点子甩满了后背和发梢。鱼塘对岸的山脚下,老社长赤脚挑着一担秧苗,奋力攀向半山腰里的一溜梯田,沾着一层黑泥的腿肚子随着肩头滴水的秧苗一道颤颤悠悠。老社长喘着粗气说,以往栽秧打谷,几家几户凑在一起热热闹闹地干活儿,痛痛快快地吃咸蛋喝栽秧酒,像过节一样,现在不行了,年轻人要去城里挣钱,家里还能犁地栽秧的老家伙全部凑在一起不到30人,根本

请不到人帮忙，只有自己慢慢干了。

这个季节，老黄根本不担心时令过了秧苗下不了地，心里只惦记着他的房产证有没有办下来。他说国土所所长承诺的一个月时间到了，上次回来那天是3月26日，今天是4月26日，这日子是掐着指头一天一天算的。

老黄来到国土所的时候，所长没在，一个年轻的女办事员热情接待了他。女孩从柜子里搬出厚厚一摞崭新的房产证，一个一个认真查找老黄的名字。老黄凝神屏气地盯着女孩不停翻开合拢的动作，随时准备伸出双手去迎接那个令他魂牵梦萦好多年的酱紫色证书。

女孩一边翻查，一边笑容满面地安慰老黄："你那个证儿不是所长亲自办的嘛，你放心，肯定是没得问题的。"

老黄没有吭声，因为他看到女孩手中的房产证书越来越薄。

"啷个回事儿呢，肯定是报上去了，难道是这一批没赶上？"

当女孩轻声念着老黄的名字开始第二轮翻找的时候，明眼人都看得出来这只是在表达一种对工作认真负责的态度，过程的意义重于结果。老黄慢慢转过头去，目光中的期待渐渐消失转而变得空洞和失落。

纵使女孩百倍的认真热情，但她终究没能找到老黄迫切想要的东西。

"老人家，你上次回来是3月26日，但是你的手续跑了好几天嘛，从你走的那天到今天还不到一个月嘛，你莫着急，下一批肯定能办下来！"

老黄走出镇政府大门的时候，脚步有些沉重。他说不知道是哪个环节又出了问题，如果这回还办不下来就不办了。

4月的最后几天，自力巷53号不只是老黄很烦恼，老金、老甘和我也很烦恼——老金为手机套餐打不完很烦，老甘和我也因为老金的手机套餐打不完更烦。

连续两个中午,老甘的阁楼上都很热闹,从噪音分贝判断,像是两个老家伙吵架,但是吵架也不至于约定在每天中午吧。当我把头从老甘紧闭的房门门框探入的时候,才发现他们都在忙着打电话。

老甘盘腿坐在床头,左手举着手机,上半身懒懒地倚在靠窗的墙壁上。老甘的耳朵不灵光,打电话时自己听不到还担心别人听不清楚,嗓门大很正常。老金半坐床尾,一条腿自然蜷曲平放床沿,另一条腿蹬在地上支撑着身体的平衡,右手也紧握手机在打电话,嗓门一点不比老甘的小,脸上还布满了惬意的微笑。两人在同一个小房间里扯着嗓子打电话,互不干扰,你说话时我绝不吭声,配合相当默契。

"你不是想叫老板给你涨五块工钱嘛,涨没涨呢?"老金在电话里问对方。

"涨个铲铲,还是四十块!"老甘紧接着说。

"你那个老板儿蛮锤子,五块钱都舍不得,格老子的不给他干哒——"

"你格老子说得轻巧,不干老子吃啥子嘛——"

两个人既像是面对面的交流,又像是在给对方捣乱,我越听越糊涂。老甘的房门虽然关得很紧,但缺了两块门壁的门完全能容得了我高大的身躯轻松爬进去,所以我确认视觉和听觉都不可能出差错。

"不想打了,我想睡觉,晚上要上班——"老甘皱着眉头突然挂断了电话。

"再打一会儿嘛,朋友之间这点忙都不帮!"老金放下电话一脸无奈。

在两人同时挂掉电话的时候,我基本确认这两个老家伙是在打着电话摆"龙门阵"。原来老金的手机办的是28元包月套餐卡，打超了两毛钱一分钟，打不完下月清零。这是老金在拥有手机之后精挑细选的套餐资费，也是他勉强能够接受和承担的资费标准。对于老金来说，他的手机就像老甘的房门一样，象征意义远远大于使用价值，所以在拥有这么一个套餐标准之后，他就像一个精打细算特别会过日子的女人，经常处于一种纠结状态，上旬中旬担心分钟数不够用，能用腿解决的尽量就用腿解决，能用嗓子解决的基本都用嗓子解决，轻易不会动用手机，月末的时候发现还剩不少分钟数打不完，浪费了又很心疼，于是就只能让老甘在月末的时候受点累，消除浪费。老金说上个月月末，他和老甘动手的时间有点晚，最后仍然剩了二十几分钟没打完，至今想起来还十分心疼。

翻开老金的通话记录，里边只有两个显示，一个是老甘的号码，另一个是10086，两个号码相互交织穿插，而且全是拨打，没有接听。看得出老金每次拨完电话后，紧接着还要追拨一次10086，确保剩余分钟数了然于胸。

要想消除套餐"浪费"，老金确实别无选择——他的手机通讯录里只有老甘一个名字。老金摆弄着手里的电话无奈地说，他只有老甘一个朋友，唯一的朋友还不怎么够意思，关键的时候总是"梭边边儿"。为了消除老金的失落和伤感，我主动把自己的号码存进了他的手机，眼角的余光依稀看到老金很激动。

刚刚转身下楼，我的手机就响了，来电显示是"老金"。他说剩余套餐还有98分钟，必须在明天晚上十二点之前打完，老甘不够意思睡觉了……老金迫切的语气就像要找我帮一个很大的忙。半个小时之后，我深深地感受到了老甘的累。

晚上10点，我正在集中精力写稿子，老金的电话又来了。他说在我和老甘的帮助下，还剩67分钟，现在老甘上夜班，打死也不接电话……

接下来的时光进一步证明我把号码存进老金的手机，越来越像一个错误。

4月30日凌晨0：41，电话再次响起，依然是老金，他说睡不着，想和我聊天。

清晨6：30，电话又响了，老金说临江门地下通道过路的人多，他已经起床了，今天必须打完，这是花钱买的。

4月30日晚上7：00，老金气呼呼地冲进我的房间，怒气冲冲地质问我为啥一整天关机，还骂骂咧咧说老甘这个王八蛋昨晚也没给手机充电。

4月份的最后一点时间我也是与电话那头的老金一起度过的。他说还剩17分钟，一定要打完。可能是我们对"展望五月"的话题聊得还比较投入，完全忘了剩余时长。在解放碑零点钟声就要敲响的时候，我的通话时间显示已经打了21分钟。经过两天的不懈努力，老金终于没把剩余分钟数留给中国移动，而且超出了4分钟——按照套餐执行标准，这4分钟还只能算在4月份。当我觉察到打冒了的时候，电话那头随即传来了一声惨叫："哎呀妈呀，格老子一块钱没得了"，嘟——嘟——嘟——

上个月为还剩二十几分钟难受，这个月又要为超出的一块钱沮丧。对于有了手机的老金来说，这可能是他每到月底都要面对的烦恼。我和老甘也不会幸免。

二十六

阴雨天的午夜,一向早出晚归很有规律的老黄还没回来。

我知道他在下午两点左右给一个小吃店搬家,随车去了沙坪坝,但是卸车的东西并不多,无论如何都应该回来了。出于安全上的担忧我拨通了老黄的电话,几声响亮的喷嚏之后才听到他无比焦急的声音:"真倒霉,在三峡广场做个业务,跟雇主走散了。"

雨夜的三峡广场,依然熙熙攘攘。老黄把两只手插在衣袖里,哆哆嗦嗦地围着身旁的两个大编织袋来回踱步,两只眼睛不停地在人群中搜寻那个他并不熟悉的身影。可能是因为干活时随车来的沙坪坝,老黄穿得很少,而且外套的后背被雨水淋湿了,他不停用衣袖摸鼻子,偶尔还要打几个喷嚏。看到我赶过来,老黄就像见到救星一样,他说下午五点多钟等公交回解放碑的时候碰上了这个业务,两口袋东西,不到两公里路,20块钱,五十多岁的男雇主撑着黑色雨伞一边走一边打电话,可能是路上打黑雨伞的人较多的缘故,自己一不留神就跟错了人,瞄着另外一把黑雨伞走了好几条街……

老黄的业务地盘是解放碑,对沙坪坝的道路完全陌生,情急之下独自顺原路折返,又走错了好几次,当他心急火燎地折回接货地点时，已经是一个小时之后，雇主早就不知去向。后来老黄又挑着两大包东西在人群中来来回回好几趟，始终没有找到那个粗心的雇主，衣服也被雨水淋湿了，实在没有办法，只好站在接货的地方苦苦等候。老黄坚信丢了东西的雇主一定也很着急，希望他能回到这个地方寻找，但是现在等了三个多小时，依然没有看到那个期待的身影。

老黄以前跟我讲过，这样的事情在棒棒行内并不少见，通常都是先在接货地点等候，实在等不到，就把东西送到派出所去，请警察帮忙。大前年夏天，老黄在凯旋路给人挑布料的时候与雇主走失了，坐在上山的石梯上等了整整一下午，最后被晒中暑了。第二天一大早把东西送到附近派出所的时候，老黄被带进了审讯室盘问了半天，差点就定性为"投案自首"——原来雇主昨天就报了警，派出所以"棒棒拐走价值3000元布料"立了案……老黄说他不懂什么高尚不高尚，也不懂啥叫职业操守，当了二十多年棒棒他只认一个理儿——别人的东西再值钱都是别人的，自己付出了汗水必须拿到该拿的工钱。

我打开两个袋子看了看，全是某品牌的面膜等美容用品，价值至少几千块。眼看快十点了，这样傻等也不是个办法，我建议找警察帮忙，而且三峡广场的入口处就有一辆流动警务车。老黄说再等等，他早想过报警的办法，但是沙坪坝不比解放碑，到时候专程来拿"工钱"要花好几块车费，很麻烦。

街头的行人越来越稀疏，老黄的喷嚏也慢慢变成了咳嗽，大约十一点左右，实在撑不住了，他只好挑着两袋价值不菲的化妆品走进了广场入口的流动警务站，他决定放弃20元工钱。看得出这个决心下得很无奈，但是他别无选择。

或许是历史的巧合，也可能是公民在利益受损之后的必然选择，警务站的警员告诉我们，晚上七点多的时候就有人来报警了,说有个六十多岁的棒棒挑着他的两大包美容产品不知去向,报案金额10000元……

老黄点燃一根烟,狠狠地吸了两口,脸上终于露出了笑容,似乎根本就不在乎雇主的误解,也似乎早就习惯了这样的误解。他说走失这件事,老板也有责任,自己多出汗多淋了雨,至少要加10块工钱。

半夜时分,当雇主既惭愧又感谢地拿出100元钱作为褒奖的时候,老黄找回了70,而且坚持把东西挑到了雇主的美容院。

社会需要这样的老实人,但是这样的老实人又最容易被社会伤害。同样的阴雨天,老杭就被人骗走了今年以来的全部积蓄。

当我赶到接警的派出所时,老杭已经做完笔录——近两个月的全部积蓄被骗子洗劫一空,1137元现金化作了一张派出所开具的"案件接报回执单"。老杭愁眉不展地说:"昨天晚上梦见钓鱼,钓起来好多死鱼,感觉要破财,一大早就往银行跑,依然没能躲过这一劫。"

这些年老杭先后四次被盗,三次损失惨重,最多的一万,最少的两千,做了不吉利的梦,他最担心的就是兜里的血汗钱。在等候银行开门的时候,一个陌生的中年男人有意无意过来跟他搭讪。两支烟的工夫,他们从南川老乡变成了本村本队的老乡,那个男人说他是"撤乡并镇"之前四队胡队长的儿子,老杭是三队社员,感觉几十年前与四队胡队长似曾相识。老乡见老乡,两眼泪汪汪。"胡队长的儿子"对老杭目前的境况深表同情,先说要给他找一个工地看门的工作,管吃管住每月1600元,后来,"胡队长的儿子"又给老杭透露一个内幕消息,说最近国家在给65岁以上老人办"老年卡",类似养老保险,每月150元,领到死的那一天,因为名额有限,政策没有公开,都被有关系的人瓜分了,现在只剩两个名额,他通过市里的重要关系给父亲搞到了一个,今天就要去办登记手续。多少年来,老杭做梦都希望有点养老保障,所以就对那"最后一名额"充满了渴望……

两人直接打车去了工人文化宫,老杭不仅付了17元打车费,还花20元给"胡队长的儿子"买了一包烟。手续费878.5元、工本费100元、人情费100元,老杭把钱夹里的1100元整钱连同身份证都交给了热心的老乡,然后坐在工人文化宫大院里憧憬即将到来的新生活。

半个多小时之后,老杭实在按捺不住激动的心情,就偷偷趴到"办证大楼"的窗户去张望,结果发现那里只是一个麻将馆,"胡队长的儿子"早已不知去向。

派出所警员调看了附近的全部监控,因为下雨,雨伞遮住了骗子的上半身——看起来骗子很熟悉这一带的监控摄像头,可能是惯犯,破案需要运气和时间。

月薪1600的工作没了,身份证和积蓄没了,老杭的钱夹里还剩5块钱,而且今天还没吃早饭。

走出派出所之后,老杭又回到了工人文化宫门口,久久不愿离开——他希望能突然在人群中看到那个老乡,他更希望那个人真的是胡队长的儿子……

乍暖还寒的日子,老杭的悲伤故事还在继续。接下来的几天,他的业务不错,零零散散干了五六个业务,总收入160元,可是好业务却没能给他带来好收成——当他喜滋滋地拿着挣回来的红色百元大钞去买烟的时候,香烟店老板直言不讳地告诉他这是一张假币。

老杭说这几天腿肿得很粗,基本没有接过20元以上的业务,他清楚地记得这张百元钞票是一个中年男人在较场口转盘

付给他的，当时眼睛里进了汗没仔细看。其实以老杭67岁的眼力，就算仔细看了估计还是照样会收下。于是，老杭用辛勤的劳动和80元零钱换回了这张假币。

我知道，老杭装在贴身口袋里的零钱每一张都被汗水浸得很湿很润。我能肯定，老杭在找钱给中年男人的时候，脸上、身上，包括指头上一定还在滴汗。

老杭手里的假币的确太假了，假得让人想骂制假分子的"专业态度"——没有金线，没有水印，局部地方褪色严重，连右下角的阿拉伯数字也歪歪扭扭，感觉就像是在彩色复印机上加工的一样。显然，拿着这种钱来支付劳动报酬的人绝非无意，估计如今的解放碑也只有老杭这样的棒棒才会上这样的当。

对于一个靠体力赚钱的老人来说，这种伤害是实实在在的。旧伤未愈，又添新创，老杭时而放声大笑，时而愁眉不展，看起来精神状态有些失常。

"唉，蚀财免灾，我和老黄这些年加起来至少收到过2000多块假钱……"忙完手头活计的大石专程来安慰老杭。

"上一回当学一回乖，以后除了银行之外，大票子一律不要收了。"老黄接过话题向老杭总结教训。

老杭决心从哪里跌倒就从哪里爬起来，他说他一定要想办法把这张假币花出去，并寄希望在给涂料店代收货款时实施。老杭小心翼翼地把那张假钞叠好，放进钱夹，他说他有原则，既不能害熟人，也不能害穷人，涂料店的客户一般都不会在乎区区100块钱。老杭没有透露具体计划，但是看起来胸有成竹。接下来的日子，这张假钞注定要累死他老人家不少脑细胞。

或许这就是社会，付出了诚实并不一定能收获温暖。

二十七

环境对人的影响是潜移默化的。

随着时光一天一天地流逝,我在自力巷里有了新的名字——"蛮牛"。不清楚是谁最先这样称呼我,只知道现在每次路过巷口的时候,皮匠都要扯着嗓子怪声怪气地送上满巷子都能听到的问候。

"蛮牛——今天做了几个业务——"

"蛮牛——吃饭没有?"

"蛮牛——今天搞到了几十块?"

这种问候极富自力巷特色,几乎每个熟悉的人路过皮匠身边时,他都要咧着嘴送上类似的问候,似关心,似戏谑,更似一种习惯。每个被皮匠问候的人都和我有着差不多的动作表情,皱眉、撇嘴,然后用力地摇头,似谦虚,似沮丧,更似不好意思。皮匠在向别人提出问题之后,从来不用眼神交流,依然专注于自己手里的针线,或者漫不经心地逗着笼子里的鸟,好像并不在乎你怎么回答,回不回答。或许他早就清楚回答中难有惊喜,也可能是这本来就只是一种习惯。

皮匠说我长得高大威猛,看起来还老实忠厚,很像《山城棒棒军》里面那个"蛮牛",他相当地佩服给我起绰号的那

个人。

闲暇时我特意跑到老甘的屋里去仔细看了一下"蛮牛"的尊容,除了体格上有几分接近以外,我们之间再无相似之处。而且我敢拍胸脯说,那个蛮牛根本就没有我"帅气的容颜"。

刚来的时候没有人说我长得像"蛮牛",这几个月在自力巷里我既没有长个儿,也没有长肉,体形外貌上根本没有明显的变化,为什么现在就成"蛮牛"了呢?

自力巷53号只有老甘拥有一面从废弃梳妆台上抠回来的镜子,不规则的七角形要垫几本书才能搁得稳,镜面覆盖着很厚一层灰尘,眼神过度聚焦能透过镜面看到镜子后面的物件儿。由于对自我容貌充分自信加上路途艰难,我从未去老甘屋里照过镜子。也曾在路过商圈玻璃门窗时有意无意瞄两眼自己映在里面的身影,虽然有点模糊,但我还是自信地觉得那个模糊的影子也很高大帅气。那个"蛮牛"怎么能和我相提并论呢?

一肚子不服的我第一次把脸贴近老甘那面布满灰尘的不规则七角形镜子。我的个子在老甘的屋里是根本站不直腰的,当然即使站直了镜子也肯定装不下,所以先不比身材,只比脸蛋儿。我用以往照镜子时最习惯的动作把十个手指插入头发,从前往后捋了一遍,感觉指头插入发丛的时候有些发涩,扯得发根生疼生疼的,还飘飘洒洒掉下来好多头皮屑。接着我想用刚刚抚过头发的指头去拔鬓角冒出来的几根白色细发,油腻腻的手上打滑,薅了半天硬是没薅下来。

怎么可能?这头发是五天前才洗的,而且用品牌香皂洗了两遍。大概是最近新陈代谢在加快的缘故吧!

至于昔日那张俊俏的脸在镜中是什么样子,我已没有太深印象,至今仍不能确定是没看清楚还是根本没想记住。但有一点我是十分确定的,当我的目光由上而下欣赏到自己鼻尖的时候，竟然清楚地看到有两根长长的胡须在冲着脑门的方向左右摇摆。

妈的，什么情况？

就算变得再丑再衰也不应该鼻梁尖上长出了触角呀——

我心里发慌，脊梁骨直冒冷气。惶恐之余把镜子倒扣过来才真相大白，几只硕大的蟑螂从镜子背后落荒而逃，当时鼻尖正对的镜面背后有一块铜钱大小的不均匀划痕。兴许当时有一只蟑螂正在透过划痕观察外面的动静，也可能是想和我开个玩笑。

我想，既然能把有一点划痕的镜子看透，说明我在审视自己容颜的时候，眼睛应该瞪得比较大，也很聚焦。所以当时没看清镜子里的脸可能是一种逃避，也可能是不忍直视。

于是，后来我就对"蛮牛"这个绰号有了新的看法和理解：人家"蛮牛"在《山城棒棒军》里可是最帅的棒棒，与"毛子"、"梅老坎儿"这些名字相比，已经是十分"高大上"的称呼了。再说"蛮牛"好歹也是一个深入人心的艺术形象，权且理解为内在气质上的接近吧。

显然，自力巷的大环境和"棒棒"这种劳动方式正在把我塑造成现实生活中的"蛮牛"。在照完镜子之后，我的确意识到了"蛮牛"这个绰号对于现在的我来说已经很抬举了，就算皮匠他们给我改名叫"毛子"或"梅老坎儿"，我也不会有太大的抵触，只是有点委屈了当初饰演"蛮牛"的那位大哥。

自从心悦诚服地接受了"蛮牛"这个雅号之后，我开始时不时地认真打量自己，发现自己确实在不知不觉中发生了变化，而且这种变化是由内而外的。

夜幕降临的时候，一楼黄牛的炖肉香味儿如约而至。

如果有三四天没有透透地吃一顿肉了，我在楼上闻着这样

的香味简直是一种煎熬。每当闻到这种味道的时候,我几乎可以肯定,黄牛的床头一定还凉着半锅稀饭。

  黄牛的伙食代表着自力巷53号的特色,早上吃面条(中午买快餐),晚上炖肉下稀饭,这个食谱从未改变。自力巷53号的老住户人人爱吃面条、稀饭和炖肉,所以黄牛的伙食能代表这里的特色。当然,黄牛是自力巷53号唯一的"高收入"阶层,而且上下班有规律,所以他的伙食并不能代表这里的标准。老甘和老金大体上两周吃一回炖肉,平时全部是面条和稀饭。老黄和老杭想吃肉的时候基本还是可以吃肉,一般是闲时补充营养忙时随便凑合,饮食上以面条稀饭为主。从来没有看到河南吃过肉,只有稀饭面条,偶尔换个口味吃馒头。大石基本在南坪的家里吃饭,偶尔也在老黄的桌上凑合着吃点面条或稀饭。

  我从小到大最不喜欢吃稀饭,最热的夏天也同样如此,年轻时还为这事儿在母亲面前"摔过脸子",至于炖肉嘛,搭配合理还是可以吃一些的。入住自力巷的头两个月,我坚定地认为"炖肉配稀饭"是天下最滑稽最没有品味的饮食组合,甚至叹息像黄牛这样的人即便有了钱也不懂得享受。黄牛日复一日地吃"炖肉配稀饭",我实在忍无可忍看不下去了。

  "你这样搭配要不得,吃稀饭你应该把肉炒着吃嘛,炖肉的时候你就煮点干饭嘛。"

  "老子几十年都这么吃,用得着你瞎操心,哥哥我就是喜欢这种味道,这种感觉——"黄牛一边阴阳怪气地回应我的建议,一边把嘴贴在碗沿转了小半个圈儿,随着"噗啦啦"的一阵脆响,两边的腮帮子鼓出两个大包,可能是用力过猛,吸入的稀饭超过了口腔的最大容积,在面部肌肉全力收缩向喉咙挤压食物的时候,嘴角渗出了两溜乳白色汁液。

  "你小子——嗝——"他抻了抻脖子,又来了一次吞咽的动作，接着说，"你小子过些日子也一定会喜欢这样吃的——"随后夹起一大块炖肉恶狠狠地放进嘴里，一边痛快嚼肉一边含混不清地哼起了小曲儿："洗刷刷洗刷刷——爽歪歪爽歪歪——"

好心被当成了驴肝肺。从黄牛屋里灰头土脸地出来，我发誓不再管他，爱怎么吃怎么吃，关我鸟事。

最近一段时间比较累，汗也流得不少，水自然也喝得比较勤，左手端着一个茶杯，右手拄着一根棒棒，既不像棒棒也不像干部，有些不伦不类。每晚回来煮完饭之后就再也不愿动手做菜，吃了几天老干妈拌米饭，感觉喉咙越来越紧，咽起来费劲，在咽不下去的时候就泡上白开水吃，后来干脆就直接在锅里多掺一点水煮炕炕饭吃。就这样，我锅里的饭是越煮越稀，最终发展到和黄牛晚上的主食没有太多区别。再后来，我发现自己越来越爱吃稀饭了，连中午吃快餐也把稀饭当成了第一主食，不仅咽起来十分顺畅，而且在干活时还明显感觉没那么想喝水了。不端水杯的时候扛着棒棒，自然就越来越不像干部只像棒棒了。

既然我的伙食已经离不开稀饭，那么像黄牛那样吃炖肉下稀饭也就是水到渠成的事儿了。尽管我一度讨厌炖肉配稀饭，但是不可能不吃肉，在自力巷53号，只要你买了肉，那一定得炖着吃，没有第二个选择。首先是锅灶等硬件设施不允许，其次是炒肉对调味品要求高，而且程序繁杂。炖着吃只需洗净切块，然后盐巴味精花椒大蒜辣椒往里一扔，火候一到就剩下吃了。晚上就着稀饭吃肉，早晨起来再用剩汤煮一碗面条那更叫一个香啊。省时省力还一举多得，何乐而不为呢？

闻着楼板缝里钻上来的肉香，我端起凉好的稀饭，把嘴贴在碗沿麻利地转了小半圈儿，"噗噗噗"的脆响声中碗里的稀饭下去了一小半，腮帮子高高隆起的时候，我特想把筷子伸到楼

下的锅里去夹一块肉吃。

三天，也就三天没吃炖肉，我竟然如此地思念它。坦率地讲，我现在之所以没有像黄牛那样每天晚上吃"炖肉配稀饭"，是因为目前还没有足够的财力和精力。

明天晚上，我一定要炖点肉吃……

巷道里的棒棒快餐店老板娘看我的眼神似乎也是越来越复杂了。毫不谦虚地说，在她们家吃午餐，我一直按照最高的标准消费——7块钱随便吃，至于5块钱只吃素菜的标准我一次都没尝试过。可是最近一段时间，我添菜的时候她瞪着眼看，盛饭的时候也斜着眼瞅，还总是笑呵呵地跟我讲一个绰号叫"饿母狗"的棒棒的故事。讲了不下四遍，我都听腻了。大致意思就是"饿母狗"特别能吃，每顿要吃三大盘菜，四大碗饭，以前每天都来，老板娘感到压力很大，后来就很客气地给"饿母狗"提了一个很合理的建议，让他去查一查附近的路边到底有多少家快餐店，如果价格差不太多，可以考虑轮流去"照顾"一下别人的生意，总铆着一家吃容易"腻味"。现在"饿母狗"基本上一个星期来一回，老板娘觉得轻松了不少。听着老板娘不厌其烦地跟我讲"饿母狗"的故事，我在吃完了第二盘猪头肉的时候，还真有点不好意思再去盛第三回了。实话实说，这个快餐店的荤菜一年四季都是猪头肉，嚼在嘴里和吃素菜没有多大区别，远不及自己的炖肉解馋，再吃两盘也照样是风卷残云，但是就算吃个六分饱，也一定要与"饿母狗"划出界线。

最近几天每到中午，我依然风雨无阻前来"照顾"自力巷快餐店的生意，添饭添菜很注重选择时机，通常都是老板或老板娘背身忙活的时候，而且动作很快从不拖泥带水。老板娘也不再重复"饿母狗"的故事了，但是她又跟我讲起了河南。她说河南以前在她家吃饭享受单独定价的"特殊待遇"——按照吃荤菜的标准付钱，按照吃素菜的标准消费，时间长了还是感到店小利薄承受不起，迫不得已只好给他涨到12块，河南一气之下就再也不来了。

  老板娘总在我用餐的时候讲这样的故事，到底是啥意思呢？

  天气渐热，我想买两条短裤。在夜市上看了好多次没舍得下手，最便宜的也要十五六块。最终，我请自力巷的裁缝把两条缩水的冬裤剪掉了一截。厚是厚了一点，但至少也是短裤了。

  帮一位眼镜大哥搬不锈钢货架，讲好的20元工钱，结算时他坚持给了我30元。因为这10块钱，我竟然感动得眼眶都湿润了。

  挑两箱装修材料去洪崖洞的路上，不小心轻轻剐蹭了一个身材很壮脖子上金链子有指头粗细的大哥。他踹了我一脚，又指着鼻子骂了两分钟，我差点吓尿了。

二十八

5月中旬了,重庆的天气还是忽热忽冷。穿件夹层外套不显热,穿个露肩小褂儿也不会太凉,起伏的温差令解放碑的美女在穿衣打扮的时候有些无所适从。

解放碑又有几栋新楼沐浴着雨水阳光争相往云端里蹿,虽然尚未脱掉裹在身体上的厚厚安全网,但依然无法掩盖它们的伟岸和非凡,就如竹林里还未褪掉笋壳但霸气外露的新竹。显然,它们正在代表着渝中半岛新的高度,新的成就。

未来的五一路金融街一期工程刚刚从地下几十米的地方探出头来,林立的塔吊和忙碌的工人正在把工程效果图按比例放大成立体。自力巷是规划图上的金融街二期工程,拆迁进度正在加快。

这段时间,老黄的心情就如重庆的天气,忽热忽冷。

阳光明媚的中午,一个脸上阳光明媚的女孩手捧一本写着老黄大名的"房屋产权证书"来到了五一路口。女孩姓冯,是嘉平镇政府的干部。她说出差到重庆办事,国土所长特别委托她帮忙把老黄的房产证捎过来,还反复叮嘱一定要交到本人手里。女孩还当着老黄的面拨通国土所所长的手机。电话那头,国土所长一再向老黄表达歉意。他说以前工作不够细致,让老黄多跑了不少冤枉路，请他谅解。

盼了好多年的房产证终于到手了，老黄激动得说话的嗓音都变了调。他说：房子合法了心里才有养老的退路，现在的乡镇干部真的不一样了，帮了我这么大的忙还向我说抱歉，听得心里热乎乎的。

依然是这个阳光明媚的日子，自力巷53号的门框左侧贴上了盖着大红公章的"排危通知单"，要求所有住户必须在20天之内全部搬走。房子正面墙上也贴了不少"危房危险，请勿靠近"的提示牌。

随后几天，老曾头的米店搬走了，与老曾头紧邻的小餐馆也搬走了。

身边邻居越来越少，破旧的老楼接二连三轰然倒下。老黄的心情十分沉重，他说对于现在的解放碑来讲，还有自力巷这样脏乱差的地方确实很出丑，迟早要拆，这个道理每个人都懂，但是对于他个人来说，真的不希望拆，毕竟在这个城市里已经很难找到这么便宜的住处了。老黄的想法基本能代表自力巷53号所有人的想法，所以大家都开始为接下来住哪儿发愁。

"重庆房子怎个多，还找不到一个住的地方吗？"老金仅仅在吃饭的问题上与这里有联系，所以探讨这个话题比较轻松。

"在外边租个阳台支张床就要两三百，哪里去找现在这样的便宜嘛，好歹也是一间屋，还能煮饭。"老甘心事重重。

"实在不行就跟我去临江门地下通道噻，宽得很，还不交房租——"

"呿——你以为都和你一样哟，像个叫花子……"

自力巷里，拆房工人正以摧枯拉朽之势把周围的房子夷为废墟，残垣断壁上，有个抡锤砸墙的小伙儿似乎永远也不知道

疲劳，从早到晚没见停歇，也不见力道衰减，每一锤砸下去，都会传来崩裂和坍塌的"哗哗"声。夕阳下的53号楼门口，河南看着抡锤小伙儿表情凝重，有些干裂的嘴角随着锤砸墙体的节奏不经意地往两边抽动。也许是小伙儿砸墙的动静打扰了他的睡眠，也许是拆迁的脚步临近他根本就睡不着。我想，房子即将拆迁，最绝望的应该是河南。7个月没工作，9个月没交房租，如果这里现在就拆，他根本没钱租房，而且再也不可能找得到可以让他欠9个月房租的房东了。

2014年5月21日，自力巷53号全体住户在三楼餐厅召开紧急会议，分析当前拆迁形势，商讨应对办法。二级房东大石主持会议并发表重要讲话，临时租赁户老黄、老甘、河南、黄牛和蛮牛等出席。大石磕磕巴巴的讲话很随意，想起一句说一句，想到哪里说到哪里，毫无逻辑和主题可循。其他人也东一榔头西一棒槌地发表了不少见解和意见。会后，我对这次历史性会议的内容进行了简单梳理：

大石首先通报了自力巷53号产权移交情况：三楼河南住的房间1996年就已经向拆迁办交房，老甘住的阁楼是三楼房主私自搭建的加层，不涉及产权，之所以迟迟没拆，是因为一楼和二楼的产权持有人至今没有交房。当然，之所以要收取老甘和河南的房租，是房屋维修需要成本。大石说他已经与一楼和二楼的房主取得联系，目前他们就补偿问题与拆迁办还有很大分歧，估计三五个月之内难以达成共识。他们一天不在补偿协议上签字，这房子就不会拆，可以放心住。大石还特别补充说，1996年三楼交房之后，他搬走过一段时间，见迟迟没拆，又壮着胆子搬回来了，那时女儿石运刚怀上，现在要参加高考了，这房子依然还没有拆！

大石指出，自力巷的拆迁是大势所趋，是任何人都不可能阻挡得了的。我们每个人都要有正确的认识，胳膊拧不过大腿。现在这房子被政府确定为危房，就说明对他人的生命安全构成了威胁，明白人都看得出来，房主事实上已经丧失了讨价还价的主动权，如果要求过分，必要时政府可以强制排危，合理合法，所以这个房子什么时候拆，完全取决于拆迁办什么时候下决心。

大石在讲话中强调，就自力巷53号的拆迁问题，一定要弄清楚自己的身份，摆正自己的位置，我们不是钉子户，也没有资格当钉子户，赖在这里只是图个房租便宜，千万不要和拆迁办发生矛盾冲突。多住一天是一天，多住一月是一月，眼下我们每个人都要密切关注拆迁办的动静，两手准备，该找房子找房子。我们的原则是："暂时观望、摆正心态，能拖则拖、该搬快搬。"

大石在讲话中要求，房子被定为危房，最近拆迁办一定会在安全上重点盯防，生火煮饭，一定要等到拆迁办下班，柴不能添得过多，火不能烧得太旺，伸在灶门外面的干柴不能超过五寸。万一发生火灾，一楼黄牛不能只顾自己逃命，要注意接应楼上其他人，表现稍微好一点，就有可能成为"火海救人"的英雄，天天上电视；二楼老黄和小何跳窗户，老黄岁数大了，小何要帮忙；三楼的河南和四楼的老甘，先看一下火大不大，如果几瓢水能把火泼灭的话就直接扑灭，实在不行，就跳窗户，虽然有点高，摔不死还能活，总比烧死要强得多。

与会同志一致认为大石的讲话既有对形势的准确分析判断，又有灵活周全的应对措施，完全符合当前自力巷巷情和个人的实际需要，及时地给大家吃了一颗"定心丸"，减少了一些不必要的焦虑和烦躁。大家还一致同意把大石提出的"十六字方针"作为当前和今后一段时间应对拆迁的指导思想，深入领

会，认真抓好贯彻落实。

最后，大石还亲切地与租户们聊了一些家常。大石说，今年这个夏天的形势比往年更加严峻，周围的房子拆得多了，老鼠和蟑螂肯定都会往我们这里跑，请大家把剩菜剩饭盖好封严，天气热了，蚊虫也很多，一定要注意饮食卫生和个人卫生，多用点水嘛，绝对不加收水费。

会议从下午四点一直开到大石老婆喊他回家吃晚饭。

出席会议的还有在自力巷吃饭在临江门地下通道住宿的老金。

因为担心过于啰唆冗长，我的整理内容略有删减。考虑到内部团结的因素，比如"老甘关于住得提心吊胆要求房租减半的提议未获大石同意"等内容并未在整理稿中体现，只作"内参"提供。

自力巷53号几个已经无人居住的门洞被结结实实地砌上了，楼前出入的巷道上堆满了从周围废墟上清理出来的残檩断椽。因为房后贴墙而建的棚户拆了，失去依附的三楼洗衣台也垮了。老黄找来几根木方搭在对面的断墙上，部分替代洗衣台的功能。

老黄搭建的临时洗衣台搁盆子洗衣服倒与以往无异，只是洗澡的时候需要大力发扬一不怕苦二不怕死的精神。我第一次端着澡盆颤颤巍巍踏上这个简易洗衣台的时候，老黄淡定地说他刚洗过了，只要小心一点就不会有太大危险，但我悬着的心依然有很多顾虑：首先，从历史悠久的房屋废墟里捡回来的木方，朽蚀程度如何难以用肉眼准确检测，尽管老黄说挑选的时候担起来踩过，万一当时力度不够呢？其次，并排搭在两面墙头的木方没有固定，相互之间也没有抓扣，脚下的木方会不会被踩翘或者整体滑移呢？再次，对面的断墙没有了房顶牵扯，木方受力成弓形晃动时，断墙会不会在挤压力的作用下突然倾倒或者顶部砖头松动呢？最后，拼搭的台子周围没有围栏和任何攀抓之物，发生意外时任凭你身手敏捷，是不是也只能成为自由落体呢？

　　我用手电光探了探脚下悬空的高度，六七米，依稀可以看到下面凌乱的砖头和残木。曾经无数次在洪水和地震灾区经历过生死考验的我，不断提醒自己千万小心，否则一定会死得很难看。我设想了两种最坏的情况：要么挺身而出和明星抢头条——《自力巷拆迁区域惊现男性裸尸，谋杀还是自杀?》，要么光着屁股被老黄老甘抬进医院——以这两个老家伙不拘小节的做派，一定不会找件衣服或床单把该挡的地方挡着。至于河南和摄像那小子，根本不用指望，河南虽然有劲，但是瘸着的腿跑不快还颠得厉害，摄像那小子我早就跟他说过，无论发生任何情况，他的任务就是拍拍拍，从前几个月的表现来判断，这家伙在如此关键时刻一定不会失职。

　　站在这种充满各种不确定因素的地方用生命祛除汗渍的时刻，自然也是自力巷里严重缺乏新鲜食物的蚊子们享用盛筵的时刻。

　　那绝对是一种被活活撕咬的感觉。

　　面对穷凶极恶如轰炸机群扑面而来的蚊子，我极度克制胸腔的怒火，并始终保持着最绅士最彬彬有礼的态度。因为脚下基础不牢，不敢有过激反应，任何带有爆发力或幅度偏大的剧烈动作都有可能带来不堪设想的次生灾难，所以，蚊子咬腿的时候，我慢慢地弯下腰，用蘸着水的毛巾轻轻蹭腿；蚊子咬背的时候，我再慢慢地直起腰，用蘸着水的毛巾缓缓勒背。不能打香皂，否则毛巾太滑没有摩擦的快感。如此打太极一般的动作，想要把万恶的蚊子礼送出境几无可能，顶多就是让它换个地方，别铆着一块肉皮祸害。

　　与众蚊虫一番周旋，感觉浑身上下都被毛巾仔细蹭过很多遍，应该洗得特别干净，只是毛巾有点发黑，指甲缝里有很多皮屑。

二十九

"北极冰川正在以始料未及的速度消融,企鹅、海豹在寻觅新的栖身之地,数量急剧减少,只有不愿搬家的北极熊还在消融的冰山下孤独徘徊,由于食物的缺乏,北极熊健硕的体格在消瘦……"

不冷不热的天气,老杨头站在楼道口清洗假牙,他那敞开的楼梯间内飘出了赵忠祥老师充满磁性的解说声音。自力巷里,生意日渐冷清的剃头匠坐在工作时只属于顾客的椅子上看报纸,神情很专注。裁缝安静地坐在缝纫机前,手里拿着一块纸板忽快忽慢地对着头部摇动,可能是案板上没有存活儿心里燥热的缘故。窄窄的巷口,皮匠睡觉的姿势难度系数基本达到了4.0。两条腿相互交叉搭在墙壁上,半个屁股挂在折叠椅坐垫的最边沿,自然耷拉的脑袋枕在椅子靠背上沿。酣睡中的皮匠,双脚的高度远远超出头部,椅子的两条前腿悬空,后腿呈六十度角后仰倾斜并随着均匀的呼噜声忽前忽后地晃动。显然,随着住户的减少生意日渐惨淡,皮匠睡觉的技术已经超出了修鞋的本领。

随着拆迁的加速,眼下的自力巷就如正在消融的北极大陆,日益恶化的环境打破了这里的生态平衡。住的人少了修鞋

缝衣剃头发的人就少了，在自力巷里自力更生几十年的皮匠裁缝剃头匠就如北极冰山下面孤独的北极熊，要么去新的栖身之所进化改变，要么守在这里挨饿消瘦。这是自力巷涅槃重生必须经历的阵痛，也是寄居在这里的人们必须面对的现实。

储奇门外，复旦中学高三年级的家长会如约召开。

再过些日子就要高考了，这是大石最后一次出席女儿的家长会。生在自力巷长在自力巷的棒棒家孩子，正背负着一个家庭软实力升级的重担，这次高考的结果关乎一个家庭的发展前途。

高三（四）班的教室里，家长们个个气定神闲，容光焕发，他们大多在进门的时候都要左顾右盼一番，似乎很希望别人看到自己进的是高三（四）班的教室。显然，在这个校园里，能坐在高三（四）班的教室里出席家长会完全是值得炫耀的光荣，就如出入酒店大厅内侧的贵宾包房。作为尖子班成绩靠后学生的家长，大石比别人表现得低调许多，既不交头接耳去打听人家孩子的排名，更不去探讨诸如报什么学校选什么专业之类的话题。

一个多小时的家长会，先是校长在广播里明确今年高考的总体部署以及学校的目标任务，随后是班主任结合往年的经验教训进一步强调考前考后和填志愿的注意事项。大石虽然始终神情专注，校长讲话的时候眼睛一眨不眨地盯着广播，班主任讲话的时候眼睛一眨不眨地盯着班主任的嘴。

"刚才你听清楚没有，是哪天开始考呢？"

散会之后大石竟然很认真地向我问出了这样的问题。看来这个家长会对大石来说仅仅就是来开了一个会，出席的意义更像是来给讲话的人捧场。大石说耳朵背，眼睛花，自己还在想前边一句话的意思，人家后面又讲好几句了，脑子跟不上趟儿，后面的内容干脆就没怎么听，反正孩子自理能力强，这些问题根本用不着家人操心。于是，校长讲话的时候大石默默地想，女儿今后有没有可能也坐在系着红绸子的话筒前面喊里咔嚓的讲话呢？面都见不着还有这么多人认真地听，老曾头的儿子就是校长，多威风啊！班主任讲话的时候他又接着想，当不了领导当个老师也是蛮不错的，不挑不抬，风吹不着雨淋不着的旱涝保收。

"班主任说我家孩子进步很快，最近几次模拟考试达到了中等偏上，至少上个三本线没有太大问题！"会上的很多精神没弄透彻，会下和班主任交流的内容却是记得很清楚。

"管他三本四本，能考上大学就行，多读点书就能干省力的工作，坐到办公室里挣票子的才是真正的城市人！"大石执着地认为，农民家孩子唯有读书才能改变命运，对孩子能在什么样的学校读书并没有刻意的要求。大石说当初家庭条件有限，儿子石强初中毕业后只是上技校学了点电工技术，书念得不多找工作很困难，做群租房生意挣点钱也很辛苦，现在条件好了，一定要让女儿上大学，考到哪儿就供到哪儿。

走出校门的时候，大石面颊的皱纹很舒展，眼角的褶子却挤成了一堆，轻松的脚步后面洒下了一串"呵呵"声……

自力巷53号，黄牛搬家了，老杭也搬家了。

黄牛搬家的主要原因是一楼用水不方便，而且过于潮湿，他的风湿性关节炎有进一步恶化的趋势。可能是因为没住上二楼原来的房间对我和老黄包括大石都有意见的缘故，黄牛搬家的时候没有和我们道别。据说黄牛搬到了千厮门桥头一个比较老旧的住宅小区，那儿离朝天门市场很近，上班很方便，房租每月400元。老黄说这几个月只要黄牛腰上的风湿病发作，就不停埋怨他不讲黄姓本家的情分，根本不应该把我介绍过来。每

天从三楼端水下楼,黄牛都要扯着嗓子把大石的祖宗八代都骂一遍,说他是个眼里只有钱不认人的奸诈小人,害得他每天从三楼端水到一楼煮饭。

老杭搬家是迫不得已,他的房东交房了,拆迁办要封门。老杭的新住处在自力巷临街楼房的八楼,是张麻子经营的群租房客厅小单间,4平米左右的面积,没有窗户,没有透气扇,唯有推拉门上方有一个透气小孔。帮老杭搬完家之后,我和老黄只在他的新居里停留了不到5分钟。人多了,就算敞着门也有一种呼吸困难的感觉。老杭说房租每月200,水电费20,张麻子经营着不少的群租房,有一些挑挑抬抬修修补补的活儿干,可以用工钱抵房租。我问老杭:在这样的屋里三伏天怎么过?他淡定地说:"没事儿,我有电风扇,热不死也闷不死的。"

老杭的新住所也在拆迁之列,只是眼下还没交房,估计也住不了多长时间。老杭说漂泊在外,能将就一天就将就一天吧,拆的时候再说。

当然,在自力巷快速沦落的日子里,老黄、老杭和我也迎来了最繁忙的季节。搬家的活儿一个接着一个,没有预约的业务一律不接,出手太抠的雇主不予理睬。连续十多天忙得连饭都顾不上吃,大红票子一张接一张地往兜里揣。我们心里清楚得很,这是自力巷里最后的盛筵,不赶紧多吃一点养养膘,就很难熬过随后漫长的冬季。

然而,吃多了也会有撑着的时候。靠力气挣钱的人,每一分钱都要付出相应的汗水,钱挣得多了,身体也会透支。特别是六十几岁的老人。

5月26日的晚上,一阵"嘣嘣咚咚"的声音突然从房门外钻进我的耳膜。这是自打住进自力巷以来我最担心听到的声音,这种声音只代表一种可能——有人从楼梯上摔落,这种声音从自力巷53号任何人身上发出都意味着伤痛甚至死亡。

我循着声音冲到二楼的楼梯拐角,摸到了一个躺在黑暗角落一动不动的人。从呻吟的声音判断,是老黄。此刻他的两只脚跷在楼梯下沿梯板上,身子别在梯脚和墙角之间,呼吸很不顺畅。按照以前掌握的急救常识,我没敢贸然扶起他。

"黄师傅,你还能说话吗?"我想弄清楚他还有没有意识。

"下来的时候——右边身体不晓得哪个啦,有点麻,抓不住栏杆,没下到一半就滚下来了……"老黄呻吟着慢腾腾地说。

没有明显的外伤,意识还很清醒,看起来情况比我想象的要好。接下来由轻到重地按压他的胸部和肋部,问他疼不疼。他说不疼,就是屁股和腿杆疼。看样子问题不大,我长出了一口气。

把老黄从地上扶起来的时候,我感觉他的身体很瘫软,自己几乎使不上半点力气。小心翼翼把他扶到床上,也就十几米的距离,我出了一身细汗。躺下的时候,他的身体软软的就如一摊烂泥。

"喂,是急救中心吗……"我掏出电话打通了120,想叫救护车。

"莫打——莫打,我没得事,不用去医院——"

我刚接通电话还没来得及说事儿,方才还像烂泥一样的老黄竟然从床上腾地弹了起来,而且还能伸出一只手抢我的电话。看来医院的确是救命的地方,只提了一下名头就犹如一剂良药把老黄治好了一大半儿。我想,先前的瘫软可能是惊吓过度,而听说要去医院时他似乎受到了一次更严重的惊吓,所以身体机能在瞬间恢复了,就如昏死的病人被电击了一样。

我无奈地挂断电话之后,老黄说,在这个黑暗湿滑的楼梯上,他已经摔了两三回了。前年摔了被老甘老杭送进医院,又

是拍片又是CT的，还有心电图和血液化验，检查花了一两千，最后开回来两大包红色的药丸，想起来就心疼。

关于下楼时右边身子为什么突然发麻的问题，老黄认为是这段时间业务太多，累的。

第二天一大早，老黄又扛起棒棒走出了自力巷，干了两个搬家的业务。

三十

粽叶飘香的端午节,解放碑的阳光开始由温和变得燥热。

最近一段时间收入不错,我和老黄提前收工,在石灰市市场买了15个粽子,一个猪前腿膀子,准备请自力巷53号的邻居们一起过节。粽子一块钱一个,外面没有包装盒,里面没有馅儿,纯粹是粽叶包裹的糯米团。对于这几个六十上下的老头来说,端午节的粽子是咸是甜有味儿没味儿并不重要,因为它只代表一种传统。当然,吃粽子的时候白糖还是不可或缺的,15个粽子大家蘸光了一斤白糖,没有人担心血糖超标,甚至没有人知道"血糖超标"是咋回事儿。

显然,只要有糖,他们的节日就一定是甜的。

邻居们舔嚼着嘴唇残留的白糖纷纷离开,老黄又忙活着把两根"茼麻籿"根茎(一种阔叶草本植物)褪皮洗净,放进了公用的水桶。老黄说笋溪村不产粽叶,所以端午吃粽子他是跟城里人学的,在他眼里粽子可吃可不吃,但是在门上插艾蒿,用茼麻籿泡水喝必不可少。这是母亲当年告诉他的,端午节喝了浸泡过茼麻籿的水,就会有好运相伴,百病祛除。老黄希望自力巷53号人人健康好运,所以他把自己花钱买的茼麻籿放在公用水桶里。

传统的节日属于遵循传统的人,但愿传统的祈盼真的能庇佑虔诚的人。

五一路口,城管出勤的频率越来越高。清晨7点就能看到他们忙碌的身影,晚上八九点还追得一些卖水果的小贩挑着担子四处逃窜。据说市里要组织市容大检查,解放碑商圈是渝中区整治的重点。这样的整治工作,自然会波及新华路和正阳街的路边大排档,老甘迎来了今年以来第一个假期。老板说了,检查何时结束就何时出摊,啥时候上班等电话通知。老甘的工资为每日结算,所以他的假期没有薪水。

赋闲的日子,老甘看录像的瘾头越来越大。睡觉的时候,他侧身躺着看,为解决憋尿的问题,他给自己备了一个尿壶,完事儿之后直接把尿壶从墙洞上伸出去,倾倒在无人居住的隔壁房顶上。做饭的时候,他一边淘米一边看,好几次把米下到电饭锅里忘了按煮饭键,气得老金直骂娘。把饭盛到碗里之后,老甘还要专程回屋把影碟机抱到饭桌前,扒一口饭看一会儿录像,神情专注而怡然。最近一段时间他一直在看《新白娘子传奇》,老金说质量再好的光碟也经不住老甘这样看,《西游记》、《山城棒棒军》、《济公》和《刘三姐》的碟面都花了,哧哧咔咔的孙悟空飞不起来了,梅老坎儿不走道了,济公不能施展法力救苦救难了,刘三姐的歌声也不是以前那个调调了,唯有白娘子风采依旧。老甘说眼下吃老本的生活,有个白娘子陪着,心里就没那么着急。

市容大检查是全市的行动。城管同志加班,着急的不仅仅只有老甘,大石的信息发布工作也面临着空前的困难。新装好的两套房子14个单间蓄芳待采,多空一天就多一天的损失,所以大石必须加班加点尽快把准备好的广告单贴出去。

大石贴广告有一条比较固定的路线。先去附近地下通道的

"信息发布栏",只有这里可以大张旗鼓地贴,但是这里基本上很难找到空隙。就算跑再多空路,大石也不会撕别人的给自己腾地方,这是必须遵守的行规。大石说整个南岸区也就三四块这样的信息发布栏,要是市政部门能考虑多开设一点,自己就用不着偷偷摸摸去干影响市容的事儿了。大石的第二个目标是街道附近比较老旧的单元楼洞。这些楼洞往往是小广告扎堆的地方,多几张少几张无所谓,就算你不贴别人照样也要贴。在这样的地方贴广告,大石似乎能找到足够的理由为内心的负疚感开脱。主要街道上的灯杆和树干是大石迫不得已的最后选择。这些地方人流量大,贴一张可能比其他地方贴十张的效果还要明显,这样的诱惑大石难以抗拒。当然,这样的地段城管和环卫工人也盯得特别严,被当场抓获的概率很高。以往被抓住时,装一装可怜作一番检讨,再把口袋里的小广告主动上交,或许可以逃过其他处罚,最近的市容大检查,城管使出了"撒手锏",抓住贴小广告的人之后一不罚款二不训诫,只要求把手机留下,从就近的墙上树上电线杆上撕300张小广告来交换。大石说城管这招太狠了,撕自己的心疼,撕别人的胶多,有时候忙活大半天都很难撕下300张,只能对自己贴的下手。这段时间大石着急发布房源信息,几乎每天都在被抓,手指头都快要抠秃了,不仅没能贴出去多少,感觉以往贴的也所剩无几了。

端午节过后,河南迎来了最严峻的挑战。

河南的严峻挑战是因为朋友的意外受伤。

那一天,我终于在巷子里见到了传说中一直给河南"送炭"的湖北,他和我并列为河南最后的朋友,所以自然有一种惺惺相惜的感觉。

湖北是用一块宽大医用纱布吊着右臂来到自力巷的,他说

真他妈倒霉,在高速公路边上吊装巨型广告牌的时候,从吊臂上栽了下来,右臂粉碎性骨折,至少要养三四个月伤,原来一个月五六千,现在公司只能按劳动法规定给开基本工资,供孩子上初中都很紧张。

湖北的遭遇河南感同身受,甚至比湖北本人更痛苦。河南一边凉开水给湖北吃药,一边淘毛巾帮湖北擦脸。河南说,湖北真够朋友,如果不是他给送钱送粮,自己早就饿死了。

"唉,别提了,这些都是我应该做的——"湖北谦虚地不停摇头。

"像你这样的朋友,我愿意交一辈子!"

听着河南对湖北饱含真诚的感激和赞美之辞,我有些尴尬,感觉与湖北不计回报只讲付出的精神相比,我还有很大的差距,甚至觉得自己根本就不配成为河南的两个朋友之一。

湖北养伤期间自身难保,河南的生活已经没有退路,他拎着简单的行李离开了自力巷。

走的时候他又找我借了100块钱,他说在北碚一个标准件加工厂找到了打杂的工作,每月两千,管住不管吃。河南还再三嘱咐我不要把他的去向告诉自力巷其他任何人,特别是大石。他说再也不打牌了,早晚要把欠大石和我的钱还上。

孑然一身的河南是锁好门走的。或许他想用这种方式告诉大石,他不是逃跑,还会回来。亦或许是他已经把自力巷53号当成了自己永远的家。

细雨纷飞的五一路尽头,河南上的是一辆白色宝马车。

车子启动的时候,后轮蹶起好远一串泥浆。

端午节的"茼麻辫"水并没有给老黄带来健康。从楼梯处传来的"乒乒乓乓"声再一次让我的心提到了嗓子眼儿。我以最快速度冲到前不久扶起老黄的楼梯转角处,看到一把铝制水瓢倒扣在梯口角落，梯阶上的水珠正串成串儿往下滴。

"舀水的时候，哪个右半边身体突然麻啦……"老黄站在三楼楼梯口的水桶旁边，不停用左手揉搓着耷拉的右臂，右手依然还保持着紧握瓢柄的姿势。

又是右边身体突然麻木，与前不久从楼梯上摔倒的原因相似，我隐隐感到这不是一个好现象。虽然不通医术，但是喜欢蹲在厕所里看报纸耍手机的人都明白腿脚麻木的原因。老黄右半边身体的间隙性麻木，肯定与血液循环不畅有关。

"真的很怪，这段时间经常感觉到右半边身子发麻，啷个回事儿呢？"

"走，我们去医院检查检查，可能是血压出了问题！"

老黄一直对自己的身子骨充满信心，从来不担心自己会生病，面对我的提议，他依然坚持不去医院。

"没病的人去了医院也能查出一身的毛病，没个几千块钱根本出不来，老杭的腿病花了好几万不是也没治好吗？我的病我晓得，休息几天就会好。"

老黄对医院的成见根深蒂固，三言两语根本劝不通。我好说歹说劝了半天，最终也只是勉强同意去附近的诊所测测血压。

"低压120，高压200，老人家，你的血管儿都快要胀破哒，如果右半边身子麻，有可能左脑血管还有堵塞，快去大医院检查一下，开不得玩笑哟——"

凯旋路胡同的小诊所里，面容和善的女医生手抚血压计，表情凝重。老黄先是被医生的话吓了一大跳，不过很快又恢复了倔强的表情。

"就是血压高一点嘛，我觉得没得啥子大事，这几天都还挑得起一两百斤，嘿嘿——"

"老年人，那算你命大不该死，血压没降下来之前，你千万

不能干重活，不能摔跟头，容易脑溢血哟！"

"我是个棒棒儿，去大医院没得钱，你就给我开一点便宜的降压药嘛！"见医生完全没有开药方的意思，老黄亮出了身份并小心翼翼地提出了自己的想法。

或许是巷子里小诊所的医生早已见惯了老黄这样想花小钱治大病的患者，女医生皱着眉头叹着气开出了自己的药方，几种药片加起来不到30元钱。收钱递药的时候，医生再三声明小诊所的条件治不了老黄这样的病，这些药只能暂时控制血压，可以救急但是救不了命，如果降不下来或者身体继续麻木，就必须去大医院……

走出诊所的时候，老黄觉得小诊所的医生危言耸听，甚至根本不相信自己硬朗的身体会有什么危及生命的大毛病。老黄反复叮嘱我不能把医生的话告诉女儿黄梅，他说吃点降血压的药，少干点重活，估计养些日子就好了。

三十一

6月上旬，巴山渝水风轻云淡，不冷不热。这样的天气，是老天爷馈赠给重庆高考学子的最好礼物。

女儿走进高考考场的时候，大石没有像很多家长那样眼巴巴地守候在考场外边。大石没去给女儿助阵的原因是忙于挣钱没有时间。最近的日子，刚刚装修的两套房子投了七八万，欠了两三万外债，因为城管管得严广告贴不出去，目前全部闲置。大石说房子在手头闲着，全家人的压力都很大，晚上睡不着觉，早上一睁眼想到的就是今天又要亏掉四五百，心脏上好像有几把小钢锉在来回扯动。对于大石来说，只有在劳动的时候心脏里的小钢锉才会稍有停顿。所以他又在新华路上揽了新的业务——给一个小饭馆代购面粉和蔬菜，一上午忙活下来能多挣三四十块。大石认为提前着手给孩子挣学费，远比站在校门外看孩子考试要务实得多。

老黄从小诊所里买的药吃完了，血压有所下降——低压100，高压160。尽管诊所医生反复强调血压还是很高，要坚持吃药注意休息，要尽快去大医院检查，但是老黄没打算继续花钱买药。挣不到钱还要花钱，他根本过不了自己心里的那道坎儿。老黄生病之后，老杭打心里认为不必大惊小怪，并且专门

回家给老黄弄来几块杜仲皮。他说用杜仲皮泡醋喝,再高的血压都可以降下来。老黄对老杭的话以及他的偏方深信不疑,每天出门之前都要呲着牙喝上几大口泡着杜仲的米醋,酸得牙齿嚼米饭都很费力。小偏方也能治大病,老黄决心长期坚持,毕竟去超市买醋比去诊所买药便宜得多,而且老杭还说了,如果能治好老黄的病,他可以把家门口那棵老杜仲的皮扒光。

血压稍稍降低,老黄又挂着那根古铜色棒棒来到了五一路口。他说在城里待着,吃饭买药都要花钱,重活儿干不动就找点轻松的活儿干一干。

五一路口,由关张的冒菜馆改成的便利超市开张在即,一大堆装修垃圾需要处理,老黄和老杭以150元的价格接下了这单业务。按照当前的行情计算,专门租车把这么多装修垃圾运到二十多公里外的市郊指定地域,人力及运输成本至少在800元以上,我觉得他们在接业务的时候有些饥不择食。更令我感到反常的是,业务上午到手,他们下午看别人"斗地主"也没有开工干活儿。这绝对不是老黄和老杭的作风。

半夜十二点左右,从老黄屋里传来的电话铃声把我惊醒,隐约听到一阵低语之后,老黄匆匆穿衣出门。夜色里,老黄先是站在巷子里探头探脑,东张西望,而后蹑手蹑脚朝巷口走去。超市门口,老杭挂着棒棒似乎已等候多时,神情也是鬼鬼祟祟。

"刚才出来的时候看到有两个打电筒的人,会不会是拆迁办巡夜的?"老黄压低嗓门儿问老杭。

"不可能,肯定是过路的人,挣千把块钱的工资,不可能转一晚上不睡觉,只要我们的动作搞轻点——咳——咳……"我的突然出现,把正要部署行动计划的老杭吓了一跳,"你啷个还没睡呢——嘿嘿——我们准备出渣——"

"又不是干见不得人的事情,为啥要深更半夜的来干呢?"我很疑惑。

"嘿嘿——不是想省点力嘛,准备把这些装修渣子扔到巷子里的垃圾堆……"老黄见我旁边没有别人,不想继续隐瞒,"白天往里面扔渣子,被拆迁办的人抓到要罚款,所以就想等巡夜的人睡觉了再来……"

小超市里,装满垃圾的编织袋堆满了半间屋子,足足有30多个。全靠肩膀把这些东西挑到规定的处理场所,五天五夜都干不完,如果悄悄扔到巷子里的垃圾场,一个来回也就二百多米。看来,老黄和老杭之所以敢以150元的低价接下这个业务,打的是就近处理的主意。当然,利益和风险是并存的,一旦被抓个现行,这150元的工钱可能还不够交罚款。老黄说,进城二十多年,以前从未干过这种悄悄帮人处理垃圾的活儿,一是胆子小,怕被环卫、城管逮住要罚款,二是心眼实,不愿意为了挣点小钱干缺德事儿。从老黄充满负疚的眼神里我看得出,坚守了二十多年的道德防线在今晚失守,与秉性无关。

夜深人静,自力巷里灯暗路寂,月黑风轻,唯有两个佝偻的背影在黑暗里跌跌撞撞,喘息相闻。

一趟,两趟……

两个在黑夜里喘息的老人,一个六十五岁,一个六十七岁。六十五岁的血压超高,六十七岁的腰腿肿痛。为了微不足道的75元工钱,他们正在经受着疲劳、恐惧和内疚三重煎熬——挑着100多斤重物在垃圾密布的漆黑巷道里摸索穿行,每一步都潜伏着不可预知的风险,来自巷子任何方向的脚步声都会令他们提心吊胆惊慌失措,不敢大口喘气,不敢向前挪步。同时,他们生平第一次突破道德底线干社会规则不允许的事情,跨越心里的那道坎儿自然也不会轻松。

静静的夜色里，脚步声越来越沉重，喘息声越来越急促，似乎还能听到汗珠子砸在地上的啪嗒声……

显然，这是一次并不轻松的投机取巧。拿到属于自己的工钱之后，老黄在巷子外面的台阶上坐了很久，他说右边身子又有一点发麻，一定要多歇一会儿才敢走屋里的楼梯。

老杭屋里的咳嗽声在巷子里飘得很远，是在胸腔里剧烈撕扯又没有痰挤出来的那种咳嗽。这种咳嗽令听的人嗓子发痒，不由自主地想要应和。

高尚的道德情操需要基础的物质保障，人在身处困境的时候更容易迷失。有了这个夜晚的尝试之后，装修出渣的业务成了老黄和老杭无法拒绝的诱惑。随后的几个晚上他们都很忙，而且更加从容大胆，心里的自责似乎也越来越淡。随着附近两三个新装修门店或多或少的垃圾被悄悄搬进自力巷，他们干瘪的钱包里也充实了四五百。老黄说他终于明白了撑死胆儿大的，饿死胆儿小的这个道理，这年头吃亏的都是老实人，在一个拆得乱七八糟的老巷子里堆点垃圾，也算不得违背道德良心。

半岛大厦24楼的律师事务所更换办公桌，拆得七零八落的二三十张旧桌子变成了八九十块大小不一的复合垃圾，老黄和老杭以250元的价钱拿下了这个业务。两人之所以能以这样的低价接活，当然是心中打好了如意算盘——自力巷就在几百米外的街对面，八九十块复合板用小四轮车一趟就可以装完，先乘写字楼货梯至地下车库，再走几百米街道，拐个弯就到了。

深夜里的行动开始之后，老黄和老杭才突然意识到这是一个极其"坑爹"的业务。24楼以及相邻的楼层都没有货梯入口，最近的入口是26楼，要想乘梯必须通过步行通道把这一大堆板子转运两个楼层。负一楼货梯出口与车库交接处有三步梯坎，还有一次转运装载。原计划一车运完，实际上两车都很吃力。更令人崩溃的是这些拆装的高密度复合板不仅重得像铁块，还浑身带刺，钉子螺栓多如刺猬，转运的时候扎手，装车的时候还码不实沉容易掉落垮塌。出车库是接近60度的上坡，上了主路又是200多米的下坡，松松垮垮无论如何都绑不结实的复合板子上坡向后滑，下坡往前蹿，每走几米都要停下来校正重心，重新捆绑。靠着一根绳子掌握方向和速度的小四轮车在严重超载的情况下完全不受控制，纵使老杭宣称有十年驾龄也照样横冲直撞。第一趟，车子在新华路到五一路的拐弯处侧翻，复合板散落一地。第二趟跑得稍远一点，在距离自力巷还有50米的地方，车上装载的复合板轰然垮塌，老黄躲闪不及，小腿前侧皮肉最薄骨头最凸出的部位被剐出好几道血槽，双腿无一幸免。这是一次硬碰硬的剐蹭，伤的也是腿上最敏感的"穷骨头"，老黄痛苦地跌坐在路边，苍白的面部肌肉严重扭曲，尝试了几次都没能站起来。

此时天已渐明，清洁工扫帚划地的声音清晰可闻。看着散落在马路边沿的两大堆垃圾，同样接近虚脱的老杭扶起瘫坐在地上的老黄，一瘸一拐地逃回了自力巷……

老黄和老杭留下的"烂尾工程"最终是由几个环卫工人和一辆垃圾车来完成的。有个装车时被钉子扎破手心的中年女人扯着嗓子破口大骂："他妈的哪个缺德鬼不得好死，要是被老娘抓到，不把你的手剁下来算你龟儿跑得快……"

因为这次的意外受伤，两个人在事后做了总结。老黄认为是报应。他说如果不想投机取巧，就不可能去接这费力不讨好的业务，规规矩矩活了大半辈子，突然去干一些不道德的事情，心里免不了发虚，心里发虚自然就容易受伤。老杭说他们这样的人本来就缺乏干坏事的天赋，本分的人只能干本分的事，不能勉强。

生活固然挣扎，但这绝不能成为非分的借口。对于自力巷的两个老棒棒来说，一度的迷失，或许会有利于最后的坚守。

南岸四公里的花园小区，大石的女儿一脸轻松地待在家里等候高考成绩，自我估计能考四百多分，一本没指望，二本有点悬，三本没问题。女儿的高考已无须操心，眼下最令大石费神的是两套新装修的房子还没有租出去。而租不出去的原因是信息发布受阻。市容大整治依然见不到松动的迹象，他已不能再等。

午夜时分，大石换上深色T恤匆匆出门。这是他第一次深夜外出贴广告，图的就是一个神不知鬼不觉。

轻轨站前，行人稀疏。城管执勤的小亭子里没有灯光，周围也看不到任何穿制服的身影。仔细观察敌情之后，大石的午夜行动迅即展开。今晚已经下定决心要大干一场，他手中的口袋沉甸甸的，里面的小广告足足有400多张。

"又来了哟，老人家，还要加班吗？"

第四张小广告刚刚拍在墙上，右手还没来得及收回来的时候，大石拎口袋的左手已被人牢牢挽住。夜色里的城管队员犹如神兵天降，面色冷峻，语含讥讽。

"咳——咳——咳——，你——你们这么晚还——还没下班呵——"好半天才回过神来的大石一边咳嗽一边干笑。

"你都没下班，我们哪个下得了班噻，老规矩，你懂的？"

"我懂，我懂——"大石左手递上了手里的口袋，右手哆哆嗦嗦地掏出了兜里的手机。

"你动作要麻利点哟——我一点半要下班——"

城管大哥长长地打了一个哈欠之后，坐到路边的长条椅上，点燃了一根香烟。大石拖着沉重脚步，慢腾腾地走进夜色深处。粘贴变成清除，出师不利的大石苦笑着转变了角色。

附近的灯杆树干上除了自己刚刚贴上去的四张，看不到其他小广告。熟悉的几个旧楼洞里也明显被别人清理过，没有太多残留。这个城市仿佛突然变得干净了。

　　大石不断扩大搜索范围，足迹遍布附近几个街区，依然成果寥寥。

　　两个多小时过去了，手里的战利品还不到50张，要想在一点半之前赎回手机，显然是不可能完成得了的任务。

　　后来，大石回了一趟家，咬着牙把桌子上写好的二百多张小广告揉了再揉，搓了再搓，弄得像刚从墙上撕下来的一样……

　　回家的路上，大石的眉头锁得很紧。他说："当城管也不容易，现在有很多人骂城管，我从来不骂他们。"

三十二

北碚区歇马镇，河南的生活似乎步入了新的轨道。

由三套数控机床和四台手工车床构成的小车间内，熟练的工人师傅负责按照订单加工标准配件，河南的任务是完成生产的最后一道工序——清洗产品内部残存的钢屑。在这条半现代化流水线上，操控车床的叫技工或者钳工，牛皮哄哄的，除了摆弄机床之外，其他啥都不干，每月收入七八千，订单稍微多一点的时候，轻松过万。河南在这个车间里的工种叫"打杂"，除了负责产品的最后一道工序，还要担负卸货装车，打扫卫生等体力活。车间里师傅有很多个，而杂工只有一个，所以老板说河南的岗位十分重要，每月2000的月薪在周边的"杂工界"算得上首屈一指的了。

河南对眼下的工作很珍惜，尽管腿上有残疾，但干起活儿来一点不含糊，无论清洗还是搬运，都干得井井有条，尤其是老板在场的时候，河南干活时常常是一路小跑，更加干净利索。

歇马镇离解放碑四十多公里，这样的距离也使河南与他的"朋友圈子"形成了物理上的隔绝，即使思念也只能深埋心底——远水解不了近渴。"斗地主"作为一项全民普及的休闲活动，河南现在的工友们也偶尔开展，但都是小打小闹最多一块钱起底，对于在解放碑见过大场面的河南来说，根本不屑参与这种小儿科的活动，当然，在市郊小地方赚钱养家的工友们个个都把钱袋捂得很紧，即使玩一元起底的"小地主"，也没人敢和河南这样的高手同桌过招。无敌最寂寞，河南说干脆戒了算了。

河南的新住所是一幢墙壁四周长满爬山虎的小楼——老板朋友家里的闲置旧房。即便已经闲置多年，仍然比自力巷53号要好了很多。新老板在生活上对河南很照顾，上班第一天就给他预支了200元生活费，并配备了上下班专车——永久牌的。考虑到河南自己住一幢大房子很孤单，老板还把家里的一条小狗托付给他照管。闲暇时光不斗地主，骑骑车遛遛狗，小日子倒也惬意。河南说终于找到了人生奋斗的方向，一定好好干，头两个月争取把欠大石和我的钱还了，以后再跟车间里的师傅学点技术，争取以后能开车床，每个月也挣个万儿八千的。

眼下最令河南苦恼的有两件事：一是没有身份证，签不了用工合同，无论怎么卖力，都只能是临时工，而且是黑色的临时工。没有"五险一金"倒不是很在意，也没想那么长远，最怕当地劳动部门突击检查，自己失业事小，老板也要受罚。二是煮饭的电饭煲太小，是朋友湖北吊着胳膊送过来的，最大容积只有五升，无论是煮稀饭还是下面条，每顿都要煮两次，特别麻烦。河南说等发工资之后，一定要去买一个大号的电饭锅。

越来越凌乱的自力巷口已经很多天见不到皮匠的身影。裁缝说，活儿越来越少，养不活人了，皮匠不得不撇下祖传的手艺，去了一个叫盘溪的地方跟亲戚学习做水果批发。皮匠能够说走就走是因为不满50岁，还可以出去闯一闯，裁缝和剃头匠年纪稍长，还没想好以后干啥。裁缝说走一步看一步吧。

老黄的右半边身子麻木在加剧，走路跟跟跄跄，记忆衰退

明显，连语言表达也越来越困难。这段时间，老黄每两天去凯旋路的小诊所测一次血压。医生很热心，测血压从不收老黄的钱。

"老人家，你的病不光是血压高的问题，可能有梗塞，一定要去大医院检查治疗……"每回测完血压，医生都要重复着这句话，但是这一次，女医生皱着眉头一连说了6遍。

"你这个病很容易脑溢血，千万不要犟，很危险！"

老黄走出诊所的时候，那位善良的女医生还追到门口反复叮嘱。

回到自力巷，天空飘起了小雨。

老黄突然哭了，眼睑像决堤的大坝，泪水倾泻而下。老黄的哭声低沉而沙哑，一抽一抽的，有一种在胸腔里撕扯的感觉。我从不觉得老黄也会哭，毕竟生活的苦难早已把他历练成钢，眼睛里充斥的酸涩液体该流的都流干了。老黄的哭泣没有先兆，就如不堪重负的坚硬房梁瞬间折断，瓦砾倾泻而下。

老黄的哭泣声中夹杂着断断续续的倾诉："我的命哪个这么苦哦——从生下来就没享过一天福啊——是上辈子作了孽吗——老天爷要这么惩罚我——受了六十多年难还不够吗——又让我得这么一个病——再给我两年——帮黄梅把账还完——现在就死了的话——我不得闭眼睛呀……"

老黄哭诉的声音由大变小，眼泪也越来越少，一滴一滴，紧绷的眼睑就像护士在排除针管空气时的针头。

我找不到任何得体的语言安慰老黄。这是一个和命运抗争了六十多年的男人无奈的哭泣，这种声音足以戳痛每个人的心。

或许哭出来会好些。

老黄身后的屋檐上，细雨慢慢汇聚成水滴，有的挂在瓦沿截面晃晃悠悠，有的顺着檐口的塑料布快速滑落，就如从老黄脸颊划过的一道道泪痕……

女儿那边，已不能隐瞒。接通黄梅的电话之后，父女俩没有太多的语言交流，因为电话两端的人都很难用正常的语言来表达心情或者想法，沉默和抽泣代表了所有的情感。良久之后，黄梅让父亲把电话递到我的手中。她说每周只有星期天下午半天休息，请不到假，拜托我帮她把父亲送到永川，然后她再想办法请假带父亲看病。

三十三

6月21日，夏至。

雨后初晴的永川区临江镇薄雾轻绕，宽阔的街道两侧，楼比人多，萧条冷清完全取代了春节记忆中的热闹繁华，就如老黄此刻的心情。时隔5个月再来女儿的家，老黄依然单肩斜挎着他那标志性的双肩背包，心情却是截然不同——上次是高高兴兴来临江过年，这次是垂头丧气到临江治病。

临江镇的冷清是因为很多房子的主人都不在家，他们拼着命在外地打工挣钱，憧憬着一份安稳舒适的光景。然而，当他们有了属于自己的楼房之后，生活却依然漂泊，只有在过年的时候，才会像候鸟一样从四面八方的工厂或工地赶回来。房子对于他们眼下的生活来说，仅仅是过年团聚的驿站。

临街楼房的四楼，女儿宽敞明亮的家空空荡荡，所有的家什器具都覆盖着厚厚的积尘，看起来已经很久无人居住了。老黄说，正月十五之后，全家人都散了，女婿去了西藏的日喀则，修铁路，亲家母在川西的一个工地做饭，黄梅在永川城里的电子厂上班，与工友在厂区附近合租了宿舍，外孙子被送到了江津李市农村的外婆家。这二十多年老黄与女儿的母亲没有任何联系，但是母女连心，血浓于水，黄梅与母亲之间的那份情感是无论如何都割舍不掉的,想找人带孩子的时候,母亲自然是最合适的人选。

宽敞的房子没人居住,但是全家人的奔波劳累都是为了拥有这套宽敞的房子。那张签于去年年初的转让协议就如一块千斤巨石悬在每个家庭成员的头顶,房价26万,加上办理过户手续的费用,总计支出30万出头,三年付清,买方违约,卖方有权收回,去年付了10万,余下的16万房款和过户费用必须在明年年底之前到位。老黄拿着协议的手不停地颤抖,他不知道自己的病将会给这个家庭带来什么样的影响。

老黄到临江的第二天晚上九点多钟,黄梅才心急火燎地回家。这两天的黄梅备受煎熬,父亲的病必须尽快检查,厂里赶工期又不让请假,顾了这头顾不了那头。黄梅说明天请了一天假,这个月的500多元全勤奖就没有了。

永川区人民医院,女儿陪着父亲先测了血压,又做了CT,门诊医生对老黄的病情给出了权威的判断。

"老年人,你的血压是低压111,高压166,从CT图片上看,左脑血管梗塞有点严重,高血压加上脑梗塞,现在表现的症状是麻木,严重了就可能偏瘫或者脑溢血。"

医生的话就如一记重锤砸在老黄父女的心上。他们清楚身体有病是肯定的,但没料到会有这般严重。其实凯旋路小诊所的医生早就凭经验作出过这样的判断,只是老黄一直心怀侥幸。

高血压遇上脑梗塞,就如洗车店里的高压水枪,进口大出口小,管壁不结实就有爆裂的危险。血压高可以暂时用药物控制,脑血管堵塞就必须疏通,这将是一个比较漫长的过程。医生建议先住一段时间院,待到病情稳定之后回家休养。

刚刚只做了一个最低价位的CT,就花了将近400元,接下来住院是多大一笔开销,父女俩都不敢想。

黄梅皱着眉瞪着眼陷入两难——住吧,不是一天两天的事,高昂的医疗费用难以担负,长时间请假护理肯定还要丢工作,她的收入对眼下这个家庭十分重要;不住吧,如果继续恶化导致偏瘫,不仅在孝道上说不过去,而且生活不能自理的父亲还将成为长期的负担。

"医生,我这个病不住院的话,会不会马上就瘫痪?"与黄梅的不知所措相比,老黄的态度十分明确,他反复向医生询问不住院的后果。

"你这个情况不好说,这本来就是中老年人常见的慢性病,住院治疗也就是起个缓解控制的作用,关键要靠平时调养,注重锻炼,少吃咸辣,少沾烟酒,暂时还瘫不了,但是最好还是要住院治疗一段时间。"大医院的医生似乎并不是老黄以往认定的那样,话说得入情入理,还很实在。

显然,老黄最担心的不是自己的病,而是黄梅那个还十分脆弱的家。女婿在西藏月薪7000元,除了生活开支每月能剩5000左右,亲家母的工资不高,省吃俭用一个月能攒1500元,黄梅在车间里铆着劲儿加班每月毛收入不超4000元,而老黄本人今年的积蓄总共还没突破5000元。从理论上说,全家人在今年攒够十万元问题不大,但是假若有人生病卧床,到期必付的房款肯定就悬了。

"你有没有医保卡,有医保的话可以报销很大一部分?"门诊的医生热心地提醒老黄。

"有——有——有,前年在老家江津交的钱,农村合作医疗——"虽然交过钱,但是没生过病,所以"医保"这个概念对于老黄来说还相当陌生,生病这么久也从未想过自己还有医保。

出于为患者的经济承受能力着想,医生建议老黄回老家的镇卫生院住院治疗。她说按照现行政策，异地高等级医院诊治报销的比例相对偏低，在本地乡镇医院住院治疗差不多可以报销70%。

挣扎彷徨的老黄似乎抓到了救命稻草，如释重负，当天下午就坐上了开往嘉平的客车。已经在我国农村施行多年的"合作医疗"，真的会给老黄带来希望吗？

"你那个60块，是前年底交的2013年的费用，农村合作医疗保险每年都要缴钱，去年缴费的时候不晓得你在哪里，恁个大的事情自己不上心，还要我到重庆去请你吗……"笋溪村六村老社长的一番责备顷刻间击碎了老黄住院的希望。

"我去年没生病，一颗药都没去卫生院拿过，缴的那些钱就白缴了吗？"老黄双手抱头，满脸诧异。

"合作医疗——啥子叫合作医疗？"正在用篾刀剔削晾衣竹竿的老社长停下手中的活计，盯着老黄的眼睛看了足足十秒钟，一副要发火的表情："缴了钱没生病就觉得吃亏，那你现在生病了，便宜从哪里来呢，全部要国家给你掏吗？这个政策本来就是合作互助——"

老黄满心的希望瞬间变成失望。去年医疗有保障，身体很健康，今年没缴费，病魔却来了，这种巧合就似命运再一次跟他开了一个玩笑。老社长说，人无远虑必有近忧，国家的政策这么好，可是总有一些人不理解，前不久去世的吴三婶就是个典型的例子，缴钱的时候动员好多次她都说身体好得很，就是舍不得那么60块钱，等生了大病的时候又来不及了，睡在床上大半年，子女打工挣的钱都花光了，最后一两个月只能眼睁睁地等死。

触手可及的希望就这样擦肩而过。是当初政策没掌握清楚，还是对身体过于自信，抑或舍不得60块钱？老黄没有解

释，也没有继续争辩，总之，因为60元钱酿出的这杯苦酒，只能由他自己往肚子里咽。

"从明年开始每年涨到80块了，你办不办？"老社长嗔怒的眼神平和了许多。

"办——办——办，一定要办——"

"国家的政策还在调整和完善，为防止漏保的情况，从明年开始一次签五年协议，你可以提供养老金账户，每年的钱由银行代扣。"老社长不遗余力地继续宣讲新出台的政策。

这回算是把政策搞明白了，基本的道理也懂了，只是学费交得有些昂贵。告别社长之后，老黄没有去镇卫生院，也没有回鱼塘尽头的家，唉声叹气地登上了开往重庆的客车。他说从现在开始戒烟，以后不吃辣少吃盐，多干活儿就是多运动，只要不使蛮劲儿，兴许能把身体养好，即便要住院治疗，也一定要把今年挺过去。老黄还说，宁愿突发脑溢血痛快地死掉，真的很害怕瘫在床上拖累后人。

去重庆途中，老黄父女在电话里大吵了一架。

"还往重庆跑，你不要命了吗，赶紧回临江来——"

"我在临江你能照顾我吗，有钱住院吗？反正在哪儿都是一个人待着，也是吃那些药，还不如去重庆，一来多少可以挣点钱，二来自力巷熟人多，相互还有个照应……"

"我……"女儿无言以对。

三十四

2014年的夏天比往年来得要晚一些。但是，该来的终究要来，小暑过后，太阳在渝中半岛上空露出了毒辣的面容。

五一路口的树荫下面，等活儿的工匠除了打牌，就是睡觉。有的倚着墙睡，有的靠着树睡，有的撑着工具睡，还有一些挤在条凳上的人相互依偎着睡，亲密的姿势令人浮想联翩。这是最纯粹的打盹，五一路口勤劳传统的男人根本不懂什么是"直"，什么是"弯"。

自力巷53号周围已没有任何遮挡，每天在阳光下直射的时间不低于11个小时。晚上工作白天补觉的老甘开启了一年一度的裸睡模式，四仰八叉一丝不挂地躺在床上，旁边的电风扇开满三挡顶着头吹，依然大汗淋漓。因为楼里没有女人，老甘在三楼活动的时候，几乎也都光着，他说在自力巷这样的地方过夏天，穿条内裤都会捂得蛋疼。

没有空调的盛夏，我有一种热得无处可逃的感觉。电风扇的作用无非是把燥热的空气从这头吹到那头，根本起不到降温效果，无论是站着、坐着，还是躺着，浑身都像蘸着水的海绵一样，稍微一用力，汗水就止不住地往外淌。高血压和脑梗塞确诊之后，老黄也学会了保养，守活儿的时候，每隔个把钟头

都要回屋来降降温。老黄的方式很独特,坐在自己的小屋里,怀抱一把台式电风扇,光着膀子任凭大风呼呼地往身上吹。老黄还在一楼阴暗潮湿的杂物间倒出了空地,支上一张瘸腿的长条椅,并将晚上的睡眠分成上下半场——上半夜楼上太热,他就在一楼的潮湿中感受阴凉,下半夜担心潮气太重身子骨吃不消,就抱着枕头摸索上楼,天天如此。

最热的时节,也是自力巷的蚊子最凶残的时节,脸厚、心黑、嘴快三大绝技内外兼修。围着人打转的时候挥不走赶不跑,点两盘蚊香依然前仆后继,实可谓脸厚至极;感到疼痒之时一巴掌拍下,血溅当场者如怒放的蜡梅,未及饱餐者挂在人体上晃晃悠悠,吸管就如扎进体内的注射针头,必须用力往外拔才能将死尸移除,实可谓心黑至极;以往在其他地方与蚊子周旋,听到嗡嗡的叫声立即驱赶,或能幸免,但是在自力巷必须防患于未然,听到叫声之时再作反应就来不及了,它的尖嘴可能就在这个时候已经穿透了你的皮肤,高高隆起的疙瘩足够你抓挠半天,实可谓嘴快至极。晚上睡觉盖着毯子太热,掀开毯子又要喂蚊子,实在是进退两难。大前天晚上躺着睡,胸部腹部凸起的图案像大熊星座;前晚趴着睡,背上的凸起部分像猎犬星座;昨晚侧着睡,胳膊上又硬生生地被咬成了长蛇星座。可以预期,用不了几天,我浑身上下就要变成银河系。

最近一段时间,三楼捕捉老鼠的笼子相当给力,每天都有一两只不知死活的老鼠身陷囹圄。自力巷的老鼠似乎已进化得不怎么怕人了,关在笼子里还在冲我们做出各种恐吓的表情。老黄当然不会惧怕老鼠,而且很热衷亲手处置被捕的老鼠。

"你狗日的,到底偷吃了我好多米?老子咸菜碗里那几坨屎是不是你屙的?老子晾在阳台上的那条内裤是不是你啃烂的?你还很会找地方嘛,把裤裆咬个大洞老子还怎么穿……"

老鼠在笼子里盯着老黄手里的剪刀吱吱乱窜,老黄拎着笼子问题不断。每每这个时候,他就会暂时忘却自己的血压和梗塞,既像威严的法官,又像顽皮的孩子,还酷似一只面对小羊的大灰狼。

"不是你,就是你爹妈,反正都一样……"

老鼠被处以极刑之后,老黄还会情不自禁地哼哼那首最熟悉的歌谣:"天上布满星,月牙儿亮晶晶,生产队里开大会,诉苦把冤伸……"

可能是市容大检查过去了,也可能是天气太热的缘故,城管的眼神已不如前些日子那般锐利。

老甘复工了。休息了将近一个月,影碟大多看花了,只有"白娘子"还在续写不朽的传奇,兜里原本已经攒下的2000多元花光了,吃掉的只是一小部分,主要是闲得无聊"斗地主"输了。有活干生活就有希望,老甘并不沮丧。

大石的两套房子14个单间全部租出去了。上街贴广告的时候,虽然还是提心吊胆,但是没有再被逮住过。大石说,其实这个市场很大,租房的人远比出租的人要多,只要信息渠道通畅,他家的房子就不会有闲置的时候。当然,更令大石开心的是女儿的高考成绩出来了,464分,超出二本线十来分。接下来就是填报志愿了,这个成绩上二本当中的好学校有点悬,上一般的还是很有希望。女儿想当教师,打算报教育类的大学。大石说,这些天老做同样的梦,梦见女儿当校长了,和老曾头的儿子一样,坐在台上的麦克风前面讲话,下面站着好几百人,梦还没做完的时候,自己笑醒了。

天气热了,老金迎来了一年一度的黄金季节。喝水的人多,路边垃圾桶里的饮料瓶子自然就多,有时候一天能捡200多个,隔三岔五就要扛着一大口袋瓶子去废品收购站。老金有钱

了，三天五天就嚷嚷要吃肉，老甘放了一段时间的长假手头紧，难以和老金平起平坐消费，于是我经常看到两人同吃一锅饭，一个嘴角飙油，一个看一眼锅里的炖肉再扒拉一口米饭。

掰着指头一算，我来自力巷已经半年了，半年总结可以用四个字来概括——多累少金。从蛇年大寒到马年小暑，历经一个春夏，我由军营里的"秀才"变成了自力巷的"蛮牛"。第一个月当学徒，从老黄那里分到了517元，自力门户的五个月，除了四月份挖沟挣了个3300元，其余四个月全在1500元左右徘徊，总收入没有过万，除开房租水电，买菜买粮，装在枕头包里的现款不到3000元，当然，这不包括我藏在床下"小金库"里的钱。小金库里装的不是金条但大多都是金属做成的钱，多得数不过来适合用秤来计量，毫不炫耀地说，两大盒子快要突破5斤了，全是超市收银员或市场菜贩子那里找回来的零钱。闲暇时仔细数了一遍，差不多500块了。我准备学习老甘，这些钱绝不轻易动用，赶明儿时来运转做点小买卖的时候不用去求别人换零钱。

老黄是个低调的人，向来财不外露，即使问他一百遍，都是一个同样的答案——没得，业务这么孬，哪里攒得到钱嘛。我粗略估计了一下，除了四月份拼体力他比我挣得少以外，其余的时间因为老主顾多，揽活儿的经验丰富，每月毛收入应该在1800元左右。总体上我们的收入差距不会太大，但是他不用交房租，花钱比我节省，攒下的钱至少在6000元以上，除去最近一段时间买药查病的开支，他上半年的积蓄在4500元上下。至于老杭，挣得不多，烟、酒和药的开支较大，每次掏出钱夹的时候，我能看到的红色人民币就是那张至今还没有花出去的假钞。

这的确是一些尴尬的数字，它不表示我们懒，因为从事的这个行业已经没落。

在解放碑商圈里守活儿的棒棒时多时少，最多的时候有五六十个，偶尔也有一些四五十岁的"年轻"面孔，但他们要兼顾家里的农活儿，只在农闲的时候出来赚钱补贴家用，他们随时可能抽身不干。真正专业的棒棒大多六十岁上下，在农村没有地，在城市没有家，有的甚至从来没有成过家，一人吃饱全家不饿。谈起收入，都说是王小二过年，一年不如一年。只有一个叫"幺炮"的家伙每月能挣4000多元，但他主要是干一些装修"出渣"的活儿，昼伏夜出，风险较大，被很多同行认为不够"专业"，坏了行业风气。"幺炮"这样的活儿，老黄和老杭前不久也干过，但他们很快回归了自己的专业。

老黄和老杭还在坚守。在这个时代的都市里打拼，只有勤劳和坚韧的他们，不当棒棒还能干啥呢？

三十五

　　解放碑的气温在节节飙升，自力巷头的塔吊在层层攀升，棒棒老黄的血压稳中有升。

　　老曾头的米店又进货了。米店搬到了紧邻自力巷的道冠井巷，也在拆迁之列，只是房东暂时还没有交房，老曾头再次搬迁是迟早的事情。只要有老黄在自力巷，老曾头就不会把搬卸大米的业务交给别人，哪怕是老杭和我也不行，这是多年合作建立起来的信任和友谊，牢不可摧。老曾头家的业务，老黄就算血压再高也不会拒绝。

　　大米的卸载地点在道冠井靠新华路的出口，负重时先下二十几步台阶，再走二十几米平路就到了。老规矩，50斤一袋的大米一肩三袋，干瘦矮小的老曾头依然步履稳健。老黄在第二袋上肩的时候双腿开始打晃，第三袋还没放结实，就差点一屁股坐到地上。显然，老黄的身体已经无法承受150斤的重量。这是以往从未有过的情况，把老曾头吓了一大跳。

　　150斤，这只是棒棒行业的门槛级分量，半年之前的老黄还能挑200多斤涂料到几公里外的洪崖洞。老黄满脸通红，可能是血压瞬间升高的缘故，也可能是觉得背不动150斤是一个棒棒莫大的屈辱。老曾头没有继续勉强老黄一趟背三袋，而且接下来自己也只背了两袋，似乎出于一份尊重，也似乎是为了便于结算工钱。

纵使肩膀上的重量只有一百斤，老黄在下台阶的时候双腿依然抖得厉害，汗流得也特别多。老黄体内流淌出来的汗液，有的是因为天气燥热，有的是因为身子发虚。

老杭又去了一趟罗汉寺的小巷子，那里云集着很多"江湖郎中"。一位着绸缎唐装气场十足的半老神医说腿疼是血液毒素太多所致，先用银针在老杭的踝关节处"捅"了一个小洞，再用抽气吸盘似的玻璃器具扣住小洞一阵猛吸，仅用了三四分钟就从老杭的脚踝排出大约80毫升"毒血"。收完20元手术费之后，神医拍着老杭的肩膀说："相信我，每天来一次，一个月保证痊愈。"我暗自掐指头算了一下，神医应该没吹牛皮，每天排出80毫升毒血，一个月差不多就能把老杭干瘪躯体内的血液全部排完，没有血就不会有毒素，没有血液的人一定不会有疼痛。

人的自然属性不可逆转，但是社会属性还是多少可以改变一些的。马年盛夏刚入头伏，自力巷两个最专业的老棒棒开始干起了多种经营。这样的改变虽然很被动，但也是一种适应。

青年路的快餐店转行搬家，老黄主动少收了20元工钱，条件是不打算搬走的破烂家什全部归他。这是一个互利互惠的建议，雇主既节省了工钱还有了打扫房间的人，老黄用20元钱换来的是一个燃气灶，一个热水器，一架钢丝床，6个塑料凳子，铝制的锅碗瓢盆若干。

老黄似乎早已规划好了销售这些物品的路线。先是挑着这些东西来到经营群租房的张麻子门口，一番精挑细选之后，张麻子只相中了燃气灶，并以20元成交。第一件物品出手，成本就收回来了。老黄的第二站是自力巷南头快餐店。快餐店里当然用得上快餐店淘汰的器具，热水器和6个凳子卖了50元。第

二次交易，50元净利润入袋。剩余的物件在叫卖了一圈之后，没找到买主，老黄直接挑进了废品收购站，铁的铝的胶的分类过秤，又是46元纯收入。20元的劳动投入一会儿工夫就变成了116元的总收入。老黄说这是他这辈子赚得最轻松的钱，只恨自己懂事太晚。

有了这次成功的尝试，随后的日子，凡是搬家的业务，老黄和老杭都要叫上我，重一点的活儿大多由我承担，他俩干一点轻的。他们的目的并不全是工钱，更主要是废品回收。当然，他俩无论是谁请我帮工，都绝不亏待我，工钱分配上我基本都拿大头，他们似乎更热衷于挑着剩余的东西去废品收购站。最近一段时间，连涂料店里分量较重的业务也基本都是我在干。这是一个皆大欢喜的局面，老黄和老杭的收入增加了，我也时常可以多挣个二三十块。

炎热的季节，老金虽然迎来了一年一度的事业黄金期，但是也面临巨大的竞争压力。路边的垃圾箱每隔一些时间就会被不同的对手翻找了一遍，为了减少"马后炮"的概率，执着的老金可以尾随一位拎着半瓶矿泉水的人走出两三条街。前两天差点没被一个美女的男朋友给揍了，老金忽远忽近地跟了200多米远，目光看似在美女的屁股上飘浮，实际上瞄的是人家手里的饮料瓶子。

老金面临的竞争压力并没有阻止老黄和老杭向这个领域渗透的步伐。在五一路守活儿的时候，他们也开始关注别人丢弃的饮料瓶子，棒棒顶端的尼龙绳上，总有一串色彩各异的塑料瓶在晃悠。20多个瓶子差不多一斤，价钱在4块钱左右，积少成多，三天五天也能凑够一大编织口袋，卖个三十二十不成问题。老金专业捡瓶子多年，就算手头再紧张也不会捡一点卖一点，他说自己是干废品收购出身，废品站的秤大多有问题，外边称一斤，去卖的时候够九两就很不错了，去一回就要挨一刀，攒多点再卖就可以少挨几刀。老金的道理听得我有些犯糊涂，既然是秤上有问题，卖一斤损失一两，卖十斤必然损失一斤，无非是把十小刀累积成一大刀而已，看不出其他益处。老杭经过多次吃亏上当的历练，变得善于琢磨了，通过一段时间的交道，自然也能看出一些问题，老杭说这是行内的潜规则，如果秤上没点学问，人家还当什么老板，早晚都会像老金那样自己出去拾荒。老杭对废品站的老板表示充分理解，同时也在绞尽脑汁保护自己的利益。

老杭轻而易举就攻克了困扰老金好多年的难题。他的办法其实很简单，就是装两瓶自来水混在一大口袋瓶子里。老杭的办法老金早就想到过，只是一直没敢付诸实施，他说收购站的老板检查很仔细，发现了后果很严重。老杭的办法看起来简单，操作起来也需要一定的胆识。首先要把握好分寸，一次性出手的总量不能低于10斤，最好用一个大口袋盛装，选择装水的空瓶大小要适宜，而且必须灌满避免晃荡。两瓶水的分量在一斤左右，太多了收购站会起疑心，太少了自己不会甘心。其次要做到知己知彼，老杭说他经过多次观察，收购人员在检查大口袋里的瓶子时，看起来很仔细，其实大多是虚张声势，起个震慑作用。老杭还反复做过试验，装满水的瓶子在袋子里经过颠簸，会沉到最底部，不易察觉，即使在往收购站的仓库里倾倒的时候，也绝不会浮在表层；然后要把握好时机，瓶子出手的时候，一定要赶在废品站工作人员比较忙的时候——越忙越没有工夫仔细查验；最后还要运用好游击战术，附近的收购站有七八个，一定要打一枪换个地方。即便行动方案如此周全，老杭还准备了应急预案。瓶子里绝对要装干净水，一旦被收购站抓了现形，就装出口渴难耐的样子一饮而尽。喝水的时候老杭还设计了台词:"唉呀——我说刚才买的水怎么找不到了呢?原来掉这里面去了,差点被当废品给卖了——"

　　基于这一灵活机动而又完善的战术方案,老杭屡试不爽,差不多同样的总量,总是要比老金多卖个三五块。老杭的研究成果老黄也受益不少,唯独老金总是功败垂成。第一次尝试的时候他有些迫不及待,头天晚上就灌了两瓶水装进袋子,结果被自力巷的老鼠误认为是饮料,把瓶子啃漏了,第二天走进收购站的时候,才发现屁股上被漏湿了一大片。正在滴水的口袋也引起了收购站的注意,几番彻查,直到残存在瓶底的水被全部倒光,方才上秤。第二次尝试的时候,老金想要弥补上回的损失,把一个雪碧大瓶装得满满当当塞进了袋子,目测十斤左右的瓶子称出了十四斤半,废品站的人自然不傻……好在老杭在分享经验的时候没有保留"应急预案",老金一边背着老杭之前设计的台词,一边从废品站老板手里接过大瓶雪碧,咕嘟咕嘟一口气喝了小半瓶,然后仓皇消失在废品站老板将信将疑的视野之中,一路打着水嗝……

　　老金的悲剧从未在老黄和老杭的身上发生。这些日子,他们虽然挑不动了,但是感觉收入并不比以前少,而且因为重活干得少了,老黄的病情也还算稳定。

三十六

江津区李市镇的稻田深处，老黄脚步匆匆，白色T恤被汗水湿透。

老黄想外孙子了。他说大半年没看到小家伙了，自己现在又是高血压又是脑梗塞的，说不定哪天突然倒下去就死了，不看看小外孙会很遗憾。

外孙子在外婆家，外婆早已不是外公的女人。对于老黄来说，这注定是一次极度尴尬的探望，犹豫了好长时间才下定决心。毕竟，血肉相连的亲情无法回避，再彻骨的伤痛都可以忍受。

根据黄梅在电话里描述的路径，老黄趟过一大片稻田，再攀过一段山坡小路，终于在半山腰上的一片竹林边找到了女儿母亲现在的家。四间土坯瓦房陈旧而萧条，门口狭窄的晒粮坝子裂着两指多宽的长缝，似乎有坍塌的隐患。老黄说，这里原本是一个热闹的大家庭，因为儿女长大成人，复杂的家庭关系导致了现在的冷清。

黄梅的母亲离开老黄和黄梅嫁过来的时候，带着与亡夫所生的三个孩子，男方身边也有两个孩子，两人没再生育。子女众多又没有血缘维系的家庭必然有远近亲疏之分，磕磕碰碰难

以真正融合。儿女们长大成家之后各奔东西，很少再回这个内心并不认同的家。随着年华的逝去，老夫老妻也开始各顾各的儿女，各带各的孙子。现在的老伴长期住在亲生女儿家里，时常几个月都不回来。而今，这个年轻时拉扯了一大堆儿女的女人，如果没有小外孙的到来，就只能独自留守在半山腰里，与孤独相伴。

"小岩，你外公来了——"

老黄走到门口的时候，听到了那个曾经熟悉的声音，却没有看到那个熟悉的身影，只有外孙子既兴奋又迟疑地把头从堂屋里探到门外。

外孙子长高了，也壮实了不少，小家伙在羞羞答答地叫了一声外公之后，一头扎进外公的怀里。半年不见，时间消融不了祖孙之间最本质的亲情。

"来，给外公写几个字，看一看你最近在幼儿园的收获。"

小家伙很听话，立即找到一个被撕扯得面目全非的作业本，用握匕首的动作捏着铅笔，十分卖力地给外公写了一排图案，有的像"2"，有的像"S"，还有的像"5"。外孙子的"杰作"，让老黄哭笑不得，他说这孩子四岁的时候就能从1写到10，怎么现在连2都不会写了？

老黄凝望着虎头虎脑的小外孙，目光里流露出忧虑。当初倾力支持女儿在镇里买房，为的就是让外孙子有一个较好的成长环境，而现在为了房子，孩子却成了半山腰里的留守儿童，眼看就要输在起跑线上……

老黄进屋已有十几分钟，始终没有打听外婆在哪儿。或许他心里清楚得很，此刻的外婆肯定就待在内屋里进退两难——出来吧，该用怎样的方式打招呼？寒暄点啥呢？避而不见吧，外孙子的外公大老远来，倒杯水总是应该的吧！

"小岩，把这些钱给外婆送过去，是你妈妈请我给你带的生活费。"在堂屋坐了一阵儿之后，老黄从兜里掏出一沓钱，数出500交到外孙子手里。

"他妈妈上个月拿的钱还没用完，又拿这么多干啥子嘛——"外孙子拿着钱冲进内屋之后，隐约听到先前那个熟悉的声音在故作生气地唠叨。

老黄在堂屋里没有应声，埋着头把手里剩余的400元钱分成了两份。外孙子空着手出来之后，老黄又把其中的200元塞到了他的手中："这是外公给孙子买糖的钱，你拿过去交给外婆吧……"看来这些钱是早就准备好的，之所以让小家伙一趟又一趟地送，只是为了说明各有各的用途和意义——这是老黄做事的一贯方式，认真得近乎刻板。

当小家伙再次空手回到外公身边的时候，老黄把剩余的200元也放到了他的手里："这些是外公拿给你外婆的……"

"你还给我拿钱，哪有这个道理嘛，我不得要——"

这一次，内屋那个熟悉的声音由远而近。当老黄循声抬头的时候，猛然看到记忆里那个熟悉的身影已挡在了自己与外孙子中间。

身材不高，体形微胖，花白短发，前额皱纹很深，脚底的解放鞋沾满黄泥——最普通的山村农妇，最典型的花甲女人。二十多年前，老黄和这个女人以黄梅父母的身份各奔东西，今天，他们以外公和外婆的名义重逢，内心的波澜起伏，没有人看得明白，也没有人能写得透彻。或许在这辈子，只能以这样的名义才能重逢了，他们的生活已无须回顾，也不必展望。

"拿着嘛，又没得别的啥子意思——"外公的目光在外婆的脸上一触即逝。没有多余的问候，也没有眼神的交流。这个世界似乎还没有创造出能够表达如此复杂情感的语言和表情，说

什么都不得体，问什么都不恰当，笑也不合适，哭也不应该，即使想笑或者想哭也必须暂时忍耐。

外公低头看脚的时候，外孙子把钱塞到了外婆的手里。也许是看出了老黄眼神里的真诚，也许是担心继续推辞会有肢体上的接触，外婆攥钱的手有些颤抖，眼睛盯着房梁飘浮不定……

老黄离开的时候正值中午，外婆没有挽留吃饭，也没有出门相送。

大门口，只有外孙子远远地注视着外公的背影。

很久，很久。

可能是山上的花椒树已到成熟的季节，我闻到空气中弥漫着一种既麻又涩的味道。

大观镇十三村，阳光如火，蝉声嚣噪。

又到农历七月初四，老杭迎来了人生第67个生日。儿子在工地没有回来，儿媳做了公公爱吃的肉菜，大孙女斟满了爷爷的酒杯。老杭以往过生日，家里至少会有三四席客人，今年的冷清，与小孙子有关。老杭去年过完生日的第二天，小孙子呱呱坠地，明天就是小宝贝的周岁生日。原本打算广邀亲朋好友一起庆贺，可是前些天儿媳突然接到了孙子奶奶的电话，说是想孙子想得快疯了，满周岁的时候一定要回来看看。这是一个无法拒绝的请求——纵使婆婆曾经给这个家庭带来了再多屈辱和悲伤，但她毕竟是孩子的亲奶奶，这份血缘根本无法割舍。考虑到客人多了闲言碎语就多，所以儿媳提前给亲戚朋友们打了招呼——公公和儿子的生日谢绝客人。这么重要的日子，儿子没有回来，可能也和母亲有关。

老杭的这个生日，内心注定会波澜起伏。十几年了，虽然一度因为仇恨想要铤而走险，但是现在"刀枪已经入库"，心里已没有那么多"恨"了。明天见面打不打招呼？是冷眼相对还是笑脸相迎？是该开心还是难过？……老杭的心里纠结着太多太多的问题。独自在松林中久久徘徊，老杭说心里的感觉很怪，既怕她来，又怕她不来。

该来的一定会来。孙子的周岁生日，家里一共来了三个客人——女儿和外孙子，还有一个就是儿子和女儿的妈妈。老杭虽然特意换上了最体面的衬衫，但是并没有主动上前打招呼。对于孩子们的母亲来说，今天回到这个热闹的大家庭，她在乎的是儿孙们的笑脸，老杭热情与不热情都不重要，即使偶尔目光相触，也是一闪而过。曾经，老杭和这个女人共同缔造了这个家，而眼下面对着满堂的儿孙，他们却成了最不相干的人。这种悲哀属于这个社会，但是在今天，它只属于老杭一个人。

今天的小孙子只属于奶奶，怎么抱都抱不累，怎么亲都亲不够。女儿和儿媳围着锅灶做饭，母亲自进门那一刻就抱着孩子没放过手。老杭独自坐在楼上的卧室抽烟，音响里的广场舞曲声音很大——伤不起，真的伤不起……

女儿似乎看出了父亲的心思，几次悄悄上楼禀报母亲的情况。她说，母亲现在过得很不好，想回来了……半路夫妻没有生育，那边的儿女只孝敬爸爸不管她，现在那个男人身体不好也挣不到钱了，如果男人死在前面，她就会无依无靠……

听着女儿的报料，老杭的眼神里一度泛起春潮，但是很快又复归平静。老杭说他们的爱情已死，即使她真的回来，也只是奔着一份亲情，图个老有所依，自己内心的尊严根本不能接受这样的回归。再说了，即使想她回来，还有法律和道德的重重约束，谈何容易。

其实就老杭目前的家庭来说，真的很需要一个能够帮忙照顾孙子的奶奶——儿子长期在外打工挣钱，儿媳在家抚养三个孩子，这个家庭依然沿袭着上一辈进城务工的模式。聚少离多

的小夫妻之间缺乏情感交流，很容易重蹈父辈的覆辙。老杭现在最担心的就是儿子常年在外禁不住女人的诱惑，万一感情和婚姻上出了问题，对于这个家将是毁灭性的灾难。儿子虽然很本分，但是感情这东西难以预料。这些年老杭也曾打算自己留在家里照料孙子，让儿媳和儿子一起走出去，但是男人天生就不是带孩子的料，更何况上了年纪，只能是心有余力不足，如果有个奶奶一起照料，情况或许会大不一样。老杭说现在儿媳一个人在家带三个孩子十分吃力，面相老得很快，自己在重庆也就是勉强糊个口食，还不如在家里种点菜搞点副业，顺带帮着看看孩子，但是独身公公和留守儿媳常年生活在一起很不方便，所以自己只能被迫在外漂泊，如果有个奶奶在家，就算儿媳不出去，自己也可以回家安享天伦之乐了！

生活就是这般残酷。孙子的奶奶今天就在这个家里，最小的小孙子就在她的怀里。或许现在的她也在向往着天天都能抱孙子，但是，因为当初的一次选择，她已经属于了另外一个家庭。在那个家里，她没有孙子，正处在最尴尬的边缘，年华已逝的她今后到底该依靠谁？因为当初的离去，那个被她抛弃的男人67岁还在从事最低贱的工作，有家不能回。

这是一杯在特殊时代酿就的苦酒，谁是谁非已不重要，现实难以改变，他们只能用自己的余生去品尝，去吞咽。

老杭把音响的声音开到最大，床前的地板上，一堆烟头。

那首耳熟能详的经典流行歌曲飘出窗外，淹没蝉鸣，在松林上空久久回荡：伤不起，真的伤不起……

农历七月初七，传统的七夕，也是大石老伴的生日。

南岸区青龙路上的酒店大厅里，大石包席六桌，亲朋满座。每年的七夕都是老伴的生日，勤俭的大石从未因为给老伴庆生而摆过酒席，今天亲朋聚会的主题依然与庆祝生日无关。

两天前，女儿收到了大学的录取通知书——重庆三峡学院，英语教育专业，二本。这些天大石一直笑得合不拢嘴，比家里在重庆买新房子的时候还开心。当了大半辈子的棒棒，家里出了大学生，低调的大石突然变得有些高调，迫不及待地要把亲朋好友聚起来开心一下。日子选在七月初七，主要是因为这天酒店的大厅有空闲，"庆升酒"和"庆生酒"一起办，大石自然在心里乐开了花。

红红的"录取通知书"在桌上的宾客中传看，大石亦步亦趋紧紧跟随，尽情享受着亲戚朋友的祝贺与羡慕。

酒店大厅里弥漫着饭菜的香味和酒杯碰撞的声音，所有的话语几乎都是对大石女儿美好前程的祝愿。大家似乎已经忘了这次聚会还有一个重要的附带内容，唯有女儿还在心里惦记着妈妈的生日。

"祝你生日快乐，祝你生日快乐……"

女儿和几名特邀同学的歌声在大厅里响起的时候，大石和老伴再也没能抑制住夺眶喷涌的眼泪。两张挂满晶莹液体的笑脸，别样生动。

酒席上的每一个人都品得出来——这是天下最幸福的味道。

大石摆酒宴客的时候没有邀请自力巷的同仁。显然，这样的酒不能空手去喝，他真心不想老黄他们破费，也不希望他们在喝酒的时候心潮起伏。实际上，在今天的五一路口，类似大石女儿考上大学这样的事情已算不上热点新闻，在这些守活儿的工匠当中，有人是镇长的老爹，有人是北大学生的家长。

同样的起点，不同的生活味道。老黄说，这是一个女人带来的差距。

三十七

阳历8月5日，酷热难耐的三伏天进入了倒计时。毛土豪搬家了。

从西三街到中兴路，直线距离不足五公里，但是对于毛土豪全家来说，这是一次充满历史意义的大跨越。原来的房子50多平米，儿女长大成人之后住着很不方便，也很拥挤。中兴路的房子虽然买的是二手房，楼体外表有些陈旧，但是面积够大，套内101平米，四室一厅，重新装修之后，住进去与新房子没有差别。毛土豪夫妻俩住次卧，在大酒店当领班的儿子已到婚配年龄，主卧留作新房。搬家之后，上高二的女儿也有了自己的卧室和书房。毛土豪说，西三街的旧房子不打算卖，先租出去，每月能收一千多元房租，如果将来儿媳妇不好相处，老两口还可以带着女儿去西三街住。当初的"棒棒"，今天的"土豪"，前来恭贺的亲戚朋友，留下了一屋子羡慕的眼神。

在毛土豪的新家里凑完热闹，我回到自力巷的时候已经下午一点，老黄正拿着钳子起子撬自力巷53号的门牌。由于房子正面堆砌着很多拆迁垃圾，门牌被埋在一大堆残檩断椽当中，老黄出了一身透汗才把那块门牌抠出来。老黄说，上午拆迁办的人来了，要求明天之前必须全部搬走，否则后果自负，拆迁办的人表情很凶很严肃，看样子不搬是不行了——在自力巷住了很多年，突然感觉心里空荡荡的，就想把这块门牌掰下来留个念想。

"排危通知"在门框上贴了两月有余，要求的期限早就过了一个多月，今天才有人上门来打招呼，基于这样的事实综合判断，我觉得三五天之内搬家应该不会有太严重的后果，所以打心底对"明天之前搬家"这样的最后通牒不以为意。可能是天生胆小，也可能是亲眼见识了拆迁办工作人员的态度，老黄不同意我的判断，他说，早晚都要搬，还是尽快找房子吧。

自力巷临街的墙壁上，到处都是单间出租的小广告，只要兜里有钱，什么样的房子都找得到。整整一个下午，我们打了很多电话，转遍了附近的老巷子，老房子。我们对房子的要求不高，能遮风挡雨，吃饭睡觉就行，看的大多都是闲置的库房，或者群租房里不能通风的过道房间。可能是对房租价格要求过高的缘故，我们在解放碑周边一无所获，稍大一点的动不动就六七百元，连沙丁鱼罐头盒一样的过道间也动不动就四五百元。穿行在解放碑周边的小巷道，老黄的眉头锁得很紧，搬出自力巷之后，收入不会增加，生活成本却要大幅提高，后面的路可能会更加艰难。

搬家迫在眉睫，今天必须找到新的住房。临近黄昏的时候，老黄终于在中华路能仁寺的巷子里敲定了新的住处——单间配套的卧室隔间，房东老两口带个小孙子住半间，中间隔着薄薄一层胶合板，留给老黄的只有一张单人床的面积，厨房、饭桌和洗手间公用，月租金400元，水电费20元包干。老黄付了100元订金，其余的入住时支付。因为要和摄像住在一起，我还没有找到合适的房间，当然我内心里也并没有老黄那般着急。

渝中半岛，华灯初上。我和老黄回到自力巷53号的时候，

老甘和老金已经开始吃晚饭。天下没有不散的筵席,他们在自力巷的AA制生活因为拆迁办的"最后通牒"进入了尾声,今晚差不多是最后的晚餐。老甘和我一样,没有过分着急寻找新的住处。他说光棍一条,随便在哪里都能找个栖身之所,即便明天一定要搬,也没有多少值钱的家当,把衣服被子、锅碗瓢盆往几个编织袋里一装,拎包就走。老甘和老金一边吃饭,一边协商着共同出钱买的一坛子大米应该如何处理,这是集体财产,分割上必须讲究公平。

"这些米是花26块钱买的,还没吃过,我拿着没得地方煮,你全部拿走,我情愿吃一块钱的亏,你给我12块钱。"老金一边往嘴里扒饭,一边提出了分配方案。

"你想得美,老子的住处也还没有,拿起这些米做啥子嘛,你给我12块钱,这些米你拿走——"老甘不屑地白了老金一眼,继续扒饭。

"我操你先人板板……"

两人的战斗立即打响,扯着嗓子相互对骂,唾沫乱溅,如果无人劝架,完全可能因为一坛大米引发一场血案。因为搬家,这一坛大米成了累赘,两人都想要钱不想要米显然不现实。在我和老黄的劝解下,两人最终同意大米平分,由我担任中间人具体执行。由于屋里没有计量的秤,公平分配难度较大,但是办法总比困难多,我让两人各自牵着一个口袋,然后一碗一碗从坛子里把米舀出来,左边倒一碗,右边倒一碗。为了尽可能体现公平,每舀一碗的时候,还要小心翼翼地把碗口抹平……

因为我的公平公正,一坛大米即将引发的血案倒是被及时阻止,但老甘和老金在自力巷里最后的晚餐还是不欢而散。

晚饭过后,大石以房东的身份来通知我们做好搬家准备。

他说，这回拆迁办可能要动真格儿了，虽然一楼和二楼的房主依然还没有在拆迁协议书上签字，但是这里已经被认定为危房，胳膊是拧不过大腿的。

看着河南紧锁的房门，大石很着急。最近一段时间，他给河南打过很多次电话，不是关机就是无人接听。大石认定河南是交不起房租跑路了，所以早就不对收回房租抱有幻想，他着急的是如果明天真的要搬迁，河南屋里的东西应该搬到哪里去？

我避开大石悄悄给河南打了电话，河南在电话里说不着急，有空再回来收拾。

出于一份房东的责任，大石当着我们的面撬开了河南的门。河南的屋里除了乱七八糟的报纸以外，唯有一台路边大排档常用的落地电风扇算得上可用的物件。整理河南的个人物品，大石出了一身透汗。

漂泊的人们时刻准备搬迁，也早已习惯了搬迁。老黄的个人物品早在上次"自力巷53号全体会议"结束之后就归类完毕，随时可以拎包走人。老黄说他查过黄历，最近几日天天"忌入宅"，特别是明天，冲牛煞东，能不搬尽量不搬。

我和摄像打算明天继续找房子，现在的屋子里除了一台小型摄像机以外，也就是一些个人日常用品，紧急情况下十分钟就能拾掇完毕，所以没有提前准备的必要。

最后的三伏天燥热难耐，最后的自力巷静得出奇。老甘出夜摊去了，老黄、大石和老杭坐在阴凉的过道里探讨着自力巷的明天，言语中尽是不舍的伤感。毕竟，这里是他们进城的起点，也是他们在城里的支撑，但是这一切有可能会在明天改变。

"听说这个巷子里规划了两栋高楼，以后要成为解放碑的金融街。"

"管它啥子街，肯定会比现在这个样子好！"

"确实该拆了,好出解放碑的丑嘛——"

"唉,住了这么多年,再也找不到这么便宜的住处了!"

夜色里的渝中半岛流光溢彩,人声喧闹。自力巷53号的上空,唯有一轮半亏的月亮静静西行,蛛丝缠裹的路灯下,蚊虫在飞舞穿梭。

三十八

8月6日,农历七月十一日。老黄的黄历上说,辛未月己酉日,冲牛煞东,宜开市起基,忌斋醮入宅。

平常的日子,老甘像平常一样6点钟出早点摊,我和老黄也像平常一样清晨7点准时起床去五十多米外的公厕抢位置。这是我们在自力巷生活必须养成的习惯——公厕里的冲水式陶瓷蹲坑常年水压不足,平时去上厕所只能采取半蹲的姿势,否则"绽放的菊花"很容易被别人的粪便沾污,唯有清晨管理员打扫之后有那么二三十分钟略微干净,作为近"厕"楼台上的住户,独享干净茅房是我们在这个现代大都市里唯一的优势。能在清晨第一缕阳光洒向大地的时候一睹公厕陶瓷蹲坑的洁白无瑕,这种诱惑实在无法抗拒,所以我们再累再困都必须在7点之前起床。老黄光着上身,穿着拖鞋,我比他多穿一件T恤。由于上厕所不是外出吃早点,我们的兜里只有一团手纸。

生活中的有一些美,只属于懂得欣赏它的人。清晨怒放在自力巷公厕的洁白蹲坑,似乎只有我和老黄懂得欣赏,我们在自己最习惯的地方毫无顾忌地任凭屁股墩儿放松下垂,那种不用担心"菊花残,满地伤"的惬意,绝对是自力巷里最难得的享受。因为难得,所以珍惜,我和老黄每次在里边逗留的时间

都不下二十分钟，倒不是因为流连忘返，而是不想留下"遗留问题"——只有在清晨解决得彻底一点，当天才不用再去欣赏洁白蹲坑凋零的风景。

现在回想起来，辛未月己酉日清晨屙的那泡屎应该是这辈子比较昂贵的消费了。如果时间可以回拨20分钟，我和老黄一定会毫不犹豫地放弃在公厕里的享受，就算里面插满玫瑰，喷了香水也绝不动心。哪怕少逗留5分钟，接下来将要发生在我们身上的悲剧就可能改写。

当我们穿戴整齐走出厕所的时候，自力巷53号——我们眼下赖以栖身的地方已经回不去了。院子里拉上了警戒线，几名警察和数十名统一穿老式警用迷彩服没配戴标识的壮汉，沿着警戒线将自力巷53号围得水泄不通。屙一泡屎的工夫，院子里就神不知鬼不觉地冒出了这么大的一支队伍，简直是神兵天降。显然，这是一场多部门参与的协同战斗。

或许是信息量大撑得脑袋发蒙的缘故，关于走出厕所时具体都看到了些什么，我已经理不出头绪，大脑内存里只定格着这样三帧图像：我住的二楼窗户洞开，几个穿搬家公司服装的人抬着一个绷着棕绳的木框往窗外传递——感觉那应该是我的床；门前正面的警戒线内，老金双手抱着一个灰色木箱拼死突围，一副誓与木箱共存亡的架势——感觉老金抱的应该是老甘装钱的箱子；警戒线外围东侧，我的摄像兄弟用一身壮硕的肌肉死死护着摄像机，周围的几名彪形大汉有的按着他的肩膀，有的拽着他的胳膊——感觉已被控制，估计是拍了不该拍的镜头。

摄像兄弟有难，我岂能袖手旁观，几个箭步就冲到警戒线东侧。接下来的事实证明我刚才的紧张完全有些多余，那几个围着摄像兄弟的迷彩大哥一直都很克制，讲的话也是相当的合情合理。他们说排危现场不准任何人以任何方式拍摄图像，这个小伙子太不识时务，刚才还躲在对面的窗户上拍镜头，只要现在把机器交出来，我们也不难为他。在以一敌六的激烈撕扯中，我的摄像兄弟腰部已经挂彩，但是机器依然还完好无损地抱在怀中，这种大无畏的专业精神，令我有一种要给他加薪的冲动——等我有钱了，一定打着滚儿地给他往上翻几番，绝不食言。

"东线阵地"的对峙因为我的加入变得更加紧张，现场指挥员只得临时抽调兵力紧急增援，"西线阵地"的防守暂时比较空虚。早已急得团团转的老黄趁机冲开一个缺口，奋力冲进了屋里。老黄必须冲进去，他的上半身还光着，他必须把自己的东西搬出来——早就收拾妥当的几个大口袋就堆在二楼的房间里，全部抢运出来只需两分钟。

"东线"的对峙最终因为我的妥协告终。一名区委的同志对我进行了十分耐心的批评帮助，他说这是区、街两级政府多个部门参与的联合行动，排危通知早在两个月之前就已下达，但是自力巷53号的产权持有人还在漫天要价不配合拆迁，而且至今还有人在楼里居住，这样的危房多存在一天，就多一分安全隐患，无论遇到怎样的阻力，今天都必须拔除这颗"钉子"，至于排危或拆迁现场禁止拍照摄像，这是很多地方在处理敏感问题时不成文的规定，你们应该明白，就是要防止一些别有用心的人借助这样的东西去蛊惑不明真相的群众……面对区委同志苦口婆心的劝说，我反驳无语，但是接受起来又感到很无奈——既然区委的同志说我错了，那就一定是我错了，眼睁睁地看着一个"很懂摄像机"的大哥拔走了机器里的两张内存卡。他说回去"格式化"了之后一定把卡还给我们，还非常客气地恳请理解和支持。摄像兄弟说刚拍了几个镜头就被控制

了，这两张内存卡里至少还有50G的素材没有采集出来，一旦直接被"格式化"，最近一段时间的"记录"将成为空白。

我和摄像"缴械投降"的时候，老黄在"西线"的突击行动也宣告失败。他是被四个"迷彩服"抓着手脚从屋里抬出来的，一直抬到了警戒线外。老黄说他的两个最重要的编织口袋已经拎到了一楼拐角的地方，一个包里是衣服，另一个包里是被子和枕头。枕头里藏着2300元现金，还有银行卡和身份证。老黄被人架起来的时候，这两包最重要的东西丢在了一楼拐角堆废品的地方。老黄扯着拆迁办一名现场负责人的衣袖想弄个明白："我只是想进去把自己的东西拿出来，又不耽搁你们拆房子，为啥子不让呢？"拆迁办的同志把脸拉得很长，他说："昨天就提前打了招呼，你们无动于衷，现在警戒线拉起来了，一切都只能按规定执行，现在产权人不在场，谁能证明你不是趁火打劫？里边就算真的有你的物品，我们一定会妥善保管，日后找房主来认领。"

警戒线外，警察和"迷彩服"围起来的铁桶阵密不透风，连蚊子都很难飞进去——他们的任务很重要，既要防止不法分子浑水摸鱼，又要防止不理智的房主冲进去闹事。警戒线内，十多名搬家公司的工人紧张有序，先将屋里的零碎物品装袋打包，而后照相装车——他们的任务叫"财产转移"，也是强制性排危工作的重要环节。

亲眼看到老黄两手空空地被架出来，摄像兄弟满脸愧色地对我说，他是被人从床上拽起来的，慌乱中只把摄像机拿出来了，其他东西都还在屋里。天啦，我的衣服，被子，脸盆……不，这些无所谓，最重要的是我那个白底黄花的太空棉枕头，里面有3000元现金，对了，还有床底的那个鞋盒子，里面也装着好几斤钱，前晚我还搬出来数过的，总共有500多块。枕头里的钱是一张一张攒的，只要收入了红票子，我都要塞进去，花的时候再往外拿。床脚鞋盒子里的钱，是生活开支找回来的零钱，也是一个个放进去的。不管整的零的，都是这大半年的血汗钱，而且是全部的血汗钱。摄像兄弟的损失要小一些，除了身份证，银行卡之外，现金只有200多元。摄像兄弟懊恼地说："本来是有机会拿出来的，只怪当时错误地判断了形势，以为出来了还可以进去。"

站在警戒线外眼睁睁地看着自己的财产被别人转移，我们的内心十分煎熬。老黄的眼睛一眨不眨地盯着一个个从屋里转移出来的大包小袋，真心希望转移的人能够认真仔细一些，千万别把一楼废品堆上的两个编织袋落下了。与老黄相比，我的心里充满了矛盾，既希望装袋打包的人能仔细一点别落下什么东西，又希望他不会过分仔细……

搬家公司的车载着紧急转移的物资开走了。老黄说他盯得很清楚，自己那两个最重要的包没有出来，肯定是外包装太破又丢在一楼黑漆漆的地方被当成了废品，包括我们放在一楼的棒棒和手拉车也没有转移出来。那一刻，我的心同样难以平静——我的白底黄花枕头和床下的鞋盒子有没有转移出来？如果转移出来了，里面的东西会"平安"无事吗？事已至此，一切都只能听天由命了。

拆迁工人在房顶套上了好多手腕粗的麻绳，自力巷53号就如一个被推上刑场的佝偻老人。老黄的表情似乎比面前的这幢老楼更加绝望，他说搬出来了还有认领的希望，如果被埋在废墟下面，就全完了——身份证，银行卡和2300元现金。

"一二——嘿——一二——嘿——"

随着力量感十足的号子声响起，自力巷53号的生命进入倒计时。视野里歪歪扭扭的老式木楼在几十条壮汉的奋力拉扯

下，开始有节奏的晃动，却并没有马上束手就擒。超高的年岁，扭曲的体态，斑驳的墙体，无论从哪个角度衡量，它都是那样的弱不禁风，那样的不堪一击。自打住进自力巷，我每天都在担心它随时可能轰然倒塌。此时，我为自己曾经对它的轻视深感汗颜。

"一二嘿，一二嘿——"

楼前的号子在加剧，拽绳的人们在淌汗。檩椽被扯歪了，瓦片被扯落了，人们依然没能看到期待中的轰然倒塌，自力巷53号就如一个被撕烂了外套还傲然挺立的倔犟老汉。在它生命的最后关头，我亲眼见证了它那残缺的躯干里蕴藏的力量。多少年来，它为居住在这里的棒棒遮风避雨，或许它的魂魄早已和山城的棒棒融为一体，他们在用同样的沧桑宣示着一种坚韧不屈的精神。我为曾经与它朝夕相伴而深感自豪。

宿命终究不可逆转。纵使你再坚韧，再顽强。今天注定要被推倒，这就是自力巷53号的宿命。作为一栋人们眼里的危楼，自力巷53号用一种特别的方式守住了自己的晚节——最终也没有轰然倒下，它是在被一片一片剥离和肢解中慢慢死去的。这样的死很悲壮，这样的死更具有生命的内涵。

自力巷53号死了，它的死是涅槃重生必须经历的苦难，它已经在我的心里慢慢幻化成一种精神图腾，永远不死。不久的将来，高高矗立在这里的摩天楼宇就是人们为它树立的丰碑。

光着上身的老黄颓然坐倒在地上，就如身旁的自力巷53号——屙完今天清晨7点钟的那泡屎之后，他没有了"棒棒"，没有了手拉车，没有了现金存折，没有了身份证，没有了衣服被褥还没有了降血压的药品……今天的他与22年前的那个凄凉下午的他只有两点差别——怀里没有三岁的孩子，上半个身子没有穿衣服。老黄说，千错万错，就是错在不该一大早去屙屎，如果当时人在屋里，兴许能像老金那样把重要的东西抢救出来。

辛未月己酉日，冲牛煞东——老黄属"牛"。

三十九

老甘出完早摊回来的时候，自力巷53号已经变成了废墟。老甘比老黄的境况要好一些，赤裸的上身系着一条围裙，关键时刻老金还抢出了他的箱子，里面装着他用于时来运转之时做生意找零的500块毛票。最令老甘伤心的是与他朝夕相伴的影碟机没有抢出来，所以老金要求的100元酬劳被减成了60。老甘暂时还没有考虑接下来住哪儿，可能是头晚缺觉的缘故，他一屁股坐在箱子上睡着了。

大石的400多个蜂窝煤和几袋面粉也被埋在废墟里了，昨晚辛辛苦苦帮河南整理的东西，也不知道转移没有。作为我们的房东，大石义不容辞地去找拆迁办做了交涉。拆迁办的回答有理有节：转移出去的物品一定会妥善保管，想要认领必须由产权人亲自来。

自力巷53号变成废墟之后，两位房主倒是风风火火地赶过来了。一楼房主经过一番审时度势，迅速与拆迁办达成了补偿协议，走的时候他对大石说："那房子已经不是我的了，你们的事跟我没啥关系了。"二楼的房主与拆迁办大吵了一架之后拂袖而去，走的时候大石请他帮忙认领被转移的物品，迎来的是一顿咆哮："我的房子都搞没得了，现在家里九十多岁的老人又在住院，哪里有闲工夫去管你们这些棒棒的破东烂西嘛，自己找拆迁办解决吧……"

从眼下的形势判断，转移出去的东西和埋在废墟里的已没有太大区别，即使最终能认领出来，那也将是一个十分曲折艰辛的过程。我戎马二十年，脑子里从来也没有像今天这么凌乱过，受了一肚子的委屈却找不到一个讲理的地方——说政府排危不该搞突然袭击？人家的通知在门上贴了几个月，而且昨天还登门下了最后通牒；说拆迁办没有人情味儿？人家按规定办事，不经产权人签字擅自归还转移物品，日后有麻烦的确不好交代；说房主不负责任？谁家的房子被推倒了心里能好受，哪里还有心情去管别人的事情。

一次正常的排危行动，几个棒棒稀里糊涂中了枪，而且他们的伤口正在迅速溃烂流脓。

老黄的损失十分彻底——没有钱交房租，昨天谈好的房子就没法入住，而且那100块订金也泡汤了；没有了身份证和银行卡，存在银行的那点钱也取不出来；没有了劳动工具，连午饭钱都不知道该怎么挣了。今天的老黄，浑身上下只剩三样东西——裤子，拖鞋，可能还有一个裤头。我除了上半身比老黄多穿一件T恤之外，其他完全一样。大石的老婆劝老黄去找拆迁办赔偿损失，她说："东西都拿到一楼了，凭什么不让搬出来？你又是高血压又是脑梗塞的怕啥子，就到拆迁办去躺着。"老黄真的去了，在拆迁办的长条椅子上躺了半个多小时，后来又自己出来了。他说身体有病也得讲道理，人家拆迁办讲得句句在理："我们拆的是别人的危房，你有什么资格来闹事？再说财产转移不可能有遗漏，我们前不久拆一处危房，还有人说被埋了十几万呢……"

三伏的最后一天，烈日如火。我和老黄的午餐是在自力巷

南头快餐店吃的赊账，两个人14块钱——我们已经掏不出14块钱了。从来没有过一贫如洗的感觉，今天有了，而且是那样的刻骨铭心。也想过找人借点生活费，但是张不开口。

因为53号楼的垮塌，复归平静的自力巷更添了几分凄凉。老黄还在巷子里徘徊，久久不愿离开。他说他一定要在这里守着，因为那堆瓦砾下面埋着他的2300块血汗钱，那是今年全部的积蓄，他要用这些钱买药租房子。老黄很担心自己一旦离开，会有人刨开瓦砾，拿走他的钱。再说了，即便离开又能去哪儿呢？在这个城市里，他已经没有栖身之所，连赖以生存的棒棒和手拉车也没有了。

老黄一动不动地守候在自力巷53号旁边，就像守候着一个刚刚过世的老朋友。老黄的眼睛一眨不眨地盯着面前的瓦砾堆，他似乎在期待着自力巷53号能够突然间站立起来，也似乎在默默祈求这个老朋友在倒下的瞬间能够张开双臂护住一楼巷道里的那两个包裹。老黄的脸色很苍白，光溜溜的脊背上，汗珠子一槽一槽往下倾淌。

"冲牛煞东"的辛未月己酉日，白昼似乎特别漫长。老黄守候着自力巷不离不弃，其实是在守候着心里残存的一线希望。大白天在拆迁办眼皮底下，他无法靠近充斥着各种危险的废墟，他盼望着太阳下山，拆迁办下班，他一定要去看一看还有没有挖出来的可能。对于生活在这个城市里的很多人来说，2300元钱也许算不得什么，但是对于老黄来说，这就是他的命，甚至比命更重要。

夕阳西沉，夜幕降临。我和老黄悄悄靠近废墟边缘的警戒线，像做贼一样小心翼翼，生怕弄出声响。老黄说他清楚包裹的位置，只要一楼的通道还有一点缝隙，他都要想办法爬进去。为了自己的2300元血汗钱，老黄不会在乎任何危险。

"干啥子——你们在那里干啥子——"刚刚靠近还没来得及查看仔细,两束手电光就直射到我们的脸上,由远而近。来人是拆迁办的两名夜巡人员,他们的职责是防范安全事故,主要就是杜绝拾荒或贪图小便宜的人员进入废墟。领头的人用手电照着老黄的脸说:"看来我们的头儿真是料事如神啊,临下班的时候专门叮嘱我们近期要重点盯防你黄棒棒,果然没得错,哈哈——"

两位守夜人除了把我们轰走以外,倒是没有难为我们。我和老黄走出巷口的时候,隐约还能听到他们的声音:"不要来哒,钱没得了可以挣,命没得了就什么都没得了,我们会二十四小时在这里守着……"

灰溜溜地走出自力巷,我和老黄决定去投奔老甘。下午老甘来过自力巷,他说在储奇门的一家棒棒旅馆找到了住处,地下室长宽各2米的小单间,10块钱一天。住处被拆之后,老甘的老板给他结算了1300元工钱,加上箱子里的500元零钱,老甘成了我们当中最富裕的人。

走进老甘的住处,我和老黄顿时没有了沾光的打算——小小的地下室四周不透风,一张单人床就占掉了一大半的面积,坐三个人都困难,更别谈睡觉了。患难见真情,尽管如此条件,老甘依然热情地准备收留我们,但是在这里,老甘说了不算,满脸横肉的老板突然出现在门口。

"老子这里的规矩你懂不懂?哪个叫你带些乱七八糟的人来的,赶紧捲起走,不懂规矩,明天你狗日的也给我搬走——"

老板几乎是指着老甘的鼻子骂骂咧咧,我的血液循环突然加速,当棒棒大半年第一次有想揍人的冲动。我用眼睛狠狠盯了那个满脸横肉的家伙20秒,拳头的关节握得咔咔直响。趁着那家伙把后面的脏话硬生生憋回肚子的工夫,老黄把我拖走

了。回解放碑的路上,老黄说:"那家伙确实该打,我也知道你打他很轻松,但是我们现在连吃饭的钱都没得,哪里有打人的钱嘛!"

"忌入宅"的辛未月己酉日,我和老黄绝对没有入宅——老宅回不去了,新宅还不知在哪里。从储奇门回来,我们围着解放碑CBD转了好几圈,发现条件稍稍优越一点的屋檐都被人占了,他们少数是流浪的人,多数是为了节省住宿费用的棒棒。我和老黄没有去挤他们身边露出的空隙,因为与他们相比,我们心里似乎还有一些优越感。但是实际上,今天的我和老黄跟他们已没有太多区别。

我们最终在一个百货大楼门前的老榕树下安顿下来——三块空心铁条做成的长凳,够硬够长不够宽,在附近也没找到合适的纸壳,直接躺下就睡了。

没吃晚饭,肚子里一直叽里咕噜的。

老黄翻身的时候,肉皮在铁凳上扯得吱吱作响——可能是上半身没穿衣服粘得太紧的缘故。

不远处的解放碑广场,一个残疾的流浪歌手还在抱着一把破吉他嘶吼那首叫《春天里》的歌。

四十

8月7日,立秋。老一点的重庆人都知道,立秋之后有24只"秋老虎",意思是说天气还要热24天,但愿这是真的。毕竟,以我和老黄眼下的境况来说,热天比冷天强,晴天比雨天强。

树下的铁凳子太硬太窄,昨晚快两点才睡着,中途被硌醒五六次,翻身时还掉到地上两次,一晚上差不多睡了十来觉,没做上一个完整的梦,早晨还不到七点,又被广场舞大妈给叫醒了。借园林工人浇花的水管子洗了把脸,咕嘟了几下黏黏糊糊散发着怪味的口腔,我和老黄开始迎接"一无所有"的第二天。

自力巷53号已经不是我们的家了,但是无处可去的我和老黄还是不经意地走进了自力巷。我惦记着被转移的财物,老黄牵挂着瓦砾下面的两个包裹,只要我们任何一个人的东西能弄出来,都可以渡过眼下的难关。10点多钟的时候,大石哭丧着脸来了,他说给房主打了很多次电话都没有接听,看样子被转移的财物有点悬了。这的确是一个坏消息,他几乎击碎了我们最后的希望。大石还叹息着补充道:"当初他从房主手里接房子时完全是口头协议,没写过任何书面的东西,现在房主撒手不管,就算打官司都没有依据。"我们从大石手头租房子的时候,

当然也是君子协议,他在这个时候还在为我们的事着急,也算是仁至义尽了,我们还能多说什么呢?见我们没有早饭钱,大石还慷慨地掏出了100块钱交给老黄,他说先走一步看一步吧,别饿着了。

突然遭遇的这场变故,我们既找不到地方讲理,又找不到解决问题的着力点,一肚子的窝囊和憋屈令人崩溃。老黄没有心思干活,也没有打算回家,他说自己的2300块钱就在那过道里压着,不搁这儿守着心里不踏实,万一被人钻进去拿走了怎么办?

接下来的5天时间,老黄每天黎明时分就来到自力巷,直到深夜才提心吊胆地离开。大石接济的100元钱保证了我们生存所需的基本能量,每天只吃一顿饭,到了第5天晚上竟然还有节余。老黄也不用继续光着上半个身子了,因为老杭给他送了一件长袖的衬衣。

在自力巷53号被推倒的第五个晚上,渝中半岛的上空堆积了厚厚的黑云,刺眼的闪电一道接着一道。看起来今年的"秋老虎"准备要走了。

秋雨要来,榕树下的铁凳子是不能睡了,附近的屋檐下比晴天时更加拥挤。我和老黄走出商圈几公里,终于在一个封闭整修的偏僻街道找到了比较宽敞的屋檐。与喧闹的CBD商圈相比,这里没有车辆通行,行人也不多,睡觉的时候贴着墙根儿,应该不会被淋着。感觉在可供睡觉的屋檐当中,这里至少算得上"四星级"。

风雨欲来的初秋深夜,"四星级屋檐"并没有给我们带来一夜安稳。11点左右,老黄突然感到头晕,站立不稳——对于一个身患高血压和脑梗塞的老人来说,五天没吃降压药,再加上经历的这些事情,感到头晕就意味着病情恶化。这是自力巷53

号带来的"次生灾害",绝不能有丝毫疏忽大意。大石接济的一百元还剩二十块零四毛,可能只够打车的钱,但是人命关天,不管手头多么寒酸,医院一定得去。

"不会有大问题,躺一会儿就会好的。"老黄感觉我要送他去医院,用力推开了我扶他的双手。

"必须马上去医院,钱的问题你不用担心,我来想办法——"我已经仔细想过,只要愿意把面子放下来,找朋友借个三五千块钱救急应该没有太大问题。

"找人借了还是要还的,我的病我晓得,明天再去诊所买点降压药。"

老黄对医院的抵触我早就领教过,只要意识还清楚,他是无论如何都不会去医院的,如果硬来,没准儿血压会陡然升高适得其反。好说歹说,最终我俩各让了一步,决定先去那个他常去买药的诊所测一测血压,再做打算。

封闭整修的安静小街适合睡觉,却不适合急救。放眼狭长的街道两头,根本见不到汽车的影子,情急之下,只能背着他往有车的地方跑。老黄最多也就120来斤,干了大半年的棒棒工作,我背着他本来不应该吃力,可能是最近几天只吃一顿的缘故,虽然也背着老黄一口气冲出了五六百米,但是停下来的时候感觉天眩地转,眼前有一大片一大片的星星在跳跃,要不是情况紧急必须硬撑着,我一定会无所顾忌地趴在地上喘气。

人在着急的时候总是容易犯低级错误。当我们打着车心急火燎地赶到那个熟悉的诊所时,我陡然意识到自己犯了两个不可原谅的错误:一是那个熟悉的小诊所离我们的"四星级屋檐"只有两三个巷道,情急之下只想着打出租车才跑得快,实际上背着老黄沿街跑出五六百米去打车,不如背着他直奔诊所,至少可以省下打车的十块钱;二是城里小诊所接诊的大多

都是小病小痛没有生命危险的患者，根本不必开门营业到深夜11点之后，这个时候还把急诊病人往小诊所里送，说明我还缺乏基本的生活常识，如果老黄的情况再严重些，我可能就会因为一个草率的决定遗憾终生。

扶着老黄在大门紧闭的诊所门口徘徊，一位乘凉的大爷说，诊所都关门四五个小时了，而且大夫也不住在这里，有急病就赶紧去大医院吧。

老黄斜倚在树下，无论我怎么劝说，坚决不同意继续找医院，似乎是一种本能的拒绝。他说："你放心，人穷命贱，肯定死不了的，我的命根本就没有钱金贵……"

灰暗的天空开始落起密密的雨点。这是秋雨，立秋之后的第一场雨，不疾不徐，不大不小，在昏黄的路灯下牵出一张晶莹的细网。

四十一

老黄没有看到第二天早晨的太阳。

淅淅沥沥的秋雨一夜未停，天空中根本就没有太阳。这个季节的雨点打在身上稍微有点凉，但也不算太冷。

"人穷命贱"，或许老黄说得没错。昨晚为了防备万一，我用剩下的钱给他买了一盒降压药，后来扶着他去了一个紧邻大医院的朋友家。陪着老黄在客厅沙发上靠了一宿，天亮的时候，他突然哭了，声音很小很沙哑，有一种砂纸磨蹭喉咙的刺痛感。昨晚站立不稳的时候老黄没哭，没钱去医院躺在雨中的时候也没有哭，我想，他没哭的原因大概是头晕得太厉害了吧，与坚强无关！现在能哭了，说明他能想起很多事情，有了正常的思维和意识，这应该是好转的迹象。我没有阻止老黄哭泣，或许哭也是一种治疗的方式。老黄的哭诉一直从女儿三岁那年持续到2300块钱被压在瓦砾堆里。他说命咋就这么苦呢？什么样的倒霉事情都能赶上……

自力巷53号被推倒六天了，老黄仍然没有放弃那两个被埋进废墟的包裹，或许这就是他能够活过昨夜的信念支撑。他说自己根本无法承受这样的损失，一定要想法把自己的包弄出来，否则死不瞑目。至于怎么弄，老黄没有告诉我，他说必须

等待一个时机。其实，这些日子我也不止一次地想要钻进废墟帮老黄把东西弄出来，但这是一栋被推倒的木结构小楼，内部檩椽盘根错节，断木铁钉支支棱棱，纵使还有一些钻进去的空隙，也极有可能牵一发动全身，隐藏的风险不可预知，再者要避开严密的看守，必然要在深夜行动，且不能使用任何照明设备，所以这几乎是一个不可能完成的任务。身份证和银行卡可以补办，有钱了衣服被褥也可以再买，那2300元钱虽然值得惦记，但是也不值得拿生命去换取。留得青山在，不怕没柴烧。我劝老黄一定要打消冒险的念头，他沉默了很久，然后坚定地看着我说："那些钱就是我的命，我需要它买药租房子。"

初秋的小雨时下时歇。熬过又一个艰难的白天，老黄提议今晚就在邹容路的药店门口睡，一来如果晚上发病拿药比较方便，二来中午赊的包子和稀饭不经饿走不动了。药店门口的屋檐确实比较宽敞，但是好位置已被两个拾荒的大哥给占了。他们是这里的老住户，还有被子，睡得很舒坦很自然。我和老黄在这一带熟人比较多，放开架势睡担心被人认出来面子挂不住，所以就保持了一个比较优雅的睡姿——就是那种坐沙发的姿势，尽管屁股下是地砖，背后是墙壁，我几乎还跷着二郎腿。这种姿势很符合我们当前的处境和心态，虽然难以深度睡眠，但是遇有熟人，可以很随意地伸个懒腰，说是在乘凉或者等人。其实老黄可能根本就没有我想得多，今晚睡在紧邻自力巷的邹容路，他只是在等候一个时机。

大约凌晨三点，一阵叮叮咣咣的声音把我吵醒。在这样的屋檐下睡觉，我还是很惊醒的。睁眼一看，身旁的老黄已不知去向，不远处的涂料店门口，老杭正弯腰去扶倒在地上的铁锹和钢钎，湿透的衬衣上沾满泥土，头发上全是蛛丝和陈年扬尘，好像刚刚从瓦砾堆里爬出来的一样。老杭的右手一片鲜红，跟前的地面有一摊血迹。

"搞出来哒，搞出来哒——"老杭一边笑呵呵地小声向我报告喜讯，一边从地上捡了一张塑料布缠住冒血的伤口。

看着老杭的高兴劲儿，我大体明白什么东西搞出来了。老杭说真是这个破房子在保佑老黄，二楼以上塌成了那个样子，一楼的通道还没封死，用钢钎和铁锹把几根横在过道的木头一撬开，就钻进去了，老黄的两个包包都找到了，只是不晓得钱还在不在，老杭的手是因为里面太黑，被钉子戳破了。看着他滴血的右手，我心里很不是滋味儿，更有一种无地自容的感觉——这是一次出生入死的帮助，67岁的老杭可以为了朋友豁出老命，也不在乎流血。而我，哪怕是现在选择，依然会去想"冒这样的险值不值得"。和棒棒一起生活了大半年，到今天我还没有真正融入他们的价值观念——只有应不应该的衡量，没有值不值得的顾虑。老杭看出了我的心思，他说，我们知道你也是讲义气重感情的人，但你的身份不一样，又年轻，我们瞒着你进去，一是怕你阻止，二是不想让你去冒险，我们都六七十岁了，死了也没什么关系……

老杭捂着流血的伤口抽完了两支烟，老黄的身影才出现在街道对面。从废墟里钻出来之后，他们担心被拆迁办巡夜人员发现，采用了声东击西的战术。老杭扛着工具大摇大摆走巷子东边出口，既可观察"敌情"又能吸引注意，不打口哨代表安全，打口哨代表有情况。老黄扛着两个大包走的是西边出口，为了确保万无一失，他还兜了很大一个圈子。老黄的肩上，除了两个沉重的大包之外，还有两根棒棒——这是我们吃饭的家伙，老黄自然不会遗忘。偷袭得手，老黄很兴奋，他说："前几天每天去巷子里守着，其实就是要让巡夜人员晚上睡不好觉，连续四五天，他们的身体肯定疲劳，思想也一定会放松，加上

今天下雨，所以就觉得时机已经成熟。"

打开那个被脑袋磨得油光锃亮的枕头包，老黄从里面依次掏出了身份证、银行卡，还有一扎用方便袋子包裹成一团的红色钞票。

"一、二、三、四……不对，一二三……"

老黄的双手抖得厉害，加上额头的汗珠不停地往眼睛里灌，接连数了两三遍，硬是没数清楚，后来他直接把手里的钞票塞到了我的手里。我仔细地数了两遍，一共是2200元。老黄之所以说是2300元，是因为有一张钱对折着夹在中间……

凌晨的秋雨突然加大，就好像是老天爷被打动了，在五一路口的街面上砸起一片泪花。扛着两个大包裹在大雨中疾行，老黄的身上湿透了似乎也不觉得冷。今晚，他用自己的命赌赢了——赢回了本来属于自己的东西。

接下来的两个深夜，自力巷53号的瓦砾下也很热闹。老黄和老杭又进去了好几次，不仅找出了手拉车，连还没来得及去卖掉的破铜烂铁都转移了出来。大石两口子也来了，用箩筐一点一点拖出了四百多个蜂窝煤。在废墟下摸黑作业的时候，他们知道离死神很近，但他们义无反顾。

用生命换取本就属于自己的东西，这是个意外，似乎又是必然。

埋在废墟里的东西还可以用命去换，被安全转移的东西呢？

四十二

　　涂料店门口，老甘坐在屋檐下眼神很空洞，好像在看雨，又好像什么也没看。他的上半身贴身披着一件塑料布做成的斗篷，前胸依然只系着那条围裙，干瘦的双臂在胸前交叉环绕，仿佛在阻挡体内热量的挥发，微微前翘的尖下颌上，几缕乱蓬蓬的胡子茬儿承托着三两滴从地面溅起来的水珠。老甘这些天也过得很不顺利——因为生活成本大幅提高，老甘要求涨点工钱，直接被老板炒了鱿鱼。没有活干没有"白娘子"看的时候，老甘就想去正阳街赢点钱给自己买衣服，斗了三天地主，身上的1000多元输光了，还欠了牌友60多块。储奇门每晚十元的棒棒旅馆是不能再住了，主要不是因老板的服务态度差，而是一个月300元太贵。眼看这场秋雨一时半会儿不能停歇，老甘找到一块塑料布为自己添置了一件斗篷，然后就拎着自己的箱子告别了储奇门。老甘做事情是有底线的，无论多么困难，他箱子里的那500元零钱都不会动用。他说胸膛和肚皮有围裙挡着，后背有塑料布遮着，眼下的日子还不算艰难。秋雨中的五一路口也有温情，涂料店老板把自己身上的一件衬衫脱下来披在老甘身上，自己只剩下了一件背心。塑料布和后背之间隔了一层棉布，老甘红着眼说舒服多了。

可能是辛未月己酉日不宜搬家的缘故，从自力巷53号搬出来的人这些天都不太顺利。

南岸区的某学校公寓楼里，大石独自站在空荡荡的群租房里伤心凌乱。前两天楼上一套改造过的群租房着火了，虽然没有造成严重后果，但是惊动了消防。城楼失火，池鱼也被殃及。消防在彻查事故的过程中发现这栋大楼里有60多套私改群租房，其中4套属于大石。整改通知已经下达，本月30日之前必须撤除客厅所有隔墙，否则停水停电。这是大石手头效益最好的4套房子，租户都搬走了，拆是唯一的选择。合同还有3年，损失至少在20万以上。大石叹息着说，自己从事的行业确实鱼龙混杂，但并不是每个人赚的都是黑心钱，既然有那么多人从事这个行业，说明群租市场需求很大，为什么就不能名正言顺地经营呢？正规酒店也有出事故的，为什么不直接全拆了呢？

北碚区歇马镇，那个不大的数控车间里已见不到河南的身影，车间老板说河南三天前就辞工了。河南离开的主要原因是上班时光膀子，不仅车间里的男女工友很反感，还十分影响厂里的正规形象。面对老板的提醒和警告，河南说他在解放碑当棒棒的时候夏天从来不穿上衣，这是习惯改不了。老板是一个宽厚的人，一直容忍了他两个月。河南的最终离开是因为一条狗——他把老板托付的小狗弄丢了三天没有报告，事后还不接受批评，说狗长着四条腿，它如果想跑，我一个瘸子哪里能追得上……

河南离开的时候揣着3600元工钱，是老板亲自结算的。河南在最困难的时候我曾勒着裤带帮助过他，现在他有钱了，我却变得一穷二白，找他拿点"救命钱"不算过分吧。傍晚时分，当我在长满爬山虎的房子里找到河南的时候，他的兜里只剩二十几块钱了。河南是个耿直的人，他说没有肯定是没有了，我翻过他的兜和枕头，的确没有惊喜。他说没赌没嫖也没有被骗被盗，至于钱到底是怎么没的，河南没作解释，这是至今未解的谜。

得知自力巷53号已经被拆，河南特别伤心，他说可惜了房间里那么多的"重要资料"。

没有了自力巷53号，再也看不到老金的身影，电话也打不通。老甘说老金的手机丢了，是在医院候诊区充电时被人偷走的。没有了手机，就不必为套餐分钟数打不完而劳心费神了，对于老金来说，这或者是一件好事。当然，对我和老甘又何尝不是？

历尽艰辛，老黄终于住进了能仁寺巷子里的小隔间。有床睡觉，可以煮饭洗澡，总体条件比自力巷优越，只是每月400元的房租有些头疼。老黄有了住处，老甘第一时间拎着箱子前来投奔，虽然对老甘邋遢的生活习惯十分反感，但房租和水电费分摊是难以拒绝的诱惑，所以老黄只能半推半就地接受同挤一张小床的现实。没有了"白娘子"陪伴的老甘不工作的时候大多躺在床上，睡着了会时不时从胸腔里蹦出几声怒吼，睡不着的时候就在床上拳打脚踢打发无聊，老黄苦不堪言却又只能默默忍受。

我找老黄借了1000块钱也算暂时安顿下来了——中华路街边的单间配套的房子，房东老两口住卧室，我与摄像兄弟睡客厅的一张沙发，厨房卫生间公用，租金每月500元，水电费包干。房东有言在先，老伴心脏不好，我们白天不能长时间在屋里，晚上不能睡得太晚，每天只能煮一顿晚饭。虽然住得很憋屈，但是总比住屋檐要强得多。

倒伏的自力巷53号就如一个被风暴摧毁被雨水侵蚀的蛹

茧,失去了孕育的能量和温度。离开自力巷53号的老黄就如突然失去庇护的幼蛹,跌跌撞撞弱不禁风。降血压的药已开始正常服用,可是身体却不见好转,眼眶上的一大片瘀青,他不知道是在哪儿撞的,也想不起来是什么时候撞的。小诊所的医生说:"先是半身麻木,记忆衰退,接下来就是偏瘫……"老黄还不打算"退休",谁劝也没用。他说没有钱住院,也没有人照顾,在哪儿都一样,与其回家坐着等死,不如待在城里干点力所能及的活,挣点药钱。

涂料店几乎不怎么找老黄送货了,老板说万一在送货途中有个三长两短,沾上麻烦不好脱身。一些熟悉的老主顾大多与涂料店想法一致,但凡找得到别人,都不会雇用老黄。本来最近涉足了收破烂的新行业,但是新住所面积小又是楼房,废旧物品无处存放,也只能作罢。

在一个远离城区的污水处理厂,我们终于找到了对技术和体力要求都不高的大业务——栽设燃气管道警示桩,老黄、老杭和我,再加上老杨头,4个人差不多可以干20多天,每人每天150元。三老一壮的力工组合,平均年龄61岁(老黄65,老杭67,老杨73,我39),出于同情和尊敬,项目负责人才勉强同意让我们试一试。对于这样的挣钱机会,老黄倍加珍惜,干得十分卖力,但是在第三天收工的时候,雇主单独给他结算了工钱。因为他们看出了老黄是一个病人——他们不敢雇用病人。

中秋节前夕,老黄在床上躺了两天之后最终作出了告别的决定——两天前的黄昏,他在五一路的斑马线上晕了,跟跟跄跄一头扎进了迎面走来的女孩怀里。那个女孩很善良,双手抱着晕眩的老黄没有撒手,直到老杭赶过来。

老黄真的要离开了。他把从废墟里抠出来的物品重新装进两个编织袋,并且把那根跟随他多年的棒棒送给了老杭。二十多年来，老黄因为各种原因曾经有过很多次告别，但是后来又无一例外地回来了。过去告别是为了尝试更适合自己的生存方式，而这次是因为干不动了。老杭、大石和老甘挤坐在老黄的床上，神情凝重，没有多余的话语。朴实的情感，朴素的表达，他们并肩在解放碑打拼多年，心中有一种和战斗友谊类似的情感，这种情感不需要用酒水来表达，甚至不需要使用过多的语言。大石悄悄对我说："以老黄现在的状况，还能活多久说不清楚，大家相处很多年又天各一方，如果他哪天没了，我们也不会知道，所以这有可能是最后的送别……"

四十三

永川区临江镇，女儿宽敞的家依然空空荡荡没有人居住，灶台上的一根海带长满了绿毛。黄梅这个月上白班，早八点到晚十点，下班的时候已没有班车，所以暂时不能回来。老黄说："女儿还有十天就转上夜班了，到时候可以利用白天补觉的时间带我去治病。"

独自在家，老黄盛饭的时候才发现电饭煲内胆撂在碗槽里，刚刚挂断老杭的问候电话却想不起来对方是谁……记忆力的严重衰退让老黄随时随地都可以忘记很多事，但是有一件事在大脑里却无论如何都抹不掉——就是女儿床头柜里那张按满红手印的购房协议。一想起这张薄薄的纸，老黄就会莫名其妙地心跳加速，心里发慌。也似乎只有在捧着这张纸的时候，他才会猛然间打起几分精神，就如突然被电击一样。老黄说他绝不能在这个时候倒下，否则这个家就要被那张纸压垮。

老黄已不能再等。在家静养两天之后，他独自踏上了寻医之路。我至今也说不清楚老黄的运气到底是好还是背，刚进永川城就被街边一个促销咨询台深深吸引——是一个保健理疗店在搞店庆酬宾活动。从宣传海报上看，他们号称传统理疗与现代科技相结合的治疗方式包治百病，当然也包括老黄身上的病。热情的促销员拍着胸脯对老黄说:"不就是血压高脑梗塞吗——昨天就有一个在床上躺了半年的偏瘫老人从我们这儿一溜小跑回的家……算您运气好,我们的店庆活动还剩下最后一个免费体验的名额,三天——"

促销员的"忽悠"听起来有些不着边际,但是老黄的大脑在这个时候似乎一点没有设防,也听不进任何劝告。他说试一试总可以吧,反正是免费体验,如没有效果不来就是了。或许这就是"病急乱投医"吧!自从被确诊为高血压和脑梗塞之后,从未有人对老黄的病情表示过乐观——医生说治疗的主要作用是维持和抑制,目前还没有根除梗塞的好办法,亲戚朋友也说这种病不治会死得很快,再怎么治也活不新鲜。第一次有人拍胸脯说能治好,老黄两眼泛光,就像在惊涛骇浪中抓住了一根救命稻草的水手。老黄说听了这个小伙子的一番话,感觉身上立马就舒坦了不少。两个促销员一左一右扶着老黄往店里走,那架势既像孝顺亲爹的儿女,又像护着猎物的豺狼。我隐隐觉得这是上当的节奏,但又想不出商家的"杀招"藏在哪里。

还算整洁的理疗间里,只有一张按摩床,和一台据说是进口的微电流输出仪器。干瘦的男性理疗师看起来很文弱,说起话来却是极具煽动性:"你这个病在医院根本治不了,到我这里算是找对了地方,家传按摩手法加上先进的电疗设备,独一无二,保证当天有感觉,一个月血脉经络畅通无阻……"

老黄脱光上衣,顺从地趴到按摩床上。眼前的情景让我突然想到了老家杀年猪的场面,唯一的区别在于猪是被好几个壮劳力按在案板上的,而此时的老黄是自己主动趴上去的。干瘦的师傅把两个电流输出终端分别在自己和老黄身上接通以后,又往手上涂抹了一些油腻腻的东西,反复揉搓,感觉就像准备动手的杀猪匠。

"老人家,今天不养生,明天养医生。强盗通常只在晚上作案,医生却在全天抢钱……强盗只能抢光你身上的钱,医生却能抢光你一生的积蓄;强盗只能逼你掏钱,医生却能逼你借钱。碰上强盗作案可以破财消灾,遇到医生抢钱却得倾家荡产直到没命……"干瘦的理疗师一边推拿按摩,一边像念经似的唠叨个没完。总觉得他唠叨的这些似曾耳熟,抬头一看竟与贴在墙上的"周立波语录"一字不差。看来他们已经把周名嘴的话当成了企业文化,只是还不清楚他们对自己的定位——到底是医生呢,还是强盗?不过不管怎么定位,他们所推崇的观点倒是与老黄的看法高度一致——老黄宁死不去医院,主要是因为两个方面,一是兜里没钱,二是担心医院"抢钱"。

先做背,再做脚,最后还要做头部,几番折腾完毕,老黄回到临江已经是晚上十点多钟了。理疗店老板也的确是说到做到,压根儿没有谈钱的事儿。

感觉不花钱的理疗效果不错,老黄的心情也不错。回屋的时候,他发现客厅茶几上有一张纸条,老黄说肯定是黄梅回来过了,这像是她的字迹。我问老黄都写了啥,他拿着纸条大声念出了声:"敬爱的爸爸,这两天你的身体还好吗?心情还愉快吧?过几天我上完白班——就——就可以照顾你了——你——你……"

老黄磕磕巴巴念信的时候,我感觉他的眼睛在信纸上飘浮不定,表情也很特别,突然意识到他根本就不认识这么多字。再说黄梅上白班那么忙,前两天都没回,不可能闲着没事跑回来写这样的便条。从老黄手里接过纸条,我才发现是老家伙心情好的时候顾面子,自己在那儿想当然胡咧咧。其实,就在他外出寻医的这一整天,家里乱成了一锅粥。

"爸爸,你到底跑到哪里去了嘛!这两天电话都打不通,我真的担心得不得了,中午的时候请岩岩的爷爷来看你,敲了半天门都没得人开,急死我们了,生怕你出啥子事情。我从厂里跑出来,假都没请……在镇上找了一下午,也找不到你……找人顶班的时间到了,不回去工作就要搞脱……如果明天还没得音信,我就报警了……"

小纸条上有几点湿过又干了的痕迹,感觉是黄梅在写字时掉下来的眼泪。直到这个时候,老黄才突然想起了自己的手机,衣服口袋里没有,行李袋子里没有,桌子椅子上找遍了也没有,拨打时又处于关机的状态。想用我的手机给女儿回电话吧,又记不住号码。老黄急得又蹦又跳,越着急越找不到,越找不到越着急。一夜苦寻,当我在床垫和床头的空隙里把手机抠出来的时候已经临近凌晨一点。直到这个时候老黄才拍着脑门儿说:"前天到家的时候就把手机放在床头充电,黄梅说过有事会给我打电话,所以我就没想过给她打……"老黄把手机放在床头是为了充电,但是根本没有插电源。

寻常的人家,不寻常的故事。凌晨一点拨打黄梅的电话,彩铃的第一个音符还没唱完就接听了,听筒的另外一端,泣不成声。

四十四

连续三天的免费体验结束了,理疗店的"杀招"也终于露出来了。

"老人家,走几步,甩开膀子走几步——"

干瘦的理疗师一边引导老黄走出按摩间,一边模仿着"卖拐老赵"的口气活跃气氛,也不知道是心理作用还是刚刚洗过脸的缘故,老黄青紫的脸上多了不少光泽,抡起来的膀子虽然顺拐但却透出了几分精神。

"哎哟哟——胡师傅哎,你的独门绝技真的是又显神通了呵——才两三天就让这个叔叔变了一个人,我都有点认不出来了哎——"门口的一位女员工用惊讶得很夸张的表情瞅着干瘦的理疗师。听着近乎崇拜的夸奖,胡师傅眯着眼一副得意的样子。我可以很确定地说,如果是演戏,他们的演技相当拙劣,如果是真诚表达,那个女员工一定会经常被人戳脊梁骨很难交到知心朋友。但是即便如此,老黄似乎还是受到了莫大的鼓舞,膀子抡得更圆了,小腿也抬得更高了。坦率地说,本人一直对理疗按摩之类的保健项目不感冒,总觉得是需要钱和时间的双重消费,治不了疾病也整不坏身体,图的就是疼痛之后的一时快感。之所以没有拼尽全力去阻止老黄,是因为这是不花钱的体验，即便是上当受骗，咱们也是无钱可骗，当了一辈子棒棒能在有生之年享受这样的服务，谁能说不是机会呢？

接下来自然是谈后续治疗的问题了。

"从这三次的效果来看，一个月之内我可以让你恢复到去年的身体状况，千万不能间断，否则这三天就白做了。"理疗师信心十足地看着老黄说。这一刻，我差不多明白了理疗师的定位——他一定是想当"医生"——抢些积蓄。

"做一次多少钱？"老黄直奔主题。

"你是我们酬宾活动中的顾客，八折优惠，一个全套下来也就三百七八十块钱，一个月一万多一点！"

"一万——"老黄的话没说完就一屁股跌坐在身后的椅子上，"我是个棒棒，一年都挣不到一万块……我还以为几百千把块就得行呢！"

老黄的话让胡师傅和旁边的几个女员工有些意外，脸上的失望几乎不加掩饰。每个重庆人都知道棒棒身上有多少油水，每个重庆人都清楚当棒棒有多么不容易。尽管如此，他们依然没有放弃，表情里看不出到底是不想让老黄放弃"如此有效"的理疗，还是不想放弃赚钱的机会。

"你有儿女噻——这么一点点钱，就让儿女们掏嘛，治病要紧，莫舍不得——"

"我只有一个女儿，她现在欠二十万……"

老黄真诚地表达了感谢之后，欲起身离开。虽然感觉这三天的理疗效果不错，但是如果要花一万多块钱，老黄宁可选择去死。这个时候，前台负责收银的女孩沉不住气了，迅速从抽屉里扯出一沓账单。

"叔叔，这些是你这三天体验的账单，一共567元，您把钱付一下。"

"不是免费的嘛，为啥子还要钱呢？"老黄突然觉得脖子一紧，吓得黑眼珠差点从眼眶里暴出来。

"是免费的呀，胡师傅做的项目都是白帮忙，但是材料费和您做的其他那些项目不能免噻——精油、药膏、足底按摩，还有玉石经络，都只收了一点成本费。"

发现老黄没有积蓄，他们立即从"医生"变成了"强盗"，而且这种角色的转换看不出任何先兆，似乎他们本来就亦"医"亦"盗"，只是看客杀鸡罢了——遇到有积蓄的顾客就当"医生"，抢不到积蓄就当"强盗"，能抢一点现金也好。一直冷眼旁观的我再也忍无可忍，说他们这是欺骗，并扬言要到消费者协会去告他们。

"我们合理合法地做生意，告到哪儿都不怕，宣传单上写得清清楚楚，本店对这次酬宾活动有最终解释权……"见我气势汹汹，收银员也把声音提高了八度。

我当场给一个律师老同学打了电话，他说你太OUT了，这是世纪之初就开始盛行的促销手段，人家有"解释权"，你就认栽吧。

"杀招"终于显露，我几乎没有招架之力。天上哪里会无缘无故地落下馅饼？商家怎么会做吃亏的买卖？不怨商家太心狠，只怪我和老黄太天真。

人家已经"解释"清楚了，也有这个"权力"，接下来就只有交钱了。老黄哆嗦着把手伸进裤裆，从内裤兜里摸出一卷塑料膜。拨开一层还有一层，颤抖的双手就像在拨一个烫手的烤地瓜，拨开第四层的时候，终于露出了一卷红色的人民币。

老黄掏钱的动作真的令人心碎。我在心里把最恶毒的脏话全部骂了一遍，真想替他把这些钱交了，可是我兜里根本就没有这么多钱。坐在一边的胡师傅眼睛一直盯着面前的地板砖，不敢抬头。围在老黄跟前的一个女员工也在不知不觉之间，眼里噙满泪水。

老黄把钱全部摊在前台，也只有500元，再把所有的兜又掏了一遍，连四张一毛的都没放过，全部加在一起，一共五百三十元零四角，刚才还很蛮横的收银员突然安静了，捋钱的双手也像老黄一样不停地颤抖。

人性本善，老黄无助的眼神几乎在同一时刻戳痛了几名"强盗"的良知。其实他们本来就不是"强盗"，只是为了赚钱而采用了一些迷惑人的促销手段。当然，就算是最歹毒的"强盗"也不一定禁得住这样的感化。

收银的女孩不由分说地把钱塞回了老黄的手里，她说如果老板怪罪，就扣自己的工资。老黄临出店门的时候，那个一直低头看地板的胡师傅猛然冲过来，扯住老黄的胳膊说："如果您真的觉得有效果，以后每天九点以前来，我提前一小时上班，再做一个月，保证一分钱都不要，老板的工作我去做……"

"强盗"突然之间变成了好心人，感觉就像拍电视剧似的，可这事确实就发生在今天。其实，这样的理疗有没有效果已不重要，这份爱心就是一剂最好良药。

明天我就要回五一路了——"强盗"都能向善，我为自己的寒酸感到汗颜。

老黄没有回家，他准备住进女儿在城区租的宿舍，他说这样可以方便每天去理疗。

当晚十一点多钟，永川城里的秋雨下得像面房晒场的挂面，黄梅还在陪着父亲徒步往返在理疗店和宿舍之间。她捋着被雨水凝成一缕一缕的头发对我说："你回重庆之后，爸爸找不到去理疗店的路，今晚不管走几遍，都一定要让他把路记住。"

仲秋的雨呀，难道你就不能下得小一点儿吗？

255

四十五

中华路上，老杭找到了一个担包的业务。

紧跟着美女雇主的脚步，老杭又开始盘算自己的计划。最近一段时间，每每遇到这样的业务，他都在寻找机会想给兜里那张假钞换个主人。

为了这张假钞，老杭可谓机关算尽，此前已经失败过两次——7月初的时候，终于等来了为涂料店代收货款的机会，在光线昏暗的写字楼走廊查点数目，老杭趁着付款方与熟人打招呼的时机迅速调了包，然后把那张假币挑出来请付款人重新换一张，本以为天衣无缝的计划，却被骂了个狗血喷头，原因是人家刚从财务室领出来的货款，即便有假，也不可能假到这个份上；8月中旬的时候，老杭拿着这张钱去一个小巷子的烟酒店买烟，之所以选择这里，就是希望那个戴着老花镜牙齿快掉光的老爷子不识货，未承想老头把钱捏在手里只搓了两搓就扔了回来，瘪着嘴说："小伙子哎，这不是人间流通的人民币。"老杭很尴尬，他说真没想到这老头能把我认成"小伙子"，认钱却不含糊。老杭的坚持近乎偏执，两次失败的尝试之后，他又把目标人群锁定为街头的粗心雇主——他们不差钱，也不会留下后遗症。

跟随美女雇主乘电梯上楼的时候，老杭下意识地摸了摸裤兜，确实准备好了。

大同路高层住宅的二十楼，走廊里很安静，光线也很暗，美女一边找钥匙开门一边递过来一张百元大钞。

这是老杭苦等了很久的机会。之所以苦等，是因为这样的机会所要求的条件近乎苛刻，天时地利人和三者缺一不可——首先是雇主兜里没有零钱，而且付钱时注意力不集中，其次是付款的地方人不多光线暗，最后还得要求雇主是比较温柔善良的女人。自从那次"代收货款"被粗暴的男人喷了一脸口水之后，他就不敢再打男人的主意，老杭坚定地认为，这种偷梁换柱的把戏就算被女人当场识破，应该不会挨揍，即使挨揍也不会残废。目测面前的女雇主不是泼辣之辈，而且经济基础不会太差。

老杭早就准备好了。最顺手的右边裤兜里，那张假币就如一颗上膛的子弹。

按照谈好的价钱，需要找回85元零钱。趁着女雇主开门的时机，老杭用左手把刚刚接过来的百元钞票塞进裤兜，右手迅速掏出假币，装模作样地对着灯光辨别真伪。虽然精心谋划了很长时日，台词早已背得滚瓜烂熟，但是身为一个老实的棒棒，终究表演得不够专业，不够生活。老杭呼吸很急促，手也抖得比较厉害，更假的是他摆出一副认钱的架势，实际上眼神并没有在钱上停留，一直用余光偷瞟雇主的面部表情。

"美女——麻——麻烦你换一张钱——"

"为啥子呢？"女雇主一脸错愕地看着老杭。

"这张钱好像——好像有点问题。"老杭把钱递回女雇主手中的时候，胸腔气流受剧烈心跳的拉扯，声带完全不受意识的掌控，听起来相当别扭。看着眼前的老杭，我终于明白了他前

两次行动失败的根本原因。失败是成功之母,既然已经经历了两次失败,总该有些长进吧!但是从眼前的表现来看,他真的是一点长进也没有,而且还有可能留下了心理阴影。

或许天生就不是干这种事的人。这样的任务完全超出了老杭的能力和秉性,他执行得十分吃力,他正在经历痛苦的煎熬。

"老年人,这张钱不是只有一点问题哟,是很有问题呢——"女雇主锐利的目光就如两把锋利的匕首直接插向老杭的眼眶,老杭赶紧低头,不敢对视,右脚尖不停地踢蹭面前的地砖缝隙,感觉行为已经不受意识控制。

"你这张钱是从哪里来的?"

"就——就是你刚才给我的那张嘛——"老杭似乎用尽了全身的勇气迎着女雇主的目光,说完话又立即扭头看向走廊的尽头。从眼前的形势判断,老杭根本就顶不住女雇主坚定而锋利的质询,第三次失败已只是时间问题。

"老人家,钱从哪里来的你心里最清楚,来,我先教你认钱——"女雇主又从手袋里拿出一张百元钞票,先教老杭看金线,再看水印,然后再把钱叠起来看纹路,立起来看数字。她说:"我这些年做过水果批发,干过建材零售,天天和现金打交道,这么假的钱怎么可能进得到我的口袋嘛……"

老杭的脸颊开始淌汗,衬衣的后背也由浅蓝变成深蓝。继续负隅顽抗就是不识时务,老杭的头越埋越低,不再分辩,就像是一个被抓了现形的骗子,正在听凭发落。

精心策划的行动方案,苦苦等来的实施机会,还没有真正交火就败下阵来。其实这样的胜败早已注定,就如一只温顺的绵羊把狮子确定为捕猎的目标。相比老黄和老甘他们来说,老杭头脑活泛有些小聪明,也曾通过自己的才智成功降低过卖饮料瓶子的损失,但是依然不能与奸滑相提并论。如果奸滑,他就不会甘愿当棒棒；如果奸滑，他一定不会用自己的汗水换回这样的假币。纵使你是最聪明的棒棒，也不可能斗得过哪怕是最愚蠢的雇主，否则，别人怎么可能会成为你的雇主呢？战略判断上的失误，直接决定了眼前的形势，而且根本不可能有逆转的机会。

老杭手忙脚乱地浑身翻找零钱，他只想快点凑够找零的85块，然后以最快的速度逃离这个楼层，逃出女雇主匕首一样的眼神。哪怕多待一秒，都可能被她的眼神刺穿心脏，露出自己被阴影笼罩的灵魂。这将是对一个行业的亵渎，这不仅仅是他一个人的悲哀。

看着老杭的手足无措，女雇主的眼神已不如先前锋利，眉目之间甚至透出了几分温和。看来老杭的有一些判断并没有错——这的确是一个温柔善良的女人。没有继续追问假币的出处，也没有关于诚实和奸诈的道德标榜。对于此刻的老杭来说，这样的宽容已经足够，他不想再作半句分辩，也没有勇气倾听任何指责，因为他都67岁了，所有的道理都懂。

在从老杭手里接过零钱的瞬间，女雇主似乎作出了决定。她把手里的假币撕成两段扔到地上，然后把刚才用于辨别真伪的钱放进了老杭的手中。

"老人家，我看你也是个老实人，肯定是受骗了，这么大岁数还在当棒棒不容易，这张假钱算我的……"

干了二十年新闻工作，还真没经历过这样巨大的心理落差，感觉就像坐了一趟过山车，脑子完全蒙了圈。

这他妈到底是谁家媳妇儿呀？这世界太需要这样的败家娘们儿了——这些年我一直有个毛病，一到感动的时候就容易冒脏话，总觉得其他语言不够劲儿。

那一刻，我差点就露出了雄性龌龊的一面——显然，面前

这样的女人一定是别人的老婆,可我竟然有怦然心动的感觉,好在没被别人看出来。

那一刻,我只顾着自己感动了,至今仍然回忆不起老杭当时是什么表情,也没有指挥摄像兄弟抓到有冲击力的特写。看图像回放的时候才发现老杭拾起了地上的两段假币,反复撕扯,直到变成很多碎片。由于机位离得太远,也看不清他的眼睛到底红没红……

直到告别的时候我才恢复理智。老杭是一步一步退着走进电梯的,而且是一步一点头。出门之后,他在门口的台阶上坐了很久。他说:"我最终也没有痛痛快快地承认假钱是我的,现在特别后悔,真的想折回去认个错……"

老杭最终没有回去,但他的心一定是回去了。

四十六

自力巷53号拆了，棒棒老黄走了。

没有53号楼的自力巷更多了一些凌乱和冷清，据说还有二十多个钉子户没有搬迁，拆迁进展越发艰难。没有老黄的五一路口热闹依旧，对于这个劳动市场来说，多一根棒棒少一根棒棒都无所谓，除了我和老杭之外，已没有人惦记他，就好像他根本没来过一样。其实在这个世界上，每个人都是这样的微不足道。来来去去，只有你自己在乎。

老甘又找到了新老板，日薪50元。作为一名熟练的大排档勤杂工，薪水要求也很合理，所以老甘"跳槽"并不是太困难的事情。老黄走了之后，老甘也搬出了能仁寺巷子，条件虽然不错，但是他无力独自承担每月四百多元的房租和水电费。老甘的新住所是一个楼梯过道间，可以睡觉，不能煮饭，洗澡洗衣上厕所也得想其他办法。天凉了，老甘还穿着围裙和那件涂料店老板脱给他的短袖，他说并不是买不起一两件衣服，只是在盼望着被"转移"出去的衣服被褥能尽快认领回来，自己原本不缺衣服。从眼下的情况看，老甘的希望越来越渺茫——拆迁办不会搭理我们，房主也不搭理大石。

国庆节前夕，河南的身影又出现在新华路上。从北碚的工

厂辞工之后，河南消失了将近一个月，至于这些日子是怎么生活的，他不愿提及，现在他和老甘住在一起。河南依然光着膀子干活，他已经和当初的大排档老板重归于好，每天的工钱60元。可能是时间消融了仇怨，也可能是利益关联消弥了分歧，当年因为两个鸡蛋导致的不痛快，现在成了调节氛围的笑谈。重新牵手的主雇关系看起来很融洽，河南挑水架棚摆桌凳的工夫，老板已经为他做好了一桌子饭菜。说起来是一桌子，其实只有三个大铝盆——两盆豆浆，稍稍晃动就外溢，一盆鸭肉煮白菜，八分满。内容虽然不复杂，但是三个盆却挤满整个桌面。一个容积比盆子略小的大海碗是河南现在的专用饭碗，他一边盛饭一边用饭勺"打夯"，直到米饭在碗口上面堆起了一个扎实的小山包，才开始坐下来用餐。正值下班高峰时段，用餐的河南成了路口最引人注目的风景，不少路过的行人都不由自主地驻足观看。河南似乎也很享受路人惊讶的目光，吃得不紧不慢，大约四十分钟之后，桌子上的两个盆和手里的饭碗已经见底，剩下一盆豆浆，他说等一会儿干完活做消夜。老板对河南的食量表示充分的理解，他说能吃就能干，再说他这样的吃相还可以招揽顾客。

没有师傅老黄的日子，我在五一路口的业务依然没有太大起色。满大街都是就业的机会，我必须从心理上挣脱自力巷的束缚，寻找新的出路。在鲁祖庙附近，我实现了人生新的跨越——由一个棒棒摇身一变成了某工程建设项目的乙方。说得再通俗一点，那就是包工头。

好几条街的地下管道改造工程，耗资不菲，二十多个技术工人和几台工程机械要干一个多月。第一次放下棒棒走出五一路，就能揽下如此巨大的工程，当然不可能。我承包的项目是一个"五星级"——工棚。因为这个工棚修建（实在不愿意说是搭建）在一个五星级大酒店的外墙上，上级工头说了，挨着星级酒店的工棚也必须高标准，至少也得在工棚当中评得上"五星级"。上级工头要求高，给的工程预算也不含糊，整整1000元。既没竞标也没有托关系谈回扣，竟然就成了"乙方"，我浑身上下包括每个毛孔都充满了春风得意的感觉。

在五一路口找了四个略懂技术的工匠，谈好了当天干完，每人150元。考虑到这活儿蹿上跳下也有一些危险，我犹豫再三，最终没敢叫老杭。

材料是现成的脚手架，一根一根拼接起来，扣上顶板、支起床板，再上上下下覆盖一层防雨布，只要外观不丑能遮风挡雨，基本就能达到五星级。上午十点开工，下午四点竣工，虽然大小也是包工头，但是我一点包工头的谱都没摆，全程身先士卒，一马当先，没怎么出汗也没感觉到累。待到四个员工各自揣着150块哼着小曲儿走远的时候，我掏出剩下的400元钱数了三遍。那一刻，我感慨万千——我想到了自力巷，我想到了老黄，想到了大石，还有毛土豪和栽得深。

接下来的几天，我跑了附近的很多工地，先后给十多个大小包工头留了电话，期盼他们在缺力工和勤杂工的时候找我，需要多少人都没问题。

这是一个被信息主宰的时代，但是信息的作用在低端劳动力市场上却体现得极不对称——大多数低端劳动者以及低端劳动的组织者文化不高，也不会利用互联网发布供求信息，找活靠亲戚朋友，干活也靠亲戚朋友，由于供求双方都局限在自己的小圈子里，自然就导致了供求信息的脱节，用人的人时常急得团团转找不到人干活，找活儿的人满大街闲逛却无事可做。"山城棒棒"本来就是最响亮的劳动品牌，只要敢于和用人的工头们取得联系，即便东边下雨，西边还有可能是晴天嘛。十多

263

个老板,每天只要有一个人召唤,我们就一定会有活儿干。

思路变了,出路似乎马上就变得宽阔了。随后的日子,我手头的工程几乎忙不过来,不到二十天的时间,整修了一个化粪池,清理了四条下水道,还承包了一个灯光篮球场——建设施工中的力工活儿。这些业务全部来自一个大包工头,因为实在忙不过来,我还多次委婉谢绝了其他工头的邀约。作为乙方的"乙方",我每天率领着四五个老少棒棒,指到哪里打到哪里。在完成这些"工程"的过程中,老杭和大石成了我的左膀右臂。老杭虽然太老了,但是在解放碑的棒棒圈子里德高望重,人脉很好,我需要多少人,他就能给我找多少人,在工地上我基本都尊称他为"杭总",每次听到这样的称呼,他都会咧着嘴露出两排烟熏牙,干活也更加卖力。大石最赚钱的几套群租房被消防取缔之后,也不用上街贴广告了,"棒棒"又成了他的主业,几乎是随叫随到。大石干活实在而且经验丰富,既是工地上挑抬的主力,又肩负着"技术总监"的职责。

我们的工钱每天结算,严格按照市场行情,出工一天就有150元收入,如果强度太大还可能适当上浮。身为"乙方"的乙方,我的待遇是老杭他们的双倍,当然排名靠前的"乙方"有要求,我必须参与劳动……

时来运转的时候,好事扎着堆地往身上赶。闰九月的前两天,在一个街道领导的亲自过问下,我们被"转移"的物资终于认领回来了。老甘的影碟机没有了,他并没有表现出特别的失落,或许他认为这个季节更需要衣服被褥的温暖,精神层面的需求似乎已经不重要了。我的白底黄花枕头还在,但是里面的"重要内容"以及那个沉甸甸的鞋盒子没有了。这是一个"哑巴亏",只能在心里憋着——这样的损失不可能有责任方。再说这本来就是我们把政府的话当耳边风造成的后果,能把损失降到最低程度已经是街道领导最大的关怀了。好在我的兜里正在变得厚实起来，我想，是时候去"关心"一下病中的师傅了。他现在怎么样了呢？

四十七

清晨八点，薄雾中的永川城还略带睡意，上班的人已经步伐匆匆。

租住在城郊茧丝厂宿舍楼里的黄梅还没有睡觉，她已经转入夜班十多天了，晚上八点上班，现在才刚刚下班到家。接下来还不能补觉，她必须给父亲做早饭，监督吃药，还要赶在九点之前把父亲送到十多公里外的理疗店。最近这十多天，理疗店那个胡师傅倒是说到做到，每天九点之前就等候在店里，这个时候顾客很少，他可以专心为老黄做理疗。胡师傅每天都很热情，也没提过钱的事。由于从心底不敢信任"强盗"的爱心，我始终在担心着他们是否还有新的花招，不过我也想好了，只要对老黄治病有帮助，大不了付给他们万把块理疗费嘛——财大就是气粗，这回来永川，老子兜里就揣着六千多，回去之后还有好几个包工头等着我呢。

老黄的脸色白净了不少，走路也稳当了很多。他说这辈子从来没有被人这样关爱过，胡师傅每天做理疗不要钱，女儿忙前跑后的都累瘦了二十多斤。

黄梅确实瘦了，脸色也比父亲差多了。老黄现在已经能自己找到理疗店，但是女儿总是不放心他独自出门，上白班的那几天，她早晨五点起床，七点钟之前把父亲送到理疗店门口，然后自己再赶回去上班，现在上夜班，侍候父亲的时间充裕了，但是自己每天的睡眠不足四个小时，厂里的工作强度又很高。黄梅说感觉快撑不住了，但是无论如何都必须撑下去。

深秋的傍晚，女婿风尘仆仆地回来了。总共七天假，在从日喀则到拉萨的途中遇上车祸事故大堵车，原本两天多的路程用了三天半，他说无论如何都要回来分担几天，如果再把妻子累垮了，这个家的形势将会更加严峻。

回家只坐了不到半小时，女婿就骑着摩托车出门了。听熟人说，在江津的中山古镇有个女神医手头有治疗中风和半身不遂的祖传偏方，治好过不少人，所以想去试一试。

从永川临江到江津中山，全程六七十公里。山乡的公路蜿蜒崎岖，夜间骑着摩托车长途赶路，充满各种不确定危险，但是女婿的时间不多，他说就算累死摔死，也必须在今天晚上把老岳父需要的偏方弄回来，这个家没有能力打"持久战"。

将近三个小时的长途骑行，女婿到达中山古镇的时候已是深夜十一点多钟。传说中的"女神医"睡眼蒙眬，好像还患了严重感冒，开门的时候满脸不高兴，但是听说是赶了六十多公里夜路慕名前来寻医的，女神医病恹恹的脸上马上布满了笑容。偏僻的山乡，破旧的房子，凌乱的灶房，怎么看怎么不像山野神医的隐居之所。但是真正超凡脱俗世外高人往往很低调，一眼就能被人看出来历的人大多都是凡夫俗子，所以老黄的女婿表现着足够的虔诚。女神医说，只要是血液循环流通不畅的问题，她祖传的偏方肯定有效果，十里八乡治好的人不计其数。所谓的偏方，其实就是一壶用中草药泡出来的米酒——5斤装的酒壶，500元的药费，一个月的疗程，效果明显需继续巩固。不敢对神医妄加评论，倒是觉得用低度米酒泡出的药酒很

新颖，也一定对得上老黄的口味——因为他老人家不胜酒力，一杯白酒就"晕菜"。

凌晨四点多钟的时候，女婿终于把药递到了岳父嘴边。老黄呲咧着嘴表情很复杂，既像药味太苦，又像心里很甜……

但愿，小偏方真的能治大毛病！

第二天晚上，女婿的行李又收拾好了，黄梅跟工友调了一个白班，九个月了，夫妻今晚终于可以团聚。往返五六天路程，花了两千多盘缠，谁不想多在家里住几晚，但是他们不能。女婿四十五度仰望着天花板说："再坚持一年多就好了，那时我就在本地找份工作，挣少点都可以，黄梅不上班，专职在家侍候老人和孩子——"

这个晚上，小夫妻俩一会儿在嬉闹，一会儿在吵架。

这个晚上，小夫妻俩差不多品尽了生活的各种味道。

黄梅笑了很久，也哭了很久。

女婿走后，老黄的病开始内外兼治，每天一杯酒，一次电疗，还有按照医院处方买回来的各种药片。

我离开永川的时候，悄悄给理疗店的胡师傅塞了三千块钱。胡师傅没有捂兜盖但是拒绝的话说得还是很严肃的："什么钱不钱的，说那个不亲热！一个月的疗程满了之后，可以继续来巩固，三天做一次。"

四十八

立冬之后，我把电话号码留给十多个工头的行动收到了出其不意的效果。一个叫"十八土"的防水公司老板急急火火找到我，说南山的轻轨隧洞防水工程赶工期，需要七八个人火线增援，不需要力气，大脑灵光手脚灵巧就行，学习阶段每天150元，成手300元。

一不小心，我们竟然就加入了重庆市重点工程建设大军的行列。率领一股人马挥师南山，老杭和大石依然是我的左膀右臂。多套群租房被查封之后，儿媳妇有时间自己看孩子了，大石的老婆也加入了我们的队伍。钻孔灌料，打磨除尘，抹缝除渣，工头叫干啥就干啥，让怎么干就怎么干，总之，除了排查漏点、勾兑材料和机械操作暂时还干不了之外，其他都是熟能生巧的活儿，只需要仔细和耐心，也是棒棒的强项。我们以"棒棒"的身份干了两天，就顺利通过试用考查，杜老板说，这个工地差不多要干三四个月，如果表现突出，他在重庆还有二十多个大小工地，以后可以长期合作，年轻的买社保，年老的买不了就按照单位支付标准计入工资。眼下，我作为工地一个力量单元的组织者，日薪300元，其他人每天150元。

对于杜老板的远景规划，我手下3个五十岁左右的"年轻

人"很期待，但是大石和老杭并不兴奋——无拘无束地当了二三十年棒棒，他们似乎更喜欢每天收工的时候结算工钱。工头好像也看出了他们的心思，几乎也做到了每天收工的时候单独给他们三人结算。有一天大石两口子因为家里有事晚来了两个小时，面对杜老板照常支付的300元钱，大石当场掏出了他那个白布缝制的钱袋子，找回了50元零钱。他说："我们是棒棒，出了多少力就拿多少钱，多拿一分我心里就会不安。"

在这个防水工地干的时间长了，我也慢慢摸清了杜老板的家世——老家在忠县农村，初三的时候辍学入伍，服役三年，主业是烧锅炉，兼职做些营房修补工作，1993年退伍之后就业困难，就到菜园坝火车站干起了棒棒营生。两年之后，一个专做防水工程的老板临时找棒棒突击工程，因为踏实肯干，勤奋好学，再加上在部队还有一些防水堵漏的基础，跟老板干了两三年之后，他在菜园坝火车站组织了十几名棒棒，开始自立门户分包工程，从此步入防水堵漏的职业生涯。杜老板说，防水行业门槛不高，讲的都是信誉和质量，这与棒棒的职业素养是一致的，只要踏实肯干，用不了几年就能自己当老板，当初与他一起改行的十多个兄弟现在都有了自己的人马和团队，其中有两三个每年能挣上一百多万。

同样穿过军装，同样是脱下军装就当棒棒，特别的渊源类似的经历让我和杜老板攀上了战友，甚至有了惺惺相惜的感觉。得知我准备拍一部关于棒棒的纪录片，杜老板一边摇头一边拍着我的肩膀说："兄弟呀，我觉得你这个片子很难成功，都什么年代了，还去记录这些过时的老棒棒——我知道你想通过棒棒来反映这个时代的成就，太OUT了，应该找成功的棒棒嘛，我随便打几个电话就能找到几十个，你信不信……"

一个专干"防水堵漏"的土豪谈起影视选题都如此专业，

我突然之间感到了前程的艰难,似乎也更加坚定了跟随杜老板干一番事业的决心——"防水堵漏"关乎民生,很神圣又能发家致富。于是我当着杜老板的面给自己麾下将近一个班的人马开了一个短会,强调了一些关于端正态度重视质量的问题。眼神的余光里,我看到杜老板赞许地点了点头……

"春雨惊春清谷天,夏满芒夏暑相连。秋处露秋寒霜降,冬雪雪冬小大寒……"

光阴荏苒,马年的"二十四节气歌"即将奏响最后音符的时候,老黄又回来了。经过几个月的理疗休养,他已经长得白白胖胖,右边身子不麻了,走路也不摇不晃了,就如一棵即将干枯的老黄桷树重新长出了枝叶。高血压和脑梗塞是中老年人最可怕的杀手,老黄当初离开的时候一度濒临偏瘫,五一路口很多人断言这个老头已经"报废",没有人认为他还能回来,但是他真的回来了。

再次现身五一路,一些上了年纪的工匠围着老黄急切地讨要治疗秘方,而他却吞吞吐吐说不出个所以然。的确,关于治疗的事情他根本就理不出头绪——吃了不少医院的处方药片,做了很长时间的微电推拿,喝光了女婿山遥路远弄回来的米酒,此外还先后尝试过十几个偏方,包括老杭弄的杜仲泡醋也没有间断。总之,病是好得差不多了,至于哪种治疗方式效果最明显,老黄的确讲不明白。

当局者迷,旁观者清。关于老黄的康复,我的心里有一个肯定的答案——是爱的力量创造了奇迹。一辈子孤苦漂泊,老黄就是一棵攀附在岩壁石缝里的老黄桷树,纵然顽强也需要雨水的滋润,枯萎死亡的边缘,哪怕是一桶水也可能让它重新焕发生机。这几个月,他所尝试的各种治疗方式本身有多大功效并不重要,但是这每一种治疗方式里边都饱含着浓浓的爱,有的来自家庭，有的来自社会。有爱就有生活，有爱就有希望——是爱润绿了老黄的生命之树。

马年的冬天，我们一直很温暖。一是在地下几十米的隧洞工地干活儿，与外面的寒冷离得很远，二是每天的收入都很稳定，活儿也是越干越顺手，心里有一种踏实的温暖。老黄说为了照顾自己，女儿女婿耽误了不少工作，今年要还的10万块钱还有不小的缺口，争取在春节前能给他们贡献几千块。老杭的银行账户上有了7000多块积蓄，如果不是请假治腿耽搁了十几天，他的积蓄可能还会更多一些。大石两口子几乎天天铆在工地上，总收入将近20000元，较大地缓解了家庭目前面临的困难。杜老板说了，这个工地春节前争取完工，后面还有好几个工地也缺人手。

四十九

2015年1月20日，马年的最后一个节气——大寒来了。暑往寒来，我送走了脱下军装之后的第一个365天。

繁华的解放碑喧嚣如故，拥挤的楼群当中虽然又蹿出了一些摩天大厦，但这似乎只是一种正常的新陈代谢，已经代表不了这个城市的发展，而今的大重庆，就是一个二十岁的成年男人，身上多长出几根汗毛并不重要，最重要的是积蓄力量、提升品位。解放碑庞大的地下交通工程建设进入了攻坚阶段，竣工的日子为期不远，或许只有这种看不见的工程越来越多、越来越配套，才能把一个现代大都市推上新的高度，也只有软实力的不断提升，才能确保在这个时代的竞争中立于不败之地。

作为规划中的"解放碑金融街"二期工程，自力巷里的凌乱旧楼大多已经变成凌乱的废墟。因为一些"钉子户"的坚守和坚持，拆迁进展越发艰难，原定的开工计划可能还要推迟。这是发展必须经历的阵痛，利益之争的矛盾终归有调和的办法，历史的车轮是不可阻挡的。曾经为棒棒遮风挡雨的53号楼已经做了最后清理，残椽断檩被整齐码放在一旁，原来的自力巷53号只剩下一堆瓦砾，就如浴火之后的凤凰，留下灰烬等待重生。紧邻自力巷南侧的"金融街"一期工程正在以几天一个

楼层的速度节节蹿升，巨型塔吊的吊臂不知疲倦地在自力巷上空来回划过，就如一支画笔在勾勒新的时代……

老曾头的大米店又搬家了，对于他来说，客户是固定的，只要在解放碑附近有个装米的仓库就足够了，所以无论搬到哪里都不会对生意造成影响。因为目前还没找到合适的去处，裁缝和剃头匠依然还在巷子里苦苦支撑，自力巷哪天拆完就哪天退休。将满74周岁的老杨头迎来了崭新的生活——年初时摇到的一套廉租房交房了，在大学城附近，60多平米。进城四十多年，在自力巷的楼梯间里居住了二十多年，聊起住宽敞楼房的感觉，老杨头笑得好几次弓着身子满地找牙——嘴唇开合过于剧烈，根本兜不住口里那副假牙。老杨头的新家离自力巷虽然有点远，但是那里通轻轨，凭老年证乘坐不花钱，现在的生活节奏是白天到自力巷挣钱，晚上回新家睡觉。他说在年逾古稀的时候赶上这样的好政策，这辈子值了。

从南山工地下班途中偶遇毛土豪，突然想起已经好久不见了。毛土豪说这一两个月业务很忙，自己又学会了贴砖的手艺，现在的装修业内从电工、木工到漆工、瓦工，没有一个工种难得住他，前不久干了一个70平米的家装业务没找任何帮手，一个月零三天挣了一万七。毛土豪笑得合不上嘴，看样子他并不觉得挣钱有多难。

农历腊月初六是老甘的60岁生日，因为兜里只有三千块钱，离攒够一万的目标相差甚远，老甘果断调整了庆祝计划——回一趟老家，但是不摆生日酒。

少小离家老大还，乡音无改鬓毛衰。四川邻水的小山村早已不是老甘记忆里的模样，公路通了，楼房多了，村里的好多年轻人都不认识了。老甘这次回村很低调，一不打算见前女友和"大队长千金"，二不打算去亲戚家串门，一门心思只想去镇里的敬老院看看——老甘年初时听黄牛说过,老家的敬老院重建整修了,条件很不错,据说60岁以上的"五保户"都可以入住。老甘眼下只想了解政策,还没有入院的打算,他说算命先生都说了,60岁生日一过就会时来运转,他已经为"时来运转"准备了一摞零钱,明年决心放手一搏,能当老板尽量当老板,实在当不成老板,敬老院就是人生的最后退路。我觉得算命先生的确算得很准,至于60岁的老甘还能不能干一番事业我不敢妄言,但是,就国家现行政策来看,他在60岁之后"时来运转"是肯定的。

与老甘同龄的大石也迎来了时来运转之时。早些年合川老家的土地被征用时,他和老伴购买了养老保险,60岁的生日一过,大石每个月到期就有一千多块养老金进账。因为女性的退休年龄是55岁,老伴已经领了四年,现在老两口每月加起来有将近三千元养老金,待到女儿大学毕业,大石和老伴就可以像退休老干部一样,衣食无忧。显然,大石的"时来运转"比老甘的更为实际。

消防检查风头过后,南岸区一些查封的群租房又悄悄开张了,大石还在观望,他说小家小户,不敢去冒险折腾,万一刚刚装好政府又来查封,家里就会闹饥荒。从事了六七年群租房生意,大石有他独到的看法,他说小区里到处都是闲置房,外边又有很多人租不到便宜的房子,通过中间人投入整合,既减少了资源闲置浪费,又增加了就业渠道,而且还满足了低收入群体的居住需求,本来应该是利国利民的好事,干吗一直还要偷偷摸摸呢?眼下的群租房已经形成了一定的市场规模,一味地堵是堵不住的,关于安全管理的问题,需要国家出台相应的行业规范,就像酒店一样依法管理,依法经营。大石坚定地认为,国家政策一定会随着社会需求不断调整,现在还处于地下的群租房市场早晚会迎来光明,他急切地盼望着这一天快些来临。

冬日的黄昏,河南突然打来电话,说欠我的钱该还了。告别牌桌的河南不差钱,也不差做人的诚信,尽管在自力巷53号"排危"中损失了很多报纸和"重要资料",他不仅没找大石的麻烦,还把所欠的房租付清了,就在给我打电话之前。

河南今年45岁,感觉他的人生才刚刚开始。

自力巷53号拆迁之后,再也没有见过老金。据老甘说,老金的儿子大学毕业了,在重庆就业,父子相认之后,孝顺的儿子不让父亲继续从事消除浪费的工作了。据说前不久老金还发了一笔"意外"之财——因为这些年一直漂泊在外,垫江老家的土地补偿金已经累积到了两三万。

"大寒"是农村破土修建不需翻黄历选日子的节气,没有忌讳也没有冲撞,天天都是宜修宜建的好日子,所以老杭人生的最后一项建设也在"大寒节"开工了。

老杭人生最后的建设就是给自己准备"寿木",亦称棺材,他说这件事比盖房子还重要,再好的房子也只能住几十年,只有棺材才是永远的陪伴。这些年来,大观镇十三村也在持续推进殡葬改革,但是目前还处于"雷声大雨点小"的阶段,政策落实尚需时日——年轻的对"火葬"和"土葬"都很抵触,因为压根儿还没有想过死的问题;年老的传统习俗根深蒂固,一时半会儿还难以接受"遗体火化"的新规定。老杭五年之前就为自己晾干了上好的杉木,拖到现在是因为手头紧张请不起木匠,年近古稀还没有寿木,这几年心里一直不踏实。

寿木是传统的木匠活,一不能用胶水黏合,二不能使铆钉固定,全凭木匠的手艺开槽凿凸,一块一块拼接,任何一个环节稍微出点问题,"关键时刻"就有满盘散架的可能性。两个年龄总数为153岁的老木匠在家里又锯又刨整整干了三天，老杭眼睛一眨不眨地坐在一旁当监工，生怕他们老眼昏花搞出"豆腐渣"工程，让自己在最后告别的时候出洋相。老杭说现在全国都在推行殡葬改革，棺材行业就像棒棒行业一样，快要告别时代了，这一对"81加72组合"是目前全镇最年轻的"棺材匠"，大半年没有开张，手艺都生疏了。

寿木完工之后，老杭迫不及待地躺进去感受大小，就像试睡崭新的席梦思一般，脸上洋溢着幸福的笑容。风风雨雨一辈子，所有的磨难在这一刻都变成了骄傲的回忆，他说坎坎坷坷才是人生，能够亲手为自己打造棺材，这辈子也算圆满了。

"半生爬坡坎，古稀造寿棺。凡人家常事，苦累当笑谈。一壶辛酸酿，独酌也醇甘。荣辱皆回忆，生死两坦然。"老杭躺进棺材闭目凝神的那个瞬间，我竟然诌出了几句歪诗。我想，老杭百年的时候能不能用上这副寿木或许已不重要，因为有了这副寿木，他的心里一定会多一份活着的踏实，也会更懂得活着的价值。

江津老家的涂社长又给老黄来电话了，催促他快点回去，一是社里得知他生病的情况之后，代他申请了低保，镇民政办近期要入户调查；二是关于征地补偿的问题，都僵持三年了，必须找到一个大家都能接受的办法。

老黄再次回到笋溪村的时候，鱼塘已经连成了片，塘边的桂花树长高了也变绿了，绕塘而建的休闲观光道路在湖光山色中蜿蜒起伏，规划中的度假酒店呼之欲出。笋溪村更美了，就像一幅墨迹未干的山水画。可以大胆预期，待到鱼肥花香、酒旗猎风的时候，这里一定会成为很多重庆人度假的天堂。

老黄刚刚走进自己的"枪秋片"，涂社长和开发商项目负责人就笑容满面地找上门来。关于"一亩二和一亩九"的争执已

经持续了三年，公说公有理，婆说婆有理，每次协商都是脸红脖子粗地不欢而散。每年不到200元的补偿差价，三年悬而未决，老黄在回来的路上就打定了主意，决不退让。然而，当他在面对两张真诚笑脸的时候，却突然变得有些不知所措了。或许这份笑容代表着一种平等的姿态，也蕴藏着一种神秘的力量，老黄积淀了三年的固执和坚持在那一刻被摧毁了，被融化了。一阵寒暄过后，甚至没有涉及"一亩二和一亩九"的话题，老黄就痛快地在涂社长的账本上签了字。老黄说自己虽然很缺钱，但是也懂得"小家大家"的道理，僵持两三年，就是憋在胸口的一股气顺不过来。

一张笑脸就化解了三年的积怨，涂社长感慨地说："看来呀，不管你是有权的人还是有钱的人，只有在会'笑'的时候才能获得老百姓的尊重啊——"开发商项目负责人当场从兜里掏出200元钱塞到老黄的手里，真诚地说："黄老爷子，只要我在这里，今后每年拿200元钱来给你拜年——"

关于申请低保的事情，老黄谢绝了涂社长等各级领导的关怀，他说自己的病好多了，来年还想去挣钱为女儿女婿分担房款压力，不能天天待在家里吃低保，待到女儿的房款还清之后，他就去永川带外孙子……

老黄、老杭和大石放下"棒棒"的时候，解放碑的棒棒也越来越少，越来越老，或许再过几年，他们就要成为新重庆的记忆。曾经，他们用厚实的肩膀把一个城市挑进了新的时代，而今，他们正扛着"棒棒"目送这个城市迈进新的时代。

自力巷拆了，拆是为了重建。棒棒老了，他们必须用新的方式去追赶时代。

马年"大寒"的最后几天，我找杜老板请了三个月假，也暂时告别了防水工地上的老黄、老杭和大石，我想找个清静的地方把自己这一年的手记整理一下，把摄像兄弟拍的视频素材编辑一下——题目就叫《最后的棒棒》。如果我写的故事没人读，拍的纪录片没人看，那么接下来就一门心思去跟着杜老板干——我走的那天杜老板说了，如果能回来，就让我当项目经理，在一线锻炼几年之后，再提拔我当副总。我敢肯定，杜老板绝非客气。

　　过去的一年，因为每天都在爬坡上坎的路上，我觉得很充实，也很幸福。或许，真正的幸福不在于过去的辉煌和苦难，而是"你在拥有今天的同时还拥有希望"。

　　平凡的人生，平凡的日子，我们在五味杂陈中自力更生，我们在爱恨交集里昂首前行。

　　大寒过后，一定立春。